U0577253

一路花开

中国好文章书系

《好文章》书系组委会 主编

光明日报出版社

图书在版编目（CIP）数据

一路花开／《好文章》书系组委会主编．－－北京：光明日报出版社，2022.9

ISBN 978－7－5194－6746－3

Ⅰ.①一… Ⅱ.①好… Ⅲ.①散文集—中国—当代

Ⅳ.①I267

中国版本图书馆 CIP 数据核字（2022）第 153295 号

一路花开

YI LU HUA KAI

主　　编：《好文章》书系组委会

责任编辑：李壬杰　　　　　　　　责任校对：陈永娟

封面设计：中联华文　　　　　　　责任印制：曹　净

出版发行：光明日报出版社

地　　址：北京市西城区永安路 106 号，100050

电　　话：010-63169890（咨询），010-63131930（邮购）

传　　真：010-63131930

网　　址：http：//book.gmw.cn

E - mail：gmrbcbs@gmw.cn

法律顾问：北京市兰台律师事务所龚柳方律师

印　　刷：三河市华东印刷有限公司

装　　订：三河市华东印刷有限公司

本书如有破损、缺页、装订错误，请与本社联系调换，电话：010-63131930

开　　本：170mm×240mm

字　　数：280 千字　　　　　　　印　　张：15.5

版　　次：2022 年 9 月第 1 版　　　印　　次：2022 年 9 月第 1 次印刷

书　　号：ISBN 978-7-5194-6746-3

定　　价：95.00 元

版权所有　　翻印必究

本书编委会

周亚雄	赵　铠	韦文高	宋红霞	李仲新	罗维开
段元朝	清　禄	庞　亮	徐雁飞	乐志君	粟艺菲
罗瑞鸣	屈大军	陈定方	蔡长青	金　铭	李开运
马　冰	王忠保	林天燕	魏贵平	张和强	薄国新
郜世华	高汉华	黄德金	李　宣	刘　静	史东平
王华伟	黄石宋	徐　彬	牛阿芳	田兆仪	徐立杰
谭忠平	宋开才	牟婉琳	陈　强		

前　言

《淮南子·本经训》中记载："昔者仓颉作书，而天雨粟，鬼夜哭。"文字的力量，由此可见一斑。文字真是一种奇妙的东西，寥寥数字便在书写者与阅读者之间架起一座心灵之桥——娓娓道来的文字能够温暖人心，昂扬激越的文字让人心潮澎湃，蕴含哲理的文字能够明心见性，真情实感的文字催人泪下，让人心生感动。文字让我们的思绪插上了想象的翅膀，带我们飞入书写者用妙笔精心构建与编织的文字世界，让我们在知识与思想的天空中翱翔。

"中国好文章"大赛组委会从发出邀请至今，已收到数万名作者朋友们的踊跃投稿，让我们倍感欣喜与珍惜。欣喜的是，你们看到了我们发出的征稿邀请，并勇于展示自己的才华；珍惜的是，你们将自己精心写就的文章托付给我们，是对我们的信任。身处此位，将心比心，每日与文字打交道的我们，更懂得作者对自己文章的用心与爱护。在与这些美文的不期而遇中，我们感受到你们对祖国大好河山的由衷赞美，对故乡故人的深深怀念，对青春往事的追忆释怀，对亲人朋友的真切情感……字字句句皆自肺腑流出，每一段文字、每一篇文章都承载着书写者的人生温度，讲述着书写者的奇妙故事，蕴藏着书写者的岁月感悟。

著名作家莫言曾在诺贝尔文学奖晚宴上的致辞中谈到自己对于坚持文学写作的看法："我深知世界上有许多作家有资格甚至比我更有资格获得这个奖项；我相信，只要他们坚持写下去，只要他们相信文学是人的光荣也是上帝赋予人的权利，那么，'他必将华冠加在你头上，把荣冕交给你'。"如今投稿的你们也是这样，不论年龄几何，不论身处何处，曾经，当你的脚步穿过那一排排放满书籍的书架，指尖抚过那一本本微微鼓起的书脊，听到那纸张翻阅的沙沙声，想必有一颗石子落入你如静水般的内心，激起了一圈圈淡淡涟漪，你便也想让自己的文字化为铅字，让每一个爱书之人感受到你笔下文字那鲜活的生命力。于是你们日复一日、年复一年保持着对文字、对写作的热爱，这在当下，是多么难能可贵的品质。我们发自内心地佩服书中各位作者对文学梦的坚守，因此有了我们在"中国好文章"的相遇，才有了这本凝结着你们心血结晶与智慧闪光的诚意之作。

一纸素笺，这卷承载着心语的墨香，是你们个人情怀与美德的人文积淀，是你们"文如其人"的最佳彰显，更是你们收获公众好评和认可的绝佳机会。或许今天热爱文学写作的你，明天就能在中国文坛拥有一席之地，成为反映美好新时代的一面旗帜，成为用文字影响他人的文化摆渡人！

"文明如水，润物无声。"书籍作为思想文化的载体、人类知识的殿堂，读罢方知心渠如许不彷徨，人间至爽在墨香。本书这些沉睡的文字，如时光与心灵的对白，诉说着少年五彩的梦，低唱着中年朴质的影，浅吟着老年夕阳的红，并赋予各时的震撼或感动、温暖或骄傲、火热或炽烈的瞬间以永恒……此刻，她正散发着墨香，静待有缘相会的读者来唤醒。

"中国好文章"大赛编委会

Contents

目 录

周亚雄*作品

大衣的故事

　　冬至一过，气温骤降，即使在深圳这个年均温度很高的城市，也感到了寒意。周末，我和爱人去逛超市。超市的售衣架上挂满了新上市的冬装，琳琅满目，新潮时尚。我俩在标价一万五千元的貂皮大衣前驻足，年轻的售货员立刻走上前来，"先生，试穿一下吧，没关系的。""好吧！"我说。当我脱去夹克，套上这件名贵高档的大衣，又拉上襟前的拉链后，爱人的脸上闪着欣悦的光彩，"啊，真好看，今天没带信用卡，不然我们就买了。"爱人的话不知是真是假，太出乎我的意料了。这几年我们退休后，分别在广深地区的教育和卫生部门受聘，经济状况好了许多，但也从没奢望过买这等名贵的衣服！我便对售货员说："我们再转转，再瞧瞧。"过了两周，气温有所回升。阳光明媚，我和我的一个球友到市体育馆去买乒乓球拍，正碰上馆内搞展销，架起了好几个篷子，篷内所陈，让人目不暇接。我们有意无意地转悠着，在专卖皮草的篷区我又看见了好几件貂皮大衣，一瞧标价，比超市少了几千块，我的心"咯噔"一下。我的朋友怕那是假货，就说："你卖的这貂皮怎么是黑的？""貂皮不是黑的还会是白的？你懂不懂？"卖衣的那小伙操着一口纯正的东北口音，他的反问倒把我们问住了，我们装着想买的样子和他煞有介事地还起价来。最后，我说："既然你不肯降价，那我也得回去和太太商量一下看值不值得买。再说，深圳这地方，你不知道？买了它一年也穿不了几天，买它还不是为了好玩。""那你就押一百元放在这做订金吧！""订金？那就不必要咯。放心吧，我们会来的。"

　　如此昂贵的服饰，那毛茸茸的内衬，那细腻柔软的貂皮外套，披上它如同置身于温室之中。看着它们，竟想起了我青年时的一些事情。

　　那是一九五八年八月，我进入郴州苏仙岭下的师范学校学习。报名的第二

---

　　* 作者简介：周亚雄，曾任湖南省白沙矿务局马田煤矿子弟中学英语高级教师，广州现代信息高等职业学院继续教育学院英语系主任。

天，学校发的不是新书，而是一根扁担、两个竹筐，要我们上山挑矿石。老生已经在校内砌起了两个土高炉，炉顶冒着火苗，炉下的风箱由八人一组轮流着拉，拉得呼啦啦地响。那其实是战国时期的冶铁方法，所炼出的生铁也被证明不能用于现代工业。年底，校领导又有所谋划，要在苏仙岭的一个山坳建水库。动工前夕，北风呼啸，下着冻雨，全校师生聚在大礼堂听动员报告。台下的同学大多数来自农村，衣衫单薄，个个冻得瑟瑟发抖。白天的我们泡在雨里、水里、雪里、泥里，傍晚收工回来，大家围着炉子取暖。此时，不能离炉子太近，那样的话，热气扑到脚上，脚会像针刺一样疼，得离炉子远点，慢慢地让身子暖和起来。

我的个子又长了，一套旧棉裤极显狭小，尤其是裤管，悬在踝骨之上。我把棉裤拿到街上想找专搞缝补的老太太把棉裤接一截，我问她要多少钱，"五角钱。""三角吧？""不行，里面要镶棉花，很麻烦的。"那时，一角钱能买四个油饼，五角钱就可以买二十个油饼，我们每餐每人一钵饭，油水又少，哪里够吃！结果，我没接棉裤，省下的五角钱买了二十个油饼吃。两个星期后，五角钱没了，可是整个冬天都很冷！怎么办呢？晚上我躺在床上想，何不把那棉裤改成个小袄，粗针大麻线，我自己就可以搞定，反正是穿在里面。第二天，我找了剪刀、粗针和长线，一个人躲在宿舍里按照心里想的去做，襟前没用扣子，只钉了三对带子。做好后，我穿上，再套上旧棉衣，唔哇！有了两层棉，暖和多啦，我心里好高兴啊！

毕业后我被分配到马田煤矿子弟学校教书，正值一九六一年，各种生活物资的供应更为紧张，油、布和各种生活用品定人定量——油每人每月只限三两，布票每年一丈二，肥皂、毛巾、鞋袜、白糖、烟酒等，无一不凭票购买。票发到单位，经民主评定分配给最需要的同志。转眼冬天就来了，矿井下的温度比地面更低。我原先的冬装离校时就没要了，怎么过冬呢？我得到了许多同人的关心，有一位从机关调到学校的老师给校长提了建议，是否可以向矿领导申请一件矿工的棉工作服。校长叫欧阳盛惠，她曾经是省级优秀教师，二话没说，当即把我带到了矿党委副书记张建光的家里。

张书记和他的爱人都是南下的老干部，我们走进他家时，他正坐在煤炉火边，炉上罩着一个竹笼，竹笼上烤着婴儿的尿布。我们刚坐下，欧阳校长就开门见山，代我说明了来意。

张书记耐心地听着、微笑着、点着头，"哦……哦……哦……周老师确实困难，不过，矿上有制度，凡劳动用品不能作为生活物资发放。怎么办呢？……这样吧，我有一件棉大衣，给周老师穿，看看适合不？"

　　张书记的话音刚落，他爱人就笑着把棉衣从里屋拿了出来，我也没客气，就把棉衣穿上了，真是不大不小，正合适。就这样，从张书记家出来的我穿着这件大衣，进课堂，逛商店，两手插在两边的口袋里，昂首阔步，是骄傲？是满足？是荣光？是惭愧？我当时年轻，肤浅的生活经验使我对这件大衣所含的深厚情意和传统精神并没有去深深地思考，而且故事还没完。元旦到了，食堂凭票发给每个职工一钵红烧肉，难得的佳肴，我和同事高高兴兴地把肉端到办公室，披上大衣就着火炉正准备享用，没想到棉大衣的袖子碰上了炉火，"噗"的一声，光一闪，一条棉袖化成了灰烬，我傻眼了。

　　这个意外，不知怎地连党委成员也知道了。星期天我独自在办公室备课，很少来学校的矿组织部部长——也是南下干部，从我窗前走过，向我点了点头，我猜他是为我的事来的，我本想告诉他我已买了同色的布和棉花，请人接上了那烧掉的左袖，但我没敢上前去打招呼。棉袖接得很好，正是这件棉大衣，让我温暖地度过了两个冬天。

　　后来，张书记因患癌症，不幸去世，追悼会开得很隆重，我代表学校为他做了一个最大的花圈，排在送殡队伍的前列。在二十世纪八十年代举行的马田建矿三十周年活动中，我就棉大衣一事写了一篇题为《记张建光书记轶事》的文章，因事件朴实感人，被评为二等奖。此时，当年为煤炭工业的组建和开拓而来矿工作的南下干部，有的上调到矿务局或省煤局，而有的，如张书记及他的老伴，把他们的灵魂和躯体都永远留在了那片土地上。矿机关的工作人员基本上也已换了一代，许多读了我文章的青年都很受感动，还向张书记在矿的亲属打听事情的原委。

　　光阴荏苒，无可挽留，往日的事，总是会时不时地来敲打我的心灵，让我自责。现在我的衣柜里，大衣不仅有棉的，还有毛呢的、皮的，有中式的，也有西式的。没过几天，我爱人和我又约上我那热情的球友，还是把那件貂皮大衣买了回来，它是我所有生活用品中最贵的。人们何日能无衣着？用以遮掩身体，用以抵御寒冷。然而，我一生中所穿戴过的衣着又有哪件能比得上我上面所追叙的那两件棉大衣呢？尤其是张书记，他在我最困难的时期所赠给我的那件棉大衣，更是让我永生难忘，而我对两位先辈却无任何回报，想来真是遗憾。

悼念母亲

大约在前几年的一个秋末，我回到家里，看见母亲在收拾暑天的衣物。就那么单薄的几件，已穿多年，陈旧的，有的还打了补丁。她觉得没什么可收拾的便随便捡了捡，扔进柜子的上层，茫然地在床沿坐了许久。每当季节转换，各家的母亲几乎都要晒棉洗褥，补旧添新。对于母亲来说，这些事越做越简单。儿子儿媳、孙子孙媳，她的孩子们各在四方奔忙，而她已九十岁，仍常孤居于室。她已白发苍苍，行动愈艰，我想我现在知道她当时的心情了。

我经常回忆起故乡的那所尊崇学校，它位于嘉禾县珠泉镇，是"五四"以后新教育的产物。那是一个私校，是由上百家人捐谷创办的，那是母亲年轻时献身于社会，获取报酬供养家庭的地方。校园的右侧是个大松林，经常有白鹭翔起，越过田畴，到对面的树林栖息；校园的左侧是个大祠堂，是镇西城门各家族祭祀的地方。学校的老师只有我们家住校。暑假的上午，走廊上很凉爽。哥哥可以帮母亲做点小事，妹妹坐在摇篮里，我坐在椅子上。才孵出的小鸡总是来啄我光着的小脚，我咿呀咿呀地向母亲告急，母亲笑着说小鸡在逗我玩呢。她身强力壮、精力充沛，哺育三个孩子是她忙不完的事。三个孩子是她的希望，是她前方的灯塔。有一天晚上，我突然醒来，月光映得屋里很明亮。我看见一个人站在我的账前，他戴着大礼帽，穿着大黑衣，手上端着一个碗。我心想他要干什么？如果他向我灌东西，我就要大叫。那家伙果然向我弯下腰来。"妈妈——妈妈——"母亲被我的呼喊声惊醒，马上把我抱到了她的床上，我抓着母亲的胳膊，紧紧地往她身上靠，"妈……我怕……"后来，老师们都认为这件事是我的幻觉，而我现在还认为是真实的，因为当时的自己看得清清楚楚。此后好几个晚上我都害怕不已，夜里也总是惊醒。

母亲把哥哥的名字取为亚魁，把我的名字取为亚雄，把妹妹的名字取为特娃，这在二十世纪四十年代是新潮的，反传统的。因为按老家的惯例，名字中间的字应体现辈分。我属高字辈，我们兄弟的名字应该是高魁、高雄；而女孩则多用娥、姣、翠、莲、花等词取名。母亲热衷新文化、新风尚，给妹妹取名特娃就是特别的女孩的意思。妹妹聪明伶俐，活泼可爱，是母亲的掌上明珠，几乎所有的亲戚邻居都喜欢她。她大约五岁时得了麻疹，母亲信奉西药，可镇里的西医是个庸医，愚蠢至极，竟把她当感冒治。有一天母亲正在门边洗衣，妹妹从睡屋走出来说："妈，我的病不会好了。"母亲马上回答："会好的，会好的，快睡到床上去。"多年后我想，年幼的妹妹为什么会对母亲说这种话？不久后，妹妹昏迷不醒，我们又请了一个男医生来给她看病，那医生给妹妹打完针后就走了。我们以为这一针会灵验些，一家人在油灯下吃饭时，突然听到妹妹在睡房里咳嗽了一声，母亲叫父亲过去看看，父亲一过去就哭起来了，我们立即明白发生什么事了，顿时号啕痛哭，哥哥端着油灯冲出门去叫住在不远处的医生，但一切都无法挽回了。

母亲的"心肝"被摘了，她悲痛欲绝，好几天不能从床上起来。但对她的打击接踵而至，妹妹走后的第二年，父亲的右腿肿起，肤色紫黑，在县里卫生所治疗了一阵。所里才五六个医务人员，中华人民共和国成立初期那是县里最大的医疗机构，我怀疑他们根本不知道父亲得的是什么病。后来哥哥上了医学院，我才明白是败血症，而治疗败血症要注射盘尼西林，盘尼西林我们买得起吗？而且还不知道当时的卫生所有没有这种药呢？病不见好，父亲被抬回了老家塘村，正在上初中二年级只有十三四岁的哥哥休学照顾父亲。这一年母亲在离镇上更偏远的龙潭小学教书。连续几个周末，我和母亲步行二十多里山路回家，星期日下午赶回龙潭，看到父亲的情况愈加严重，母亲便没有再去上课。请来的土郎中哪里能治这病？糜烂的伤口已蔓延到腹部，发出难闻的臭味。正值炎暑，夜幕深垂，狗在深巷中断断续续地凄凄呜咽。本家的一位大哥是父亲的好友，懂医，进屋去看了看已多日不能言语的父亲，然后找我们兄弟谈话，告诉我们父亲可能过不了明天。第二天上午，母亲一个人坐在门前的石凳上号哭，也没有人来劝慰，该劝慰什么呢？病人还没有断气。

家中钱财荡尽，也无法负担父亲的丧事，一口白棺材还是向农民协会借的，在伯妈和同族亲友的主持下依照父亲的遗愿葬入祖坟。后来堂兄说，那是块好地。

"生者且偷生，死者长已矣。"母亲当时只有三十四岁，她能苟且偷生吗？她要勇敢地活下去，她还有两个儿子，她还要哺育这两个儿子，她还要去实现一个母亲辉煌的理想。

老家的悲惨事太多，她义无反顾地离开了那地方，经挚友介绍被当时湖南衡阳的湘南中学聘用，此后在衡阳铁中、铁小，广州铁中、铁小等多所学校任教，最后在郴州铁中退休。五六十载，瞬息即逝，母亲独善其身，历尽坎坷，由一个中年妇女上升到奶奶，再上升到曾奶奶，四世同堂。

母亲的儿辈、孙辈创造了她当年想象不到的美好人生，从医、从教、理财、经商，各显其能，而她年事渐高，病痛亦多。兄、嫂、妻子的医术甚精，多次把她从垂危中抢救了过来。有一次半夜，母亲腹痛不止，我马上把大儿子叫起来，抬送她到医院，经诊断为肠梗阻，请了医院里最好的外科医师开刀。住院期间，妻子给母亲洗脚，就像给她洗手一样地仔细尽心，而母亲却指着妻子说："我有什么病？我的病都是你放的毒。"也许母亲的特殊经历让她有了一种反常心态，有时言语竟不近人情，几乎让人忘却了她曾经的风华。对此全家人习以为常，不予计较，皆宽容待之。

母亲生于民国二年（1913 年），于九十六岁安详辞世，长眠于香山陵园。近月来，她老人家常在梦中约见我，她生前的许多画面也频频浮现于脑际。母亲出身农家，大舅卖田供她在省城求学，是当时县里少有的知识女性之一。后来，母亲成为铁路职工，待遇很好。她每念及此事，都感慨万千。我没有在母亲有生之年更深切地理解她的内心世界，她的期盼，她的感伤，内心很是愧疚。如果妹妹幼年没有夭亡，也许她才是母亲最贴心的孩子。

母亲是崇高的，母亲对子女的爱是世界上最珍贵的。谨以此文来悼念我已故的母亲。

矿山在呼唤

矿山在呼唤。矿山还在呼唤吗？是的，矿山在呼唤，矿山还在呼唤啊！

一、初进山门

一九六一年七月八日，从京广线湘段马田小站的火车上下来一个青年人，双目晶亮，脸颊的皮肤绷得紧紧的，他把一卷铺盖和一个藤箱用扁担挑起来，问了路，匆匆地向他的目的地走去。那条路是公路和铁轨路并行的，公路走汽车，铁路走火车。从车站到那儿七八里。七月的骄阳透过薄云照下来，闷热得很，额头冒出了汗珠，他想歇会儿，把扁担换个肩。但他又想，前面的困难会更多，坚持吧。这个人就是我。

我从师范毕业，想得最多的是到偏远的乡村学校从教，我想去熟悉农民，然后做我的文学梦。

母亲和衡阳铁路普教办联系，要我进铁路，衡阳铁路普教办同意了。当我到郴州铁路学校找校长时，他说："你怎么不早来？……"原来我的位置已被人捷足先登了。我们这届的同学有十多个被分到社会主义教育学院进修，准备作为政府干部培养，而我进了煤矿。我熟悉故乡那被古城墙围得像圆桶似的城关镇，熟悉老家那聚居着同一家族叔伯姑嫂，也熟悉广州、衡阳、武汉这几个大城市，而进煤矿工作，平生就没想过。

我到干部科报了到，在招待所安定下来。黄昏，我站在矿部的中央大道旁审视着——"中央"二字是我加的，这条大道不过三百来米。矿办公楼、招待所、俱乐部、商店、理发店、武警队、邮局、救护队、大食堂、机厂，沿着大道一路排过去。道上走着下班的干部、工人、抱着小孩的家属，还有才从井下作业出班，头戴胶质帽、腰系蓄电池、满脸煤尘的矿工。中央大道下是两个篮球场，一伙儿青年正在分队比赛，"哇哇"地叫着，过了球场，就是矿山那简陋的校舍了。

矿部左右的两个山头上竖立着高压线的铁塔，映着夕照，铁塔下面的两对矿井遥遥相望，井口煤斗往来，不时传来"喤喤喤"的钢铁的撞击声，后来我才知道，那是翻滚笼倒煤时的碰撞声。原煤下到煤仓里，小火车尖叫着，开进仓底的涵洞，装满煤后就从我进矿的路"隆隆隆"地开向马田货站，再由京广线往外运。矿部左右的两条小铁道还向里延伸，它通到枫树脚、高仓、建新、芝兰冲、高泉塘以及后建的新井几个产煤工区。山腰上的抽风机吼个不停，整个矿区呈现着一派生机勃勃的景象。

我即将执教的校舍由十八间教室围成，是一个标准的长方形院落，中间一条走道正好把院子分成两块空地，两块空地的中央各砌了一方六角形砖台。哦，这两个台上种了两棵白杨树，枝叶紧束，青翠欲滴，树梢高过屋脊，这应该是整个校园里唯一的艺术点缀了。学校规模一直维持到二十世纪八十年代初，才拆了旧屋，砌了第一栋长百来米、高四层的教学楼，二十世纪九十年代初又并排砌了一栋同等规模的教学楼。学校学生最多时有三千多人，各工区还有分校，学生从小学一年级可一直上到高三，然后考大学。

再说这个矿工俱乐部吧，是矿上大型活动的集中地，尤其是当党委向全体矿职工发出夺高产的指令时，各工区的采煤队长纷纷卷起袖子、挥着拳头登台表决心，争贡献。夺煤大战过后是庆功会，成绩优异的采煤队长们把战果写在红纸上，捧在胸前，红光满面，昂首阔步，在热烈的掌声中捧到台前接过一面大锦旗。那情景是最令人振奋的。全体矿职工家属两万多人，最高年产八十多万吨。然而，生产事故几乎每年都难以避免，瓦斯爆炸、穿水、冒顶、塌陷、甩车……我和老师们也多次下井，尤其是在采区，顶板的压力下来，有的坑木顶不住，裂开了，那白色的坑木心倒挂在头上，就像猛兽的獠牙。空气是人们必需的生存要素，然而，在井下，新鲜洁净的空气几乎没有，有时矿灯的光柱射过去，煤尘浓得看人都看不清，像在看他们的影子一样。

煤矿工人，他们是矿山的主力军，是矿山财富和矿山文明的第一创造者，我是为保障他们后代的成长而来的。

二、遥遥相隔的两堂课

春秋战国时期的哲人们席地而坐，向其弟子宣讲着他们对天、地、人的思考和治国的宏论。而今天的教师，一张讲台，一支粉笔，各种高科技教具，把先人的成果科学地分类后传授于学生，教育的发展标志着人类社会的不断进步。

我的教师生涯就在这里开始了。开学，学校分给我两门学科，语文和俄语。期中，校领导告诉我，马田学区的老师要到我们学校来参观，让我给他们上一节观摩课。我是新教师，能胜任吗？我又想，我的专业就是讲课，既然给了我机会，就应该敢于挑战。

我要上的语文课题为《工人代表》，它讲述的是一九二三年刘少奇在江西安源领导安源路矿工人大罢工的故事。刘少奇同志作为工人代表，不顾个人安危，孤身入虎穴，表现了他非凡的胆略和智慧，最后带领工人取得了罢工的胜利。

我对课文的中心思想、段落大意、表现人物和情节的关键词汇做了认真的分析。我想，受学生欢迎的教师，不但取决于他的知识功底，还在于他的传授技巧。教师不是演说家，却应有演说家的风度；教师不是演员，可也要有演员的激情。入夜后，我一人在办公室，找了一个空白练习本，把要讲的全部内容以散文的形式写了下来。第二天宣讲的时候，我沉着镇定，语言流畅，重述着我拟好的讲稿，中间插入板书和提问。教室的后排和走廊上都坐满了听课的老师，四十五分钟内我几乎把所有人的眼球都吸引了。当时年轻，好像是在参加演讲比赛。自那以后，在马田墟场，我常碰到有人这样跟我打招呼："你是讲《工人代表》的周老师吧？"其实，当时我还浅薄得很。

由于实习期的努力和领导的偏爱，转正后，我多了一级工资。

2004 年，在广州华成进修学院担任英语老师时，院领导要求每个系的系主任给全体教师上示范课，我是英语系的系主任，当然不能推脱。我要讲的是大学英语第二册第三课 "Lessons from Jefferson——杰斐逊的遗训"，杰斐逊是美国第三任总统、《独立宣言》的撰稿人之一，他做过农场主，受过高等教育，当过律师。总之，他是一个资产阶级的政治家，是资产阶级革命的领头人。经过思考，我决定把杰斐逊放到当时的时代背景中去。为此，我安排了几乎一半的时间回顾美国的建国史，从哥伦布发现新大陆，到欧洲移民，再讲独立战争、南北战争，讲杰斐逊主张民族独立、天赋人权的进步意义。我一会儿讲英语，一会儿讲中文，照顾了不同水平的学生及听课的领导，英文板书有条理地从左上角写到右下角。我陶醉于斯，就像我几十年前讲《工人代表》一样。

在教师总结会上，教务处处长唯一点了我的名说："周老师的课讲得好……"有位青年老师对我说："我们学这课的时候老师都没像您这么讲，您讲得真好……"她表扬了我，使我如释重负。

从《工人代表》到《杰斐逊的遗训》，我默默地走过了漫长的岁月，少年时的文学梦没了，教书占据了青春的时光。二十世纪六十年代自学俄语；二十世纪七十年代自学英语；参加了湖南师范大学的中文系函授和省煤局的英语学习班，成绩优秀；还读唐诗、练书法、弹琴、识五线谱、辅导学生文艺表演……当我看到别人的文章刊登在杂志上时，我多么希望自己也有。二十世纪九十年代我写了一篇《谈英语"宁愿……而不愿……的两个词组"》的小论文投给《英语园地》，过了一年半，我都忘了这件事，没想到该杂志社把我的文章登载了。于是有人邀我在中国矿业大学出版社共同出版《中学英语语法和实用训练》，分给我写英语"分词"一段，因我的原稿质量高，他们将我提为了副主编，还寄给我几百本我们共同编写的书，我把它们卖给了自己的同学和永兴一中高三的学生们。我有了自己的出版物，非常高兴，便写了一首诗登在矿务局的小报上：

> 窃喜一声心底亮，苦涩终有畅快时。
> 暖气微微寒冬尽，春晖融融桃李新。
> 金钞珍馐莫奢望，白纸蓝笔任折腾。
> 亦教亦学亦撰述，淡泊未敢度等闲。

"文化大革命"时期，我假期都待在办公室看书。我下决心学打篮球，常和人分队打半场。一场球下来，大汗淋漓，多爽啊！

三、激情舞台，五彩缤纷

二十世纪六十年代的许多大型国有企业，仿苏联建制，从设计、建厂、生产、供销到教育、卫生、公安等各种机构，一应俱全，形成了一个完整的小社会结构。矿山远离城市，矿领导乃至全矿务局对职工的业余文化活动都非常重视。每次文艺汇演，各生产工区带来的节目在俱乐部的舞台上争奇斗艳。工会还组织文工团下工区演出，到矿务局会演，去兄弟矿区慰问演出等，这给了我一个极好的发挥机会。

赞美劳动，歌颂真善美，我总想把自己的艺术想象尽情地表达出来。有一天上午，我没课，一个人坐在办公室，隐隐听到旁边教室老师讲课的声音。初春的阳光如薄纱般地飘洒下来，杨柳绽绿，校园里弥漫着温暖的气息。没有硝烟，没有饥饿，为了少年的幸福，他们的父兄艰苦地劳动着，这是多么平和美好的时光！灵感所至，我写了一首歌，歌词如下：

> 红艳艳朝霞，亮晶晶露水，祖国的清晨多美丽。
> 和暖暖春风，轻摇摇树枝，校园里漾起阵阵书声。
> 那是幼苗，那是鲜花，那是新一代在成长。
> 天天浇灌，岁岁耕耘，园丁挥洒辛勤的汗水。
> 啦啦啦，啦啦啦，
> 让种子发芽，让花苞吐蕊，棵棵小苗长成大树，
> 振兴中华，实现四化，园丁和祖国心心相连。
> 小小讲台，支支粉笔，传播着千年文明，
> 张张白纸，道道习题，打开了智慧的窗门。
> 战士巡逻边防，织女编织彩虹，那是当年的小树，
> 钢水溅起浪花，卫星运行天际，那也有园丁劳动的结晶。
> 啦啦啦，啦啦啦，
> 看春种秋收，你岁岁操劳，生活到处充满阳光；
> 祖国骄傲，民族兴旺，园丁创造美好的心灵。
> 像大江的水，像长空的风，我们的事业代代相传，
> 夕阳西下，明月东升，园丁的鬓角也会染霜。
> 像烛光，像火把，照亮他人前进的路，
> 像春蚕，银丝吐尽，为人间带来温暖。
> 啦啦啦，啦啦啦，
> 是慈祥的笑，是欢乐的歌，园丁把青春献给新一代，
> 祖国昌盛，人民幸福，园丁向往灿烂的明天。

我把这首歌取名为《园丁之歌》，并配上曲，旋律轻快明朗，找了女老师和女同学共十二人编成了舞蹈。当舞蹈表演到老师在给学生上课，捧着书，边写黑板边相互问答，你向着我笑，我向着你点头时，观众席爆发出了热烈的掌声，

新颖的动作和浓浓的生活气息深深感动了他们。最后这个节目被评为一等奖。

二十世纪五十年代末至六十年代，人们的思想政治素质很高，坚持阶级斗争，防止资本主义复辟，培养社会主义接班人。《中国少年先锋队队歌》充分地表现了茁壮成长的少年们的勃勃生机，怎么能把它搬上舞台呢？为此我做了别具一格的设计。我让人把全场的灯光全部熄灭，唯独舞台一片通红，幕布拉开，左右各一队少先队员系着红领巾举着队旗阔步走上台来，他们列齐，然后成一字向前推，鼓声"咚——咚——"地和着嘹亮歌曲的节奏，震撼了全场人。

> 我们是共产主义接班人，
> 继承革命先辈的光荣传统，
> 爱祖国，爱人民，少先队员是我们骄傲的名称，
> ……

幕布落下，观众全沸腾了，整个大厅掌声和呼叫声混成一片。"再来！再来！"于是，幕布开启，列队和着歌声、鼓声，气氛更加热烈……幕布再次落了，结果还是一样，整个大厅掌声和呼叫声依旧混成一片。"再来！再来！"就这样，我们连演了三次。如今，这些演员都已成了老头老太了，当了爷爷奶奶了，他们中还有人对我说，当演到第三遍时，他们实在坚持不住了，没办法，只好拼命演完。

我所编导的节目顶有趣的还有《独生子女好》，十个妈妈手捧着她们的小宝宝喜笑盈盈地扭着舞步走向台前，嘹亮的歌声唤起了观众的喜悦之情：

> 明亮的水银灯呀照呀照下来，
> 年轻的妈妈们走呀走上台，
> 手里抱着我的小呀小宝贝，
> 来让同志们看一看，
> 看他长得多呀多么美，
> ……

我县举办第一届中小学田径运动会时，我为大会创作了会歌：

> 来自湘江源头，来自南山下，我们相聚在便江畔，
> 欢声笑语共携手，岸芷汀兰流水长；

昨日我们书声朗，今日抖擞上赛场，

跑道宽阔蓝天高，豆蔻年华自好强；

……

还有我们演的京剧《沙家浜》，真是轰动一时，远近闻名。我的不少学生参加工作后成了单位上的文艺骨干，有段时间，永兴花鼓剧团几乎一半人都是我的门徒。喜欢音乐的学生，有考取了武汉音乐学院钢琴系的，还有考取了星海音乐学院声乐系的。

我除了教学就是学习，再就是搞体育，没山头、没人脉，处世没城府。当我独坐于室，唯影是伴，是歌声和乐曲携我向远。蹉跎岁月，淡淡而逝，烛影摇红，蚕吐银丝，这不正是我自己创作的歌词所描绘的景象吗？

四、我们的伊甸园

上帝把亚当和夏娃安排在伊甸园，他们萌生爱情，繁衍了人类。矿山没咚咚清泉，翩翩彩蝶，只有来自全国各地的青年知识分子和青年工人，他们活跃在矿部这不大的山窝窝里，相互追逐，彼此倾慕，爱情各个相异，但都终成眷属。我和永宁相恋四年，有学生对我说，我们是金童玉女，是他们崇拜的偶像。我想，也许吧。爱情是浪漫的，婚姻是实际的，组成家庭一年多以后，我们成了父母。当时大儿周黎还在哺乳期，我们仍吃食堂，因为我们没时间做饭，也不会做。寒冬，天没亮，永宁便早早地起来，先穿戴梳理好，然后烧热水，水热后倒在盆里，调好温度，把宝宝从被窝里抱出来浸到温水里。宝宝又哭又抓，在适应水温后，才不哭。洗过澡，穿好小衣小袜，喂奶。喂过奶，将宝宝送到帮我们带孩子的外婆家，再回来吃早餐，然后上班，时间计算得紧紧的。有一次，天降大雪，冰冻难耐，她去送宝宝，下坡时，走一半，哎呀！太滑了，不能再走了，摔坏了手中的孩子咋办？回来吧，回来也滑，真是上也不行下也不行，只好一点点慢慢地挪动。

当孩子们长到四五岁时，是最有趣的时候，他们的每句话都会是大人美妙的音乐。有一次，小周黎和医院职工的小孩一起在走廊上玩，大家从阶梯上一阶一阶依次往下跳，别人没事，他不小心用牙齿把自己的舌头咬破了，大哭起来，一检查，舌头边沿翻起一片小肉。他妈把他带到手术室，告诉他："张开嘴巴，把舌头吐出来哦，要缝针，不缝针就没舌头了，不要缩进去哦，不要缩进去哦……"他哭呀哭呀，舌头还真不敢缩进去，一直到手术完毕。周黎从小就老实，带他到郴州看奶奶，上了火车，火车开了，车外的景物动了，他马上就会哭。"怎么办，我会到哪儿。快把我抱起来哦。"老二周劲自小就胆大、顽皮，四五岁了，早上醒来的第一句话就是："我的皮带呢？我的帽子呢？"他总要把自己打扮成解放军的样子，再拿上一把玩具枪，成天冲冲杀杀。有一次，他带着幼儿园的五六个小伙伴偷偷跑到离矿部三四华里的枫树脚校区去找爸爸，这可急坏了幼儿园的老师，打听了他们的去向，半路才把他们找回来了。矿周围的农村，王家和李家两大家族闹了矛盾，居然抢了矿炸药库的炸药雷管，做了土枪、土炮，把我们矿部的中央大道当战场，各霸一头相互开火。矿里的职工远远围着看热闹。还在读小学四年级的周劲也在那儿看，右边王家的一小队农民拽着武器从他的面前经过，他也跟着往前走。旁边的一个职工一把把他抓出来："是叶医师的小孩吧，找死啊！"

我们在矿里一共搬过三次家，第二个家一开门，越过家属区的屋脊，就能看到对山腰医院的住院楼。那时家里没电话，更没手机。半夜，常有护士在走廊上大声喊，"叶医师——有急诊！叶医师——有急诊！"如果我的两个小孩听到了而他的妈妈还没醒，他们就会喊："妈，快醒醒，医院叫你啦！医院叫你啦！"

我们这个矿部是一九五七年由私有改为国有的，前几任矿长和党委书记几乎全是南下干部，他们遵循"全心全意依靠工人阶级"的宗旨办矿，各个科室、工区主任乃至工会的干部，无一不是采煤工提拔上来的，没什么文化，但矿里有业余学校对他们进行培训。如果发生什么重大事情，矿级或中层干部一定会很快赶到现场。如果职工有什么事找到矿长和书记，也一定会得到耐心的接待，这种作风一直延续很久。每年春节矿领导会安排人带着慰问金到那些因矿难牺牲的工人的老家去表示安抚。做过这工作的人说，这事真不好做，因为慰问金会重新引起家属的悲痛，他们也跟着难过。

开始我有些不理解，十来岁的职工子弟没上学时会提着篮子到碎石堆上捡小煤块，我们身在煤矿山，还缺煤烧？煤矿工人的生活，比农村要好得多，但是，一个工人要养活家里的五六口人也不容易，工人家属不是养猪种菜，就是帮矿里修路运材料，还上山割茅筱卖给工区。采煤要茅筱吗？要哦。巷道的担山架上去了，还要塞上一条条小木棍和茅筱，防止碎煤漏下来。职工中有许多名人，如谁最会看煤层，谁创造过掘进纪录，谁曾经在井下死里逃生，谁去过北京开会，谁会吹打弹唱，谁爱谁，谁为什么不爱谁，等等，十里矿区就是一个温馨的大家庭，混在一起几十年，似乎谁家对谁家都知根知底了。

二十世纪八十年代，生活明显好起来了，布票、粮票、油票、豆腐票渐渐作废了，请客的餐桌上摆的菜越来越多。那时过年，几乎家家都炸南花根，我们也学着炸。买不行吗？那时还不能跟现在相比，钱得算着花。炸南花根是个麻烦活，先把糯米浸两天，接着放在钢管筒里用木槌抖，咚咚咚咚，十多斤糯米要抖到半夜才抖碎完。然后用大约五分之一的糯米粉和糖蒸熟，把门板取下来，熟糯米粉和生糯米粉在上面一起揉，揉好了再做成大长条，切成细细的一根。油锅烧热了，用网勺放半勺生南花根下去，"哗——"生南花根在油锅里跳起舞来，扑鼻的香味马上弥漫整个屋子……

新年的子夜，各家的鞭炮噼里啪啦地响着，震耳欲聋，还有尖啸着的冲天炮，家属区的上空，升腾起淡淡的青烟。大人和小孩，围着火炉，聊着家事，心里默默地祈祷着，来年平安，来年福运。

五、由衷的忏悔

一九九九年十月，我们从马田站踏上了火车。此时，我已近六十岁，永宁五十五岁，但我们仍觉得精神饱满，青春犹在。到广州去，那是改革开放的前沿，把我们在矿山的梦修补得更圆吧。时光荏苒，不知不觉我们在羊城上了十多年的班。她穿白大褂，脖挂听诊器，我站讲台，手拿粉笔。她工作的最后一家医院是深圳的雪象医院，主持的妇产科是全院最大的科室，医护人员共有四十多人，每月出生的婴儿最多时有两百多名。孕产妇的死亡率要求控制在十万分之十四，深圳卫生局对此要求极严。各种疑难手术和危急病情她都要亲自处理，下级医生所提出的各种问题也必须给予明确肯定的答复。临走时，科里的同志们十分不舍，他们认为叶永宁是他们一生中所遇见的最好的主任。至于我所在的华成教育集团，是由中等专业学校上升的进修学院，后又上升为高等职业技术学院。我手上的教本也由中级英语改为了大学英语和商务英语，并负责英语系的工作。广州私立大中专院校实行学生评课制，有月评和期评，有的人不能胜任中途便会离职，董事会对此不含糊。

我依然是学院师生中的文艺活跃分子。大约是二〇〇八年吧，南方发大水，广东省电视台组织赈灾义演，要我们去为一个合唱团做合成配音——假如录下四个人的合唱，就把它配成八个人唱，然后再配成十六个，三十二个，六十四个……我们去的都是爱唱歌的老师，试唱过后，录音师说："只要四个专业老师，其余的请下来。"他所指的四个专业老师有我一个。不过，不好意思，我可没进过音乐学院。

在广州深圳的打工生涯，可以说是顺风顺水。我们心里非常明白，是矿山几十年的锻炼和积蓄，给了我们自信，矿山是我们人生中最大的幸运平台。人们在回首往事时，对曾经受过的不公正对待往往耿耿于怀，比如我就常陷入悲哀，举几个例子吧。

过苦日子的时候，我们每天不到一斤米，每月三两油。自己吃还嫌少，哪有粮待客。一次恰逢近月底，来了个少年时的挚友，身上没饭票了，咋办？思来想去，找领导——领导的粮也是定量。大清早就敲开了女校长的门，我把情况一说，她随即给了我三斤饭票。

我们的老干部校长，就是他在我转正时给我多加了一级工资，还把他的鞋子送给了我穿。他老了，生病了，一个人寄住郴州的一户人家，我却没去看过他。

当了一辈子老师，我们的指导思想都对头吗？看到学生做错了，我们就批评，就给脸色；对成绩好的学生，喜欢，夸他聪明；不好的，认为没出息，说他笨。我们的学生有的当了教授，有的在部队成了指挥员，有的成了企业家，而读书时的他们也不一定都是佼佼者。影响一个人成功的因素是多方面的，学生最需要的是我们的关心、鼓励、理解、耐心和等待，而这，我觉得自己做得很差。

近来有科学家想象宇宙也许存在时光隧道，在隧道里人类可穿行于过去和未来。我多么希望钻进这个隧道。如果让我重新当老师，我会知道我最该怎么做；我希望看到那些帮助过、关心过我的人还活着，我会脱帽弯腰向他们致意；曾经的过错将不让其发生；失去的机遇我会当场抓住；我们又风华靓丽……

矿上的许多老职工和我一样，现在居住在郴州。我回去过矿山几次。但凡回去过的人都说，矿山败落了！矿山败落了！多年的开采，资源枯竭，只剩两对井还维持着。尤其是矿部左右的两工区特煞风景，井口一封，高压线拆走，铁轨、翻滚笼、斗车，一切还可用的器材卸除，只剩水泥机座和屋基，荒草萋萋。煤仓垮塌了，轰轰嗒嗒的生产交响曲不再奏响。各工区的家属区，曾经鸡鸣狗叫，炊烟袅袅；如今兔藏鼠没，荒无人烟。

从二十世纪五十年代到九十年代，煤炭是我们国家的主要能源，没它火车开不动，发电机转不了，煤炭工人为中华人民共和国的现代工业做了很大贡献。我们的矿山曾经直属煤炭部，是郴州地区响当当的企业，有多少人在这里圆了他们人生之梦。它养育了整整三代人，有的人甚至为它，为中国的发展献出了生命。

矿山的情结时不时来缠绕我的心，多少个日日夜夜，那些酸甜苦辣是我挥之不去的记忆。我想，所有在矿山奋斗过的人大概和我一样，我们不会忘记那十里煤城，不会忘记那纵横于地下的滚滚煤流。我们不应忘记它，它的精神永存，它昔日的辉煌还在激励我们和我们的后代继续前进。

矿山还在呼唤我们啊！

赵铠*作品

写在你四岁时的话

挚爱的赵籽程：

今天是你四岁的生日，首先要祝贺你平安地度过了你人生的四个春秋。这很值得祝贺，因为你本应该还有一个姑婆，但是她因为疾病没有见过四岁以后的世界。这四年是你人生中非常轻松的一段时光，那是因为外公、外婆、幺婆、爷爷、奶奶、姑姑、大爸、舅舅、舅妈、妈妈、爸爸、文幺、姜幺、诺幺、欢幺、婷幺、芳幺、雪幺都在用爱一路护你周全，尤其是你外婆，在所有人当中她对你付出最多，最辛苦。你现在还不理解，也记不住，爸爸先帮你记下了。等你长大了，这些人一个都不能忘。

历史总是惊人的相似，四岁是人生的一个节点，于爸爸是如此，于你也是如此。因为上学路太远，爸爸四岁离家，去你舅爷爷家寄住，正式开始我的求学生涯。今天，你有更好的上学条件，爸爸却离开了你所在的家。因为这件事情，很多爱你的人都非常担忧，害怕没有爸爸的陪伴，你不能很好地成长。其实，爸爸一点儿也不担心。首先，你是我的儿子，其他的不敢说，慧根多少是有的。而且你遗传了妈妈的美貌，你的先天已经很有优势了。其次，爸爸的离开并不代表你没有父爱，你一定要记住，只要爸爸还活着，你就拥有父爱，而且是满格的。在你真正需要的时候，爸爸一定会出现，无论以何种形式。最后，爸爸离开前也已经和妈妈一起帮你置下了家业，让你以后至少栖身无忧。同时，爸爸要告诉你，人生的路本来就是要自己去走的，你爷爷真正出现在爸爸世界里的时候，爸爸已经八岁了。以爸爸的经验来看，人生前面的路很好走，你都不会觉得自己在走路，你就天天玩你的奥特曼，看你的僵小鱼，吹你的泡泡水，打你的水枪，骑你的小车车，吃你的棒棒糖，玩你姐姐的橡皮泥、水彩笔，没事就和妈妈拍抖音，用你的迪迦变身技能和舅舅比画比画，总之，想干吗就干

---

* 作者简介：赵铠，一名"90后"，曾是一位老师，现在是一名公务员。

吗，反正你长得帅，感觉不对劲卖萌就可以了。

但是，往后的人生路上，有很多问题是你无论怎么卖萌都解决不了的。今天，爸爸要跟你谈一谈这些问题，希望等你以后真正遇到的时候好有个参考。

一、你是谁？

你的名字叫赵籽程，是爸爸研究了《姓名学》，并结合了你爷爷的意见之后，亲自给你起的。因为你出生于2018年1月12日，农历丁酉年冬月二十六日，年份属鸡，爷爷说名字里面必须要有米，爸爸专门查了《康熙字典》，结合笔画和字的五行属性为你选了"籽"字。你出生的时辰为亥时，爸爸结合你的八字搭配和天、地、人三格为你选了"程"字。综合起来的意思就是衣食无忧，前程远大。

然后，爸爸再来给你讲讲你的姓和字派。你姓赵，赵姓是百家姓之首，这是从太祖赵匡胤一路传下来的。我们这一支的家谱是"思才膺必仲，友祖永兴隆，天元文汉楚，万代富贵昌，国治民心顺，邦字万悬梁"，你是昌字辈，刚好是从祖宗传下来的第二十世孙。以后的人生，你要行不更名，坐不改姓，无论谁问你，大大方方地说，我叫赵籽程。遇到族人，必须要清楚自己的位置，称呼的时候不能乱了辈分。

二、你从哪里来？

要谈这个问题，爸爸首先想让你记住一句话，以后你也要讲给自己的后代。"祖宗虽远，祭祀不可不诚；子孙虽愚，经书不可不读。"因为这是解决人生问题的"总钥匙"。

你从哪里来？这个问题本身很简单，你从妈妈的肚子里来，妈妈为了生你，受了两次大痛，一次是因为想早点见到你，一直用催产素，但是妈妈痛得都受不了，你还是没有来，于是妈妈为了你又挨了一刀，让医生叔叔把你取出来了。"儿奔生，娘奔死，只隔阎王一张纸。"你在产房刚出生的视频爸爸帮你保存着，是让你不要忘了妈妈的痛，以后做任何事，想着点妈妈，尽量不要让她再痛了。

但是，在来妈妈肚子里之前，你在哪里？这是你要用一生去回答的问题。爸爸给你一个提示，来妈妈的肚子以前，你是不存在的。但是你可以反过来思考，妈妈是从哪里来的？爸爸又是从哪里来的？顺着这个思路一直往下找，你就能找到你的来处，而这个路就藏在万卷经书中。只有你走过了这书山之路，你才会真正理解为什么我们每一个人都叫华夏儿女。你也就能理解爸爸为什么要让你记住"祖宗虽远，祭祀不可不诚；子孙虽愚，经书不可不读"。否则你将是无根的浮萍，不知来处，自然也难以知道该往何处去。

三、人生有什么意义？

这是一个很大的问题，但是爸爸给你一个很简单的答案。人生的意义就是好好做个人。要明白这句话，你首先要明白人与动植物的区别。动植物是不能改变自己的属性的，猫就是猫，狗就是狗，鱼就是鱼，鸟就是鸟，乌龟就是乌龟，大象就是大象，花就是花，草就是草，树就是树，无论它们的生命长短如何，也不管它们怎么努力，它们都改变不了自己的属性。但是人不一样，这个世界上有很多人，每个人都是人的样子。但并不是每个人都是个人，很多人走着走着就忘了自己是个人。爸爸对你的要求不高，只希望你能在这个光怪陆离的世界里一直做一个好人。因为只要你是一个真正的好人，你身边往往遇到的都是正儿八经的人。当然，在你分辨力和判断力还不够的时候，爸爸会努力把你放到有利于你成长的环境里，所以你也不用太担心。

四、人生应该追求什么？

当你知道怎么做人了，爸爸再跟你谈谈人生应该去追求什么？"天下熙熙，皆为利来。天下攘攘，皆为利往。"这句话你以后一定会听到，但是爸爸希望你千万不要相信这句话。因为你能追求的所有名利，我们的祖宗都已经实现过了。为名，我们祖宗的名声万世流芳，无以复加。你一生所能追求的名能超过太祖吗？为利，我们的祖宗富甲四海，冠绝宇内，你还能超过他们吗？所以，爸爸希望你以后的人生，不要为名利所累。爸爸希望你真正地去体会做人的乐趣。而人生真正的乐趣包含在亲情、爱情、友情、才情和同情等这些情感体验之中。一切外在的物质，不分贵贱，都是用来帮助我们传递这些感情的工具。千万不要本末倒置。当你的心里充满这些感情的时候，无论你是任何身份，去做任何事情，爸爸认为都是对的，因为你是一个真正的人，干的是人事。哪怕命运安排你以后只能做个乞丐，那爸爸会告诉你，在武侠小说中有一个乞丐叫乔峰。听完他的故事，你就自然知道怎么去做一个乞丐，哪怕你最后只能做到庄聚贤的程度，爸爸一样会为你感到骄傲。至少你心中有深爱的阿紫，也没忘记为父报仇，有情有义。面对强敌，明知不可为而为之，有男子汉的勇气。也比慕容复之类贪慕虚荣的伪君子不知强了多少倍。

五、男人什么最重要？

关于这个问题，爸爸先让你记住一句话："何以行走江湖，三分正气、三分胆气、三分才气、一分霸气。"男人最重要就是这一口气，先要练成一口气，然后还要练沉一口气，这样你才能收放自如。同时，在任何情况下，首先要保证自己留住一口气，不要动不动要死要活。其次就是你的膝盖。最后是你的眼泪。眼泪是个好东西，爸爸希望你一辈子都能拥有流泪的眼睛。但一定是要发自内心的，虚情假意的眼泪给我收好。

人生的问题一言难尽，今天先说到这里。以后遇到问题了，随时找爸爸。我说的是自己不能解决的，一般的问题自己去想办法。

最后，爸爸为你许一个一辈子的愿望，愿你一生平安喜乐，心中住着真善美。

你的父亲

做一个擦星星的人

夜已经深了，窗外不时地传来阵阵虫鸣，透过窗户望了望漆黑的深沉的夜空，没有月亮，也没有星光，正是在一个这样看似暗淡的夜晚，我的内心却充满了光亮，一股股新的思想源泉正慢慢地穿透曾经的迷茫、犹豫和颓唐，开始在内心静静地流淌，每一寸被滋润过的心田都孕育着同样的渴望，让一个真正的教育者的征程从此启航。

在前一段的阅读过程中，一首小诗从不同的角度一次次地闯进我的视野。从初读时的随意，到再读时的倾心，到现在在某种程度上成为一种信仰。就是那么简单的文字，却深深地撞击着我的心灵，让我不得不重新审视自己的职业，去探索在这条职业道路上无限的可能性，同时也去思考什么才是真正的教育。

总得有人去擦星星，
它们看起来灰蒙蒙。
总得有人去擦星星，
因为那些八哥、海鸥和老鹰
都抱怨星星又旧又生锈，

> 想要个新的我们没有。
> 所以还是带上水桶和抹布，
> 总得有人去擦星星。

　　老子说："万物之始，大道至简。"最深刻的道理往往蕴含在最通俗易懂的文字里。而每个人理解文字的过程便也成了悟道的过程。这首诗于我而言便是如此。

　　星星看起来怎么会是灰蒙蒙的呢？

　　在我幼年的记忆里，最快乐的记忆之一就是夏天的夜晚，在老家的院坝里搭一个圆篮，然后躺在里面仰望星空。那是一个特别奇妙的视角，一头是紧贴着大地的目光，一头是嵌入天幕的星光。在目光和星光交汇的瞬间，仿佛置身于另一个异度的空间里，甚至感觉不到自己的存在，只是留下满心的喜悦和明亮。于是，目光就在群星之间漫无目的地游弋，心也随之明晃晃地荡漾。在那样的时刻，心和星星交相辉映，人和宇宙也在无意识里进行着无声的交流，在潜意识里为黑暗打上明亮的斑驳。那时的我是无论如何也不能理解星星为什么会是灰蒙蒙的。直到我读到一本叫作《人类群星闪耀时》的书，心中的疑惑终于被撕开了一个缺口。

　　在浩瀚的宇宙中，除了那些我们肉眼可见的"明星"之外，还有更多我们看不清或看不见的星星。而在人类历史的长河里，又何尝不是如此呢？有些人的生命星光熠熠，照耀千古，为世人所仰望。而有些人的生命则油尽灯枯，沉入黑暗，无影无踪。想到这里，我有了一个大胆的假想，那些星宿下凡的传说会不会都是真的。每一个来到世界上的人都是一颗宇宙中不甘寂寞的星星，它们带着自己特有的光芒坠入凡尘，化成一颗颗跳动的心脏。于是每个人穷其一生努力地让这源于心灵的生命之光能够不因蒙尘而消亡，能够因为不断吸收能量而明亮，能够因为巨大的光芒而照亮更多的地方。若如此，那么我们每个人的首要任务便是要呵护这奇特的生命之光，让它不因蒙尘而消亡。我们每个人其实都穿梭在尘世间，行走在土地上，怎么会没有尘埃呢。所以，那些看上去灰蒙蒙的又怎么会是星星呢，也许那就是你我那一颗颗本该发光的心啊。想到这里，我不由得多了一丝惶恐。作为教育者，我们面对的是一颗颗拥有发光属性的心灵，而究竟怎样才能让每一个心灵都能尽可能地发光呢？我想借用一句王栋生老师说的话："不要觉得中国很大，中国人很多，面对教育的这些问题，如果我们都不去思考。那也许就真的没有人去思考了。"

　　达·芬奇曾说："眼睛是心灵的窗户。"如果我们仔细去观察，这个世界上最清洁明亮的"窗户"在哪里？一定是在每一个婴儿的眼睛里。每次看我六个月大的儿子的眼睛，都会被那种纯净的光所折服，感觉从他的眼神里能看到世间所有的美好。因为他们的心灵不含一丝杂质，所以能泛出那样的光。因为婴儿的目光，我始终相信人性本善。然而，现实中我们越来越多地听到"熊孩子"的事迹，也越来越多地看到行为出格、胡搅蛮缠的小孩，有时候你很难把这些现象和那些纯净的眼神放在一起去想象。孩子的心灵是什么时候蒙上了灰尘，甚至产生了污垢的呢？据此，我想谈一谈儿童的早期教育。

1. 家庭——儿童成长的起点站和风向标

苏霍姆林斯基曾经指出："童年是人生最重要的时期，它不是对未来生活的准备时期，而是真正的光彩夺目的一段独特的、不可再现的生活。今天的孩子将来会成为一个什么样的人，这里起决定性作用的是他的童年如何度过，童年时期由谁携手带路，周围世界的哪些东西进入了他的头脑和心灵。人的认知风格、个性特征、行为习惯、语言能力都在学龄前和学龄初期初步形成。"

第一次看到这段话，我感到很惊讶，惊讶于自己对于儿童成长问题的无知。现在社会上有很多职业都必须要取得相应资格证才能上岗，而父母这个本身极度复杂的职业却不需要任何资格就能上岗。因此，很多像我一样既没有理论知识，也没有实践经验的父母站在了孩子人生的起点站，成为孩子的领路人。但同时我也感到很庆幸，庆幸自己在还不算太晚的时候看到了这些话，它让我认识到父母对于孩子成长的重大意义，也让我开启了对于儿童成长过程的理论学习。朱熹曾说："人生至要莫若教子，至乐莫若读书。"

为人父母，我想我们都想把自己的孩子教育好，而真正要想把这件事做好，仅仅凭借感觉和经验是远远不够的，我想我们每个人都应该认真学习如何做父母。

2. 孩子是世界上最伟大的模仿者

根据让·皮亚杰的儿童认知理论，儿童对于这个世界的认识是从无意识地被动吸收到开始有意识地主动模仿。而这个过程在孩子一两岁期间就完成了。两岁多孩子的模仿能力就已经达到了一个极高的水平，无论是语言、动作还是行为。在这个时期，孩子最直接的模仿对象便是其监护人，如父母或者是祖父母。这一时期的孩子是听不懂说教的，那些道理完全没有进入他们的认知体系，所以在这一阶段最好的教育莫过于示范。你日常使用的语言会进入孩子的听力词库，你的习惯会潜移默化地成为孩子的习惯，你和家庭成员之间的交流方式和行为举止也会成为孩子与他人交往的模板，你每天呈现在孩子面前的活动会极大地影响他的兴趣爱好。总之，我们在生活中的言行就是孩子最鲜活的教科书。你想让自己的孩子成长为什么样子，那么你就用什么样的标准去衡量自己的言行。孩子的眼睛是照相机，如果你不想在他心灵的底片上打上灰暗的底色，那就不要在你的生活中扬起太多的尘埃。

3. 早慧的孩子都拥有怎样共同的经历

我们有时候会听到这样的故事，某某几岁的小孩识字上千，能背诵很多经典名篇，语言表达流畅，内容丰富，对比自己身边的顽童我们很多时候只能啧啧称奇，然后反观这些顽童，徒有羡慕之情。这样的宣传其实是很不负责任的，因为这样的孩子的确只是个案，而且这种个体的经验往往很难在其他孩子身上重现。所以，对于这样的报道，我基本上都是一笑置之。那么，有没有一些在儿童的智力成长方面具有共性的经验或者方法呢？在我最近阅读的《朗读手册》这本书中，我看到了一个让我很信服的答案。那就是朗读。注意，不是阅读，而是朗读。本书的作者吉姆·崔利斯对部分优秀高中生进行过调查研究，最终从这些阅读满分全优，词汇全优，综合表现全优的学生中找到了一个共同点。不管这些孩子是来自贫困家庭还是富裕家庭，也不管这些孩子父母的文化程度如何，在这些孩子的早期经历中，都有着父母持续为他们讲故事或者是朗读的经历。而有些父母为孩子朗读的习惯甚至延续到孩子完全能够自主阅读之后很久。基于这个结果，作者又去寻找了一些身边的案例进行研究，结果发现，有习惯为孩子朗读的家庭的儿童在入学时比没有朗读习惯的家庭的儿童智力指数要高三十点以上，而且后续的智力发育速度也有明显的差异。为什么朗读对于儿童的智力发育有如此重要的影响呢？在我看来，主要跟以下一些因素有直接关联。

第一，从儿童的认知规律来看，儿童最先接收信息的渠道是听力。当孩子在母体里的时候，孩子的视力还完全没有得到开发，但他们的听力已经在不断地接受各种刺激，甚至有些孩子在母体里就已经能对一些听力刺激做出简单的反映了，这也是现在流行胎教的理论依据。因此，在出生之后，儿童对于声音信息的接受程度是远远高于其他信息的，这也是孩子普遍喜欢看电视的原因之一。所以，如果我们不能够给孩子构建一些其他的接受声音信息的渠道，那么他看电视上瘾也就是自然而然的了。那除了电视里的声音，什么声音对他更有吸引力呢？一定是来自父母的声音。儿童对于父母的依恋几乎是一种本能。所以，为孩子朗读贴近于他们理解范畴的故事无疑是一个极好的方式。而在这个过程当中，父母、孩子、书本、阅读成为一个共同体，在孩子的潜意识里作为一种愉悦的体验而被保存下来。如果这样的体验在一次次的亲子共读的过程中被不断地强化，那么，阅读的种子自然会在孩子的心中生根发芽，他自然会慢慢地去亲近书本。朱永新教授曾说："一个人的阅读史就是他的精神发育史。"这样的局面一旦形成，孩子的精神发育便也踏上了起点。而很多时候，有些父母很无赖地说，我给孩子买了很多书，我也告诉了他读书的种种好处，但是孩子就是读不进去。试问，如果你让孩子读书，自己却在一旁玩手机，他看着那些在他那个年龄几乎无感的方块字，你让他要喜欢阅读！我只能很遗憾地说，你可能正在不知不觉间杀死他对阅读的兴趣。

第二，父母的朗读对于儿童词汇库的构建有着决定性的作用。孩子的词汇库是分层级的，尤其是在孩子识字以前，最大的词汇库一定是听力词汇库，然后听力词汇库的一小部分会慢慢成为他的口语词汇库。而在识字之后，才会构建自己的书面词汇库，之后书面词汇库当中的一小部分会慢慢进入写作词汇库，这就是我们在语言学习中经常说到的听说读写。在学龄前和学龄早期，孩子最重要的词汇库就是听力词汇库，这个词汇库的大小将直接决定孩子后面几个词汇库的容量。孩子到哪里去听呢？最重要的场所就是家。但研究表明，我们日常生活场景中产生的词汇数量相当有限，而且涉及面也很狭窄，如果孩子每天听到的都是日常生活中最简单的口语，甚至有些时候还有很多根本不合适的脏话。那么，这对他们的智力发育和口语表达都将形成很大的局限。该怎样扩大孩子的有益词汇库呢？最好的办法莫过于为孩子朗读适合他们的故事。研究表明，持续为孩子阅读一年能让孩子的听力词汇库扩大十倍左右。而随着时间的延长，虽然听力词汇库增长的速度会有所放缓，但随着许多词的不断重现，孩子的口语词汇库又会呈倍数地增长。所以，为什么有的孩子三四岁就能表达流利，内容丰富，而有些同龄孩子的语言却贫乏得可怜。试想一下，同样进入学校，经过朗读熏陶的孩子的潜在词汇量是没经过朗读熏陶的孩子词汇量的几十倍，那他们后续的发展会有多大的差异，恐怕不难预见。这也是为什么在民间流传着"三岁看大，七岁看老"这样的谚语，家庭既是儿童成长的起点站，同时也是儿童后续发展的风向标。中外的教育家都一致呼吁重视家庭教育的重要性，因此我想每一个父母都应该努力做一个启蒙者，同时为孩子营造一个尽量纯净的精神空间。不要让你的孩子还没有走出家门就已经"灰蒙蒙"的，如果是那样的话，离开家庭后他可能就真的会变成"灰溜溜"的。

韦文高*作品

岁月悠悠　晚情依依
——米寿老太忆初恋

　　初恋，是人生情感旅途中永远忘不了的亮丽风景，有时又是甜蜜和苦涩相交融的化合物，咀嚼起来甜蜜蜜，苦叽叽，说甜还苦，说苦又甜。回忆初恋，忆到深情处想眯眼停在那一刹那，想起别离时又泪眼蒙眬。因为初恋最纯洁，不带任何杂质，喜欢就是喜欢，不需要理由，也说不清理由。特别是一见钟情者，尤为如此。

　　一晚，华灯初上，我和老伴儿在养老院散步，忽遇一位米寿老太推着轮椅在廊道里漫行，因为相识便互致问候。她年轻时貌美如花，能歌善舞，还是富贵人家的娇小姐，中华人民共和国成立后当过海军文工团团员，转业后上过工科大学，是某航天大学的教授，现在是养老院歌唱班义务辅导员，十分活跃。一次，她和我谈到了她的初恋。

　　说到初恋，她十分专注，每个细节都记得很清楚。他们的相识真是一次意外，是典型的一见钟情。20世纪50年代初，她在苏州某中专学校读书，一次正在看一张部队征兵通报，站在身后的一名男生问她："你想当兵吗？"她回首一看，是一位帅哥，留下磨灭不掉的印象。不久，她真的被部队选中，到南京报到。一次，着装时髦、青春靓丽、姿态优雅的她路过挹江门海军学校门前一条林荫小道，被一个正在屈身系鞋带的现役军人挡住去路，停下了脚步。此时，她似乎为这位男士散发的诱人的气息所陶醉，很想看看他是何种模样。这时，这位男士也抬头看了看她。不看则已，一看两人皆惊讶不已：原来是他（她）。两个含情脉脉的青年男女对视时，都被对方靓丽的风姿吸引：一个浓眉大眼，

　　* 作者简介：韦文高，江苏省阜宁县人，1939年出生，1965年南京大学中文系毕业。曾任原《江苏电子报》《江苏省志电子工业志》主编，是《当代中国江苏卷》作者之一。有数十篇诗文在省以上报刊及"金陵作家""中国云天文学社"等网刊发表。

炯炯有神，英气逼人，似十八里相送梁山伯；一个面胜染脂，白里透红，柔美迷人，像秋波潋滟的祝英台。待那军人站起，身高一米八的壮汉，配着小鸟依人的她，让路人直疑他们是"天上一对，地上一双"，不断投来惊羡的目光。他俩边走边聊，方知两人的家世却不同：一个是江南某知名行业民族资本家的千金小姐，一个是出身平常人家却风度翩翩的大哥。不过，路遇只是路遇，心仪只是心仪，他们不可能只在几十分钟里决定终身。但是这次偶遇，为他们二人今后的曲折故事埋下了伏笔。

后来那位军人被派往抗美援朝的战场，与敌人进行了正面较量，经历了战火的考验。她因能歌善舞，应征到海军文工团，当了一名军旅演员。事有凑巧，她随团被派往朝鲜慰问演出，有机会见到了她心中的"王子"。朝鲜的战火虽然激烈异常，但这位"王子"始终没有忘记她，并要求与她确定关系。她经过党的教育，思想进步很快，向他提出了一个唯一的要求，加入光荣的共产党，并表示始终等着他。然而不久，他却疑有历史问题被调回国内，不久转业到地方。此后二人曾相约见面，谈及婚姻问题，她仍然坚持要他先入党，因为入党能证明他的一切。但是这一要求在短期内已成为不可能的事。不过，他仍答应她，她也坚持等待这一天的到来。若干年后，他被证明是清白的，但错过了。她曾在与他人恋爱前抱着一丝希望去看望他，然而自知无法完成入党要求的他，已经结婚生子了。她，等待了多年的初恋，他的人，他的情，终与她无缘。

她的丈夫也很优秀，不但是个一米八的大帅哥，还是一个敢于"下海"创事业的人，收入不菲。同时，他也是胸襟开阔，能包容其妻与初恋情人来往的人。她的初恋情人婚姻很不幸，后来又得了癌症。在无人照顾的情况下，她念及初恋的情感，也怀着对他设置过高的结婚"门槛"的愧疚之心，曾多次在病床前侍候他。可见她的爱是真的，情是深的，人是纯的。

听了这位大我七八岁的老人娓娓道来的初恋故事，我感慨良多。初恋，真像一坛醇香的美酒，注满浓情，闻着迷人，饮了心醉，别了留恋，耄耋难忘。

知　音

我有一位中学女同学，姓王名静，楚州人士，才貌双全，大家习惯称她为"小王"，直到古稀之年。她退休前为南京某名牌大学正教授，退休后沉迷翰墨，写有一手好字，经常受到有同样爱好的丈夫的赞扬，学习兴趣很高。最近，我在老同学群中问及她是否还在不停习字，她回复了两句话：子期已死，伯牙摔琴……

我略知古代有个子期，就查阅了一下，方知还有一段故事。伯牙与子期是战国时人，二人是至交。伯牙姓俞，名瑞，字伯牙，善弹琴。子期姓钟，善听琴，是伯牙的知音。伯牙无论弹的是高山瀑布，还是小桥流水；是草原奔马，还是山羊奋蹄；是百鸟朝凤，还是孤鸟独鸣；是激情奔放，还是哀怨倾诉……都能被子期一语中的。子期为伯牙的琴声所陶醉，伯牙为子期的睿智所征服。他们心心相印，须臾不愿分离。难怪子期一死，伯牙就摔琴自弃。

小王何出此言？原来是她的爱夫，也是同班老同学曹康，于去年病逝了。曹康患的是肺癌，开刀、化疗，在医院整整折腾了两年多。小王一直在医院陪伴、照顾了两年多，直至曹康离她而去，尽了一个妻子应尽的责任。其间，曹康的妹妹曾要求替换嫂子，让她休息休息，但曹康不同意，认为只有妻子最了解他的需求，只有她在身边，他才感到温暖、无所顾忌、安全、有信心。同样，也只有曹康，才最了解妻子的心思。他们同窗三载，共枕近一甲子，不用言语，举手投足，一颦一笑，就心领神会，是真正的知音。现在，知音远去，对牛弹琴牛不懂，宣纸挥毫无人赏，还有什么情趣？所以，伯牙摔琴，小王慵翰，是可以理解的。

古人中最懂知音并能表述到位的当数唐代大诗人白居易。他在浔阳江头送客时，听到船上的琵琶声，就听出弹者有不凡的经历："听其音，铮铮然有京都声。"他的六百零二言《琵琶行》，把琵琶女如泣如诉的琵琶声描述得淋漓尽致。"大弦嘈嘈如急雨，小弦切切如私语。嘈嘈切切错杂弹，大珠小珠落玉盘"，"银瓶乍破水浆迸，铁骑突出刀枪鸣。曲终收拨当心画，四弦一声如裂帛"。他感叹自己的贬官境遇与琵琶女年老色衰的落魄相似，竟毫不掩饰自己自怜的状态："座中泣下谁最多，江州司马青衫湿"。

在滚滚红尘中，酒肉朋友随处有，知音一人也难觅。所以，鲁迅先生在谈及与我党早期领袖瞿秋白的友谊时说："人生得一知己足矣。"有幸拥有知己、知音者，要知道珍惜和维护。谁是自己的知音？我想同学、同志、战友、亲人中都可能会是，但最好的恐怕是与你相濡以沫、白头到老的爱人。正因为如此，我的老同学小王才对丈夫的离去悲痛欲绝，才难以很快振作精神，才反复重温两人昔日的恩恩爱爱，才无比羡慕别人成双配对的温馨画面……

但是，我还不得不奉劝一下丧偶者，或者失去知音的朋友，过去的时间不可能挽回，逝去的亲人不可能复活，生活中我们需要尽快振作起来，面对未来过好每一天。相信你逝去的亲人或知音，也一定不愿你因为他们的离去，永远沉浸在悲痛的深渊里，而是希望你们过得很快乐。一句话，振作起来，放下包袱，迎着朝阳，继续前进。知音难找，但也不是唯一，前边可能又有一个，如果有幸碰上，不妨敞开一叙。

正是"山重水复疑无路，柳暗花明又一村"。

观朝日赏夕阳

清晨，金风送爽。我登上养老院的凉台，抬头一看，一轮红日正从东方地平线上升起，把天空的浮云染成向四面八方辐射的霞光。我快速举起相机，把这一道不断变幻的美景拍下。朝阳，圆圆的脸蛋，先是深红，后是浅红，再后是上白下红，最后是一片银色，由大到小，由低到高，冉冉升起，给天地万物送去温暖和光明，哺育它们茁壮成长。

黄昏，我还是站在那个地方，却看到另一番情景：夕阳正在西下，她先是白的，小的，然后逐渐变大，变红，直到满脸通红，把周围的云层照得五彩缤纷。东边的天空，还染出一弓连天接地的彩虹。赤橙黄绿青蓝紫，瑰丽无比。我们尊敬的夕阳，不知疲倦地忙碌了一天，把一道道灿烂的美景留下，把满腔热情洒向四面八方，最后悄悄隐到高耸的青山背后。大地渐渐被苍穹降下的无边黑幕覆盖。夕阳，累了，休息了。

我静静地，依依不舍地，在原地站立良久，对比朝阳与夕阳的异同之处，忽然向天发问：朝阳，夕阳，你们长得很像，但上升与降落时又很不同，究竟是什么关系？是兄弟，还是父子？她们告诉我：都不是！她们是一副真身，两个名字。朝阳升起，工作累了，要下山休息，就变成了夕阳。夕阳醒来，再次升起，就是朝阳。

想到这里，我释怀了。原来，夕阳经过休眠，是可以重新成为朝阳的。朝阳，夕阳；夕阳，朝阳，是可以相互转化的，是循环往复，生生不息的。

人生也是如此。青春，年暮；年暮，青春，也是可以在一定条件下，相互转化，彼此承续，演绎一幕又一幕华彩动人的大剧，弹奏一曲又一曲美妙动听的乐章。真的是：

人生如朝日，

亦似美夕阳。

上下轮着转，

明天更亮堂。

移栽到养老院的香樟树

大约四月底，沐春园移栽了一批有脸盆粗的香樟树。这些树据传是某救助站因迁移友好赠送的。为了运输的方便，树头和枝干都被砍去了，只剩下光秃秃的身段和带泥的老根，显得十分可怜和无助。俗话说："人挪活，树挪死。"如果树有灵性，它们一定知道，自己是被主人遗弃了。因此，我很同情它们，也很欢迎它们。从它们的直径看，它们的年龄也不小了，有的恐怕已有了"养老"的资格，和我们差不多。惺惺相惜，所以我对它们特别有感情，希望能和我们一样，适应新环境，陪伴我们终身。

但是，我十分担心它们是否受得了砍截的伤害，是否受得了被强行迁移的委屈，是否能够适应变化了的新环境，继续活下去。所以，我和老伴儿，以及不少住在这里的老人，每天看望它们几次，围着它们转，抬头观察每个枝权，看看有无新芽出现。可惜的是，盼望了很多天，它们仍是光秃秃的素面朝天，让我们有点失望和伤心，心想，难道它们想不通，打算放弃宝贵的生命；难道这里的人对它们服务不周？然而，过了若干天，我们惊喜地发现，有几处尖尖的绿芽从厚厚的灰色树皮缝隙中穿出，让我们看到了生的希望。此后，我们连续几天观察，发现每棵老树的枝干上，都分别长出了绿中带黄的嫩芽，一处，两处，三处，芽分裂出片片绿叶，在春风中摇曳。然后，又一簇，两簇，三簇，蓬勃生长，绿黄红相配，美艳欲滴，春色盎然。老树，又迎来自己无限美好的青春。最让人产生遐想的是，有两棵香樟树的根长在一起，地面上伸出四条主干，犹如养老院里的老年夫妇，展开双臂，欲抱还羞。或许因为情投意合，与其他独立的老树相比，它们的枝头上，长出更多更密的青枝绿叶。由此我想到，古人的"天人合一"理论是多么富有哲理啊！

饱经风霜的老香樟树，移栽到沐春园养老院后，在管理人员的悉心照护下，不仅坚强地存活下来，还不断长出新枝绿叶，与院内上百种绿草鲜花，如月季、牡丹、玉兰、樱花，以及绿草、冬青，还有蝴蝶、飞鸟等一起，集高大威武与多彩柔美为一体，把养老院打扮得美不胜收，让老人颐养天年，是值得我们好好珍惜的。我们要像香樟树一样坚强，既来之，则安之，与各种困难抗争，生活得更光彩，更持久。

不幸的是，我最近又去观察了一下，发现有一株高大的老香樟树因救治无效，在其他移栽的同伴蓬勃生长时，一直光秃秃没有生机，不知何时被挖走当木材使用了。它原来占有的地方，栽上了其他花草，长势良好。这让我又怀念又感到些许安慰，心想：老香樟树不就和住院老人一样，也有逝去的一天，幸好也有更蓬勃的鲜花绿草接班了。这正是：

> 沉舟侧畔千帆过，
> 病树前头万木春。

沐春园护理院记

石城东隅，紫金南侧，有园名曰"沐春"，南京五星级护理院是也。此院由江宁区政府投资，江苏省级机关医院运营。

沐春园占地八十余亩，建筑面积近六万平方米，有六层以下新楼七座：颐静园、颐康寓、颐养居、颐悦轩、颐善苑、德孝轩、综合楼；寝、娱之所四处：荷花厅、梅花厅、兰花厅、牡丹厅。楼、厅之间，廊道连通，扶手逶迤，晴蔽日晒，阴遮雨淋。医院、餐厅、居室、浴房完备，音乐厅、书画室、棋牌室齐全。自理、半护理、全护理，等级分明，各取所需。可供近千老者入住。性价比合理，为金陵小康人家养老首选佳处，被国内同行视为典范。全国各地均有人来考察学习，称其誉满华夏，乃实至名归。

该院环境雅致，风景优美。远眺青山巍巍，虎踞龙盘。海事学院巨帆式高门，似乘风破浪。近闻流水潺潺，语细声轻。音乐大厅溢出的"大珠小珠落玉盘"的琴音弦意，任情感流淌。围墙外，东有松柏常年耸翠，西有油菜花新春洒金飘香。院内草木葱茏，四季如春，鸟语怡心，花香袭人。金秋丹桂竞放，浓香四溢。寒冬，玉兰花洁白无瑕，枝头傲立。蜡梅与瑞雪争锋，"遥知不是雪，为有暗香来"。更有月季轮番争艳，常年五彩缤纷。尤其移栽进来的香樟树，高大挺拔，虬枝勃发，似入住翁婆，老而弥坚。

近来落户两座古色古香的新亭：一名"晨曦"，一名"夕照"，皆有飞檐翘角，典雅别致。前者四翼雕龙，威武雄壮。后者六面画凤，雍容华贵。两亭左右顾盼，龙凤呈祥。门柱上红底金字的两副名人楹联："但得夕阳无限好，何须惆怅近黄昏""老夫喜作黄昏颂，满目青山夕照明"，令文人流连止步，让才子吟哦不停。若登亭极目，"落霞与孤鹜齐飞，秋水共长天一色"，恐疑身入梦里仙境矣！

良禽择木而栖，老人选院而养。该院具敬老、爱老、护老之心，行代人尽孝赡养之德。二十四小时有呼必应，解答疑惑语柔声轻。餐饮品种任选，有约直送床头。受到儿女青睐，赢得翁婆乐居。两年筑巢引凤，四载实践体验，几百间居室爆满，众多老人入住。

院内往来多高知，出入皆不俗。工农兵学商兼容，古稀耄耋之年共处。有农村无儿无女五保户安居，有城市子孙在外打拼的"福爹妈"落户。这里藏龙卧虎，人才荟萃：那坐轮椅的，曾驾机翱翔蓝天数千次；那持拐杖的，曾是"两弹一星"研制的参与者；那耳背手抖的，曾是几座地标式高楼的设计者；那在大厅带领"俏夕阳"们学模特、走猫步的"徐娘"，曾是某高校知名教授；那些在本院老年大学教学点凝神听课的，也曾是某专业的学者、导师，甚至是将军、高官。

在这里，不分高低贵贱，无论贡献大小，都是被护理的对象，皆为普通老百姓。过去的光环存史，曾经的职务归零。能自理的，到餐厅按序排队。可否优待，只看身体，不问地位。我们梦想中的平等、安宁、和谐世界，在这里实现了。

纵有部分老人"返老还童"，不会说话，举止不便，"老吾老"的护理人员会悉心帮助，反复教他们学说"我爱你，老伴儿"，练习过去一直不好意思在人前做的亲密动作：亲吻和拥抱……学会了，还羞涩地开颜一笑，并获得护理小姐的点赞：爷爷有进步，奶奶要再大方一点，靠近一点……"好！"只听"咔嚓"一声，留下一幅幅相濡以沫、鸳鸯吻颈的美照，重现几十年前初恋时含蓄、腼腆的笑靥，并用视频传给远方正在期盼这一刹那的儿孙们……

沐春园，真是一个养老的好地方，是一处世外桃源。陶渊明先生，你来吧，这里可再写一篇新的《桃花源记》。欧阳文忠公，你也来吧，这里有两座亭子，够你再写两篇《醉翁亭记》。

步出大门，回望这里的一切，我不禁自言自语：人间此处芳草萋、人情浓，等我和夫人老了，也牵手落户此境，欣赏、享受落日的余晖，咀嚼、重温百年的爱情。

爱的足迹

在风景如画的黄山情人谷，有一座巍峨的石碑，上面镌刻着一百个红色的、不同写法的汉字——"爱"。我的理解是，爱的形式可以多种多样，但都要做到百分之百的纯洁、美好。在它的前方，还有一架连接两座葱郁山峰的悬索桥，名曰"情人桥"。这架情人桥，把两座山峰，不，是一对自然界的情侣紧紧联系在一起。执着的恋人们通过这架桥，就会眼前一亮，看到一片绿树环绕、云飞雾罩、山泉叮咚、百鸟鸣叫、两两相连的爱情之峰。在通往这些爱情之峰的小道上，一对对情侣、夫妻正挥汗如雨，互相搀扶着拾级而上，向爱的峰巅攀登。目睹这一幕幕动人的情景，我们回顾近八十年的风雨人生，近半个世纪的爱情生涯，倍感亲切、幸福。就犹如走在这连绵的山道上，弯弯曲曲，移步换景，风光无限。于是，从甜蜜初恋开始的爱情之旅，像电影一样，又在我的脑海里重现。

一、恋爱

偶遇佳人同舫渡，惊鸿掠影坠情河。我们的恋爱在不期而遇中开始了。我俩牵手在翠绿的柳荫下，漫步在潺潺的小溪边，迎着漫天的朝霞走，踏着朦胧的月色行。时而像小鸟一样相互追逐，时而如鸳鸯一样相互依偎。在我们心中，天总是蓝的，地总是净的，水总是清的，人总是靓丽的，一切的一切，都是美好的。我们沉浸在爱的甜蜜里，如痴如醉。

二、新婚

恋爱是婚姻的前奏曲，婚姻是恋爱的升华。恋爱是浪漫的，婚姻是现实的。经过短暂而又漫长的恋爱之旅，我们终于步入神圣的婚姻殿堂。由于时代和条件的限制，我俩的婚礼很简朴。但是，令我感动的是，她——一个农家淑女，十分理解，毫不计较。婚礼，只请三桌人——家人、近亲和挚友；摆设只有数件物品，绣花枕、木马桶、红棉被、白纱帐。三天婚假后，我离开了家，她却留下了，留在我那个有点贫寒的老家。我们依依惜别，一直携手到村口。我站住了，她叮嘱我：外边风雨多，要注意冷和暖；工作担子重，要安排好逸和劳。家事别多虑，有她和父母。说完，她背过脸，泪水止不住地喷涌而出，引得我也控制不住，情不自禁地紧紧抱住她，一起把这甜蜜又饱含酸楚的热泪流个够。

三、结晶

一个多月后，她来信告诉我：她有喜了！我激动得彻夜难眠。这是我们爱情的结晶，我要当爸爸了。这叫"晋升""又进步了"。第二天，我奋笔疾书，问她胃口好不好，想吃什么菜；问她胎动否，感觉是好是坏；问她要什么，缺啥我去买。然而，她却说，生产队里有粮分，家里存有老咸菜；自养几只老母鸡，要钱用就把蛋卖；家里什么都不缺，只盼你有空回来。我知道，她把条件差说成条件好，全是为了安慰我这个游子。于是，我用每月一点一点积存下的所有积蓄，给她买去奶粉，寄去关爱。

四、团聚

经过漫长的等待，我们终于结束了两地分居、只有鸿雁传书的状态，过上了正常的家庭生活。我们日出忙上班，月上回家来。冷被一起焐，难题共同解。油盐酱醋茶，由我负责买；蒸煮炒煎烤，全靠她的才。儿子去上学，接送巧安排。生活条件好了，感觉时间过得特别快。一晃几十年，我们在时光流逝中渐渐变老，两鬓悄悄染上了秋霜，孩子也在飞速长大、成才，家庭也迈进了小康。有句话说，阳光总在风雨后。现在，我们体会到它的真切存在。

五、忆旧

我们生在旧社会，长在红旗下。不知不觉中，到了退休和含饴弄孙的快乐阶段。我们每天一起在家里吃饭、看电视，一起到公园漫步、聊天，一起到儿女家照顾孙子和外孙。我们还重游当年恋爱去过的老地方，重享昔日的温馨，补问当年未及问过的大问题：你到底爱我什么？回答都是惊人的一致：一是长得帅、长得美；二是忠厚和诚恳；三是永远不变的爱。她补充说："还有你的三分呆。"有人问："当前不是要'高富帅''白富美'吗？你们为何不是？"我说："豆腐配青菜，各有各喜爱。"老伴儿回答："高处不胜寒，我们衣单体弱怕冻坏！"

六、永恒

最近一年，我们的记忆明显衰退，出门忘记带钥匙，进不了家门；要打电话，想不起号码。但是，我们始终没有忘记美和爱。昨天去超市，老伴儿买回化妆品，把自己好好地打扮了一番，对着镜子叫我："夫君，你快来看，我是否有一点当年的模样?"看她美滋滋的样子，我情不自禁地亲了亲她，但朝镜子里一看，把我笑弯了腰。原来，我的两颊都盖上了她的红红的唇印——樱桃小口，艳若牡丹! 没想到，这一幕被刚开门进来的儿子和儿媳看到了，他们开怀大笑。儿子说："爸、妈，来，坐到沙发上，让我们给您二老补拍个新婚照!"儿媳忙把他们的婚纱、西服拿来给我们穿上，扶我们坐下，还说："近一点，再近一点!"孙子也大声提示："笑一笑，茄子，茄子!"然后，这一幕不竭的爱被永恒定格，让我们又回到了风华正茂的年代，感到无比幸福、自在! 这时，几缕金色的霞光，从西窗斜射进来，顿时满室生辉，我不由自主地惊叹：啊，夕阳无限好，人生多曼妙!

宋红霞*作品

致我亲爱的哥哥

今天是农历的十月二十一日，是我最亲爱的哥哥的生日。祝哥哥生日快乐！永远平安健康幸福开心到老！

哥哥，其实小妹有好多心里话想说，却一直装在了小妹的心底……

哥哥在我们家兄妹中是老大，都说长兄如父，的确，我们家的哥哥就像我们的爸爸一样，为我们这个家付出的是最多的。他不但学习成绩优异，而且从小就特别地懂事听话，体贴长辈，照顾弟妹，照顾家，从小就有责任和担当。哥哥还时常被左邻右舍的长辈们称赞，哥哥不但长得帅，而且为人处世特别好。

我家兄妹四个，我是哥哥的小妹。我打小就知道哥哥最心疼小妹，最爱小妹。我是一个不足月，只有七个多月的早产儿，在那艰苦的年代，由于妈妈怀我的时候，身子特别虚弱，妈妈快要生我的时候连七十斤都不到，并且还要去参加集体的田间劳作，收割稻谷，就在那时，不安分的我就从妈妈的"宫殿"里早早地来到了人世间，一开始生下来时只有三斤重，在家人们的精心照料下，我才得以留在了人间。小时候的我，常常被哥哥抱着或背着。

哥哥从小就喜欢养花，这一爱好一直保持到现在，我们从小看着哥哥养的美丽的花儿长大，长大后，我们都像哥哥一样养些花儿，但远不及哥哥养得多，养得好。

哥哥，小妹今天要诚挚地向您道歉，因为在我上中学一年级的时候，我没有征得哥哥的同意，就悄悄地摘了一把哥哥种的香香的粉团月季花送给了我的老师。哥哥，对不起！

哥哥养的花，特别美，特别香，哥哥对待那些花儿就像对待自己的生命一

---

* 作者简介：宋红霞，来自四川成都，从小热爱文学，现已退休，是一名自由人士，不忘初心，回归童真。怀揣梦想，放飞自我！座右铭：快乐精心做好每一件事，善待我生命中相遇的每一个人。

样。那些花儿在哥哥的精心照料和呵护下，盛开了，我们家整个院坝，花香扑鼻，那些花儿们争香夺艳，美极了！有红红的鸡冠花、有粉红粉红的香香的粉团月季花、有紫白紫白的喇叭花、有淡白淡白的扁竹花、有姹紫嫣红的指甲花、有雪白雪白的喷香的枝枝花（又名栀子花）……引来好多的邻居和小朋友们时常专门来我家围观、欣赏那些美丽的花儿。

记得那年我 13 岁，我和哥哥在田间劳作——用锄头把那些大泥饼打细，兄妹俩边聊天边干活，这时我耳边不远处传来了清脆的"叮叮当，叮叮当"的声音，是敲麻糖的来了，我心里特别高兴。在那个年代，麻糖是我们心中最好吃、最甜、最香的东西。我看着那背背篓的老爷爷，迈着稳健的脚步，手儿不停地敲着，一步一步朝我们走来，这时只听见我哥哥说："老人家，我要敲点麻糖，多少钱一斤？"老爷爷忙停下脚步，露出满脸的笑容，和蔼可亲地对我哥哥说："小伙子，八毛钱一斤。"那时我心里别提有多高兴了：我哥哥要敲麻糖喽！我要吃香东西喽！我喉咙里不住地咽口水。老爷爷立即放下背篓，把上面盖的一层油布轻轻掀开，里面现出一大块白白的香香的麻糖来。我看见哥哥从包里掏出仅有的五毛钱，微笑着对老爷爷说："敲五毛钱的。"那老爷爷笑眯眯地敲麻糖，先用敲子敲两块稍微大的，再把它们敲成小块小块的，放进秤盘称一下，刚好五毛钱的，又添了两小块，用纸包上，递给哥哥，然后又背起背篓，敲着"叮叮当，叮叮当"的声音往前走。我望着那老爷爷远去的背影，心想，老爷爷您啥时候能再转到我们这个村来？这时我听见哥哥亲切地喊："小妹，快来吃麻糖喽！"那个年代的麻糖可香甜啦！我和哥哥，你一小块我一小块，不一会儿就把那半斤多的麻糖吃完了。那个年代的麻糖是用麦子纯手工做的。时光过得好快，一晃就过去了几十年，现在偶尔听见那"叮叮当，叮叮当"敲麻糖的声音，总想去买来尝一尝，可不管尝一回还是尝两回都无法吃出我们儿时吃过的麻糖香甜的滋味，在这商业时代，现在的麻糖也不再是纯手工做的了，机器代替了人工，且原材料也有变，不知加了什么。我还是留恋哥哥那年买的麻糖，特别的香甜脆且美味，让人记忆犹新，回味无穷，那"叮叮当，叮叮当"的响声，永久地刻在了我的脑海里。每每回忆起那次吃麻糖，我心情倍爽，感到特别幸福，特别快乐！

记得我进医院期间，每一次都是我亲爱的哥哥最先出现在我眼前并无微不至地照顾我。哥哥不知为我操了多少心。29 年前，有一次我生病，病得连走路都没劲的时候，是哥哥用那坚实、有力且温暖的身体把我从人民医院的大门口一口气背到了住院部的楼上。30 年前，当我在七十八军医医院又一次住院的时候，是哥哥非常细心地喂我饭菜，因为当时我的右手受伤了……每一次想到这些时我都会感动得流泪，哥哥对我实在太好了。哥哥还为我买衣服、带我去眉山三苏祠、带我去名山县玩、去成都动物园、给我买礼物……哥哥对我特别的爱，令我今生永不忘。我的哥哥是世上最好的哥哥。

我从小就特别喜欢哥哥，以至长大后，那年我在电机厂里上班，时年19岁，我的师傅——白五姐问我："宋妹，以后你找对象，要找什么样的人？"我毫不犹豫地对五姐说："我呀，找对象要找我哥哥那样的人。"五姐听我这么一说，一下子就笑起来了。我说："五姐，请听我娓娓道来。"接着我讲我哥哥如何如何地对我好……五姐听得入神，一个劲地称赞我的哥哥，说我哥太好了。后来我找了对象，如我所愿，他果真像我的哥哥一样，很疼爱我。虽然他的个子没有我哥哥高，但是令我很满意，对象就是我的老公，老公待我和家人都特别好，我亦把老公当亲哥哥对待。我有两个好哥哥，此生足矣！

我的哥哥不吸烟，不喝酒。特别勤劳，做事也特别麻利，哥哥以前是木匠，大木、小木都会做，我和姐姐结婚时的家具都是哥哥亲手做的。哥哥的厨艺很好，会做好多美食。哥哥亦是养花能手，屋顶上养了一两百盆花，花香飘逸，果满园。哥哥还是个孝顺的孩子，对爸、妈都很好。我们三兄妹为有这样的好哥哥感到无比地幸福和快乐！

没有哥哥多年无微不至的关怀、体贴、呵护和帮助，就没有今天的我，我特别地感恩哥哥。今天小妹要大声地对哥哥说："哥哥，我爱您！我永远深深地爱着家里所有人。"

哥哥，我们都永远深深地爱着您！

祝哥哥开心快乐每一天！祝家人一切安好！

2021 年 11 月 25 日早上 5 点 38 分于家中书

百年辛劳育儿孙

奶奶出生在一个大户人家，家中办有私塾，我奶奶就在自家的祠堂念书。她是一个非常能干、从小就被我的曾祖母称赞的闺女。我的奶奶高挑美丽，有一米七二的个头，白皙的瓜子脸，长长的腿，手也长长的，还有一头长长的黑头发，时常面带微笑，显得十分和蔼可亲。

奶奶兄妹五个，奶奶为大。照顾弟妹，和气持家，奶奶到了出嫁的年龄，我的曾祖母依然舍不得奶奶出嫁。在清朝末年，女孩都十七八岁就嫁到夫家的，我奶奶是二十五岁才嫁到夫家。我的奶奶不管在娘家还是在夫家声望都很高。我们宋家的曾祖母把我奶奶当自家的闺女，婆媳关系十分融洽。我的奶奶是大儿媳，自从奶奶嫁到宋家后，以身作则，为我们宋家操持了几十年，尽心尽力，严以律己，宽以待人，以大爱之心，关爱着宋家、杨家。我的奶奶八九岁就会女红（缝补、针织、纺线、裁剪缝制衣服、做鞋等）了。

直到现在我一直很怀念我们小的时候，奶奶为我们做的小巧可爱的布鞋，穿着走得很快，跑得跟兔子似的。可现在怎么也穿不到奶奶亲手做的手工鞋了。奶奶是我们家的一棵大树，要是没有奶奶的苦心经营，努力把持我们这个家，哪有我们的今天？我的奶奶生了五个子女，夭折了两个。我的爸爸是老大，姑妈是老二，幺爸是老三。我爸爸三兄妹从小都特别懂事，听奶奶的话，在奶奶的影响下，特别吃苦耐劳，辛勤把各自的儿女都养育大并成了家。

我家兄妹四个，我们从小在奶奶的呵护中长大，奶奶那高大美丽，笑容可掬的模样，一直深深地印在我们的脑海中。奶奶啊，我们好想念小时候您为我们做的可口的饭菜。在那艰辛的年代，我们每顿都能吃上特别香的饭菜（如胡豆、黄豆、豌豆等）。还有每年夏天七八月份是生菌子的季节，那时的树木多，野生的菌子也多，青岗菌、茶菌子、油菌子、山塔子等，在奶奶精湛的厨艺下，都成了我们最美的佳肴，甚至比肉还好吃。遇上赶集，奶奶就会带我去县城买菌子，好多人从老君山提着巴适的小浅筼儿到城里买菌子，那时的菌子很便宜，五毛或一元一小筼儿，买上一至两筼我们可以吃上两顿，那时的钱可值钱啦。我奶奶弄得菌子的味道直到现在我都记忆犹新，每每回味一次，我仿佛就回到那个年代，嘴里还喷喷直响，像在真的品味那道菜，我的思绪又回到那童真的美好时光。

再说说我奶奶做的泡菜、盐菜、豆腐乳、甜面酱等，它们无一不让我们怀念。记得小时候每次去上学，我都趁奶奶不备，悄悄去罐里取出一些盐菜，拿去和我的同学们分享，不咸不淡，微甜，好吃。奶奶会包粽子、做大小馍、蒸酒米汁、花胡豆瓣、做豆瓣、点豆花、做豆腐等。做这些大人是不让小孩动手的，只许看。我从小就学会用眼观察，把它们统统刻入我的脑海中储存着，除了我奶奶做的女红活我不会，其余的我都会。哪怕几十年没有做过，现在想做的话，都会一一呈现，并且做出来和奶奶当年做的味道一样。所以我现在做的饭菜，还能吃出儿时的味道，这种感觉真好。

　　我们的奶奶非常大爱。在那极其困难的年代，奶奶借了一担大米给别人，救了他们一大家的命。奶奶非常疼爱自己的弟妹及亲人。以前家里养几只母鸡，下了鸡蛋，平时都是舍不得吃的，那个年代吃鸡蛋是奢望，鸡蛋攒着是用来走亲戚的。攒到 40 个，奶奶等我放假时，就会带着我去大舅公、二舅公家。我用筐儿提着那些心爱的鸡蛋们快乐地和奶奶边走边休息去我舅公家，特别幸福。因为到舅公家，我表婶就会给我们煮荷包蛋，可香啦。过一些时日，攒上 20 个鸡蛋，又和奶奶兴高采烈地去我姨婆婆家走亲戚；又攒上 20 个鸡蛋，和奶奶兴奋地去我姑妈家走亲戚，因为我表姐和我性格一样活泼可爱，所以我特盼望去姑妈家。平时攒的鸡蛋只有等到农忙丰收的时候才能每人吃一个，直到现在我也吃不够那土鸡蛋，每每吃起来都觉得特别香。奶奶说人在做，天在看，一辈子不要做亏心事，要诚实做人。

　　奶奶教育我们从小要有孝心、感恩之心。勿以善小而不为，勿以恶小而为之。奶奶说土地是刮金板，要勤俭持家。年轻时苦不算苦，老来苦才算苦，吃得苦中苦，方为人上人。要懂礼貌，懂和睦。奶奶，您教给我们的这些道理，您的后辈们都一一遵循，一一做到。我们四兄妹通过各自的努力奋斗，都有了自己满意的家。

　　2007 年 3 月 21 日下午 1 点 18 分，即农历二月初三那天，奶奶离开了我们。至今已 14 年有余，记得那年您 17 岁的大曾孙正上高二，您 14 岁的三个小曾孙正上初二。那天，我觉得天塌了下来，一下子接受不了，因为我从小和奶奶生活在一块儿，形影不离。晚上睡在奶奶旁边，我的小脚挨在奶奶的腿边，暖暖的，美美的，睡得可香了，好幸福，至今很难忘。奶奶您可知道，您离开我们的头一个礼拜，我们的生意虽特别好，忙得很，可我的心完全沉浸在悲痛之中，白天照顾生意，夜间涕泪涟涟，无法入眠。持续了半年时间，才终于战胜自己，从悲痛中走出来。

　　奶奶，您是我生命中最亲最爱的人，您也是我生命中的第一个贵人。奶奶，虽然您离开了我们，但我们永远把您留在我们的心中。奶奶给了我生命中许多人生启迪。每当我遇到困难时，脑海中立刻呈现出奶奶对我说的话，我会迎难而上，克服困难。每当我遇到问题时，我会非常平静且快速地处理好突发的大小事情。奶奶，我们特别感恩您，正是因为有了您的谆谆教导，有了您给我们做的优秀示范，才有了我们后面几代人的幸福生活。奶奶，您可知道，现在我们的国家变得越来越强大，越来越好。这十几年日新月异，奶奶，请你细听孙女道来：国家现在给每位到退休年龄的人员每月发放退休金，对人民特别好；还修了地铁、高铁，家家通公路、绿道等；广场还安置了锻炼身体的器材。

2019 年 12 月 27 日上午 10 点，我们新津的地铁开通了，新津是全国所有县城中最早开通地铁的县，已划为成都市新津区了。奶奶，我们那儿的一、二、三、四大队的人也已迁到万街社区居住了，那宝墩子已是国家级的宝贝了——古蜀宝墩遗址有 4500 多年的历史文化，国家正在建博物馆呢。奶奶，您给我说的，董墩子走到新津县，不走别人家的田埂。方圆数万亩都是他家的田地。现在已成立国际董林盘研学林盘。奶奶，您曾不管走到哪儿都是谈笑风生，所以您的孙女走到哪儿都不怯生，和您一样，积极面对生活。奶奶，请您放心，我们都生活得很好，过上了幸福美满的生活。您的曾孙们都有各自的工作，您的玄孙马上就七岁了，特别可爱，九月开学就读二年级了。我的奶奶生于 1911 年农历六月二十四日，卒于 2007 年农历二月初三，享年 97 岁。今天是农历六月二十四日，是您的生日，即您诞生 110 周岁。祝天堂里的奶奶一切安好。今天孙女敬献此文表达我们对奶奶您的感恩之情及深深思念。奶奶，我们永远爱您！奶奶，您永远活在我们的心中！

缅怀同胞，致敬重生

13 年前的今天，那个一个令人不胜悲怆的日子。

2008 年 5 月 12 日中午，我忙完生意回家，正在刷牙，突然听见楼下有玻璃"哗啦"掉下的声音，感觉整个房子在摇摆，迅速看一下手表此时 2 点整。我飞速跑出门外，看见我住的那一幢房子在不断摇摆，玻璃"噼里啪啦"地往下掉，快逃！我飞跑到大路边——好多人！长长的街道上全是人：有穿一只鞋的、有赤着双脚的、有光着上身只穿裤衩的、有背着老母亲的、有坐轮椅的……大家都在议论纷纷。我此时想到的是老屋里的爸爸、妈妈，住在乡下的公公，所有在校的老师们和孩子们。当时的我万分焦急，因为无法联系，手机一点信号都没有。离学校只有 100 米，我不顾一切飞奔到学校操场边，看见老师已带着所有的孩子们撤离到体育场里，悬着的心放下了一些。我又转身飞跑 400 米到我们的铺子，看到先生在铺子外面，忙问："那两个小妹呢?"先生说："那两个小妹吓跑了。"我想她俩应在不远处的河边躲避，果然过了一会儿，两个小妹回来了。家中的 3 位老人均安好，所有的家人、老师、亲人、同学、朋友也都安然无恙，真是谢天谢地！通电以后，才知道是四川省汶川地区发生了大地震，成都地区只是波及。看到电视直播，地震时天昏地转，地动山摇。雷电交加，狂风暴雨，很多房屋倒塌，人和动物被埋在了地下，还能听到很多哭喊声……汶川8.0级大地震，成都5.8级地震。世界文化遗产——都江堰也受损，倒塌了很多房屋。全国、全世界都为之震惊！一方有难，八方支援；众志成城，全民抗震。空降兵第一时间到达汶川，15位勇士惊天一跳，打开了空中救援通道。解放军、武警官兵、消防官兵、医务救急人员齐上阵。为了那些还有生存希望的人和动物，他们不分白天黑夜进行争分夺秒的救援。全国所有人都心系汶川。华侨、海外人士亦心系汶川。那些天，我天天以泪洗面，时时关注直播。我们这边所有医院的工作人员忙得跟打仗似的，有的伤员被送到外省急救。所有人心系着这突如其来的灾难，尽其所能进行援助。一车车的抗震物资（吃的、穿的、用的）源源不断地送往灾区。我们虽然去不了汶川，但整天心系汶川，时刻关注每天的新闻，并为汶川人民祈祷。我们还尽了微薄之力——我和儿子骑着三轮车去县民政局，把我家里仅有的两床厚厚的新棉絮捐上，我再捐1200元，儿子把他平时积攒的零用钱200元也捐上了。回来之后我们全家与姐姐四个人又去县血防疫站献血，却被医生告知，血库已满，暂不献血，我们只好遗憾回家。余震持续了一周，所有人在不同的空旷地避难，我们一家和我的发小一家在华润体育场，与众多人惶恐不安地度过了整整7晚。白天忙生意，夜晚躺在帐篷里睁眼睡。汶川大地震房屋倒塌不计其数、人员伤亡数以万计。山与山之间重叠下沉，瞬间消失……人民生命财产损失惨重。全国人民心连心抗震救灾，救人、捐钱、捐粮、捐物……很多国家、海外同胞、外国朋友都向我们伸出了援助之手。

转眼间已过去了13个年头，但当时的场景仍历历在目。我们沉痛缅怀在抗震中牺牲的士兵们，缅怀在地震中失去生命的万物生灵，愿所有的灵魂安息，愿所有的灵魂都得到升华！

在地震中受伤的小孩和青少年们如今已长大成人，坚强地站起来了。例如代国宏，他在汶川地震中永远失去了双腿，但他靠双手成为百米蛙泳冠军，如今致力于助残事业；薛枭被救出时一句"我要喝可乐"，让人看到他的乐观，如今他是一家可乐博物馆馆长，他说要延续"可乐精神"。程强送别救灾人员时，他打出横幅"长大我当空降兵"，而今他如愿以偿成为空降兵黄继光班第38任班长……当年的"猪坚强"被送到了四川大邑建川博物馆，今年2月1日，我和妹妹去了建川博物馆，那"猪坚强"真坚强，靠吃葡萄糖、营养液维持生命。

如今的汶川已发生了翻天覆地的变化——国家早在前些年已为他们重建

了美好家园。得以重生的汶川处处显现出新气象：漂亮的校园、美丽的村庄、山川大道、各项设施一应俱全。感恩我们的国家，感恩伟大的中国共产党，感恩支援我们四川的所有国家及大众！欢迎全世界的人民到四川来旅游观光！

汶川大地震十三周年祭：

地震之殇

莲荷
那瞬间的山摇地动
大地撕心裂肺的痛
高楼林立处
顷刻一片废墟
奔跑求救喊爹叫娘
瓦砾下的生命在抗争中消失
大自然
为何上演这人间惨剧
地狱之门洞开
一条条鲜活的生命
如一枚枚飘零的落叶
在狂风暴雨中沉浮呻吟
生命那么坚强却又如此脆弱
想主宰大自然的人类
此时却主宰不了自己的命运
多么无奈何其惶恐
征服是一时
和谐才是长久
我期待呀我期待
人与自然和谐共生

千好万好，还是要身体好才好

从 2021 年 8 月 3 日起，我在我们南江社区管辖范围内——县文化馆旁边的西仓街 143 号的老小区当防控志愿者到今天已一周了。因为这个小区没有保安，故安排志愿者定点值班。虽然只有几天的时间，但我已把小区里每天进出的二十多户常住户的情况熟悉得一清二楚了。这个小区外来人员不多，平时一天来一个送水的或保洁的都一一仔细登记，周末来访者多些，有好几拨是来看望老人的，会比较忙。

值班一周以来，我每天都会看到一位左手拄着拐杖，右手抖着，一瘸一拐的瘦高个大哥。他右脚一直擦地，背躬着。只要听到"嗞嗞"擦地的声音，伴随着拐杖触地声，我就知道是那位大哥回来了。他，嘴唇乌青，眼睛无神。看着大哥慢慢走到离我值班处 5 米左右停下，放下左手中的拐杖，用左手从裤兜里掏出钥匙，开了门。约莫 10 分钟，大哥又出来了。到了我值班的地方停了下来，量了一下体温，37.3℃，我说："大哥你体温正常。"他说："今天你在这值班？"我说："是的。"大哥又问："往常值班的大妈呢？"我说那阿姨有事回家看孙子了。大哥"噢"了一声。我关心地问："大哥，你身体咋了？"他望了望我，无奈地叹息道："唉！高血压引起中风致右半边瘫了。"我问："中风几年了？"他说："5 年了。"我看他面容像 70 多岁的人，其实大哥才 65 岁，都是病痛折磨的。我说："平时谁来照顾你呢？"他说："娃儿的妈。每天给我送菜来，帮我洗衣服。"我说："大姐挺好的。"大哥说他已离婚了，我关切地问："多久的事呢？"大哥说："娃儿 10 岁时就离婚了。"我问大哥："您姓啥？"他说："姓孟，"见我不语，大哥说："孟子的孟。"我听大哥这么一说，爽朗一笑，"哦，大哥还是孟大思想家的后人哦，"我向大哥拱手，"佩服佩服！"几天来从未见孟大哥如此开心过。大哥听我这么夸他，居然笑了。我从心底佩服那位大姐，都离婚这么多年了，依然照顾大哥。心想大姐是个大好人呀，我得见见大姐，在这值班 6 天也没见着大姐。说来也怪，每次我心中想见的人，机缘一到就出现了。今天下午我在值班时，看见一个骑粉红色单车，头戴太阳帽，脸被围套遮着，两个手臂也套上防晒袖笼的女子，我刚要问，大姐，找谁？但话到嘴边咽了下去，因为我看大姐在大哥的房门前停下车来，并掏出钥匙开了门。

哦，是那位大姐来了。这时，我听见大门外"嗞嗞"声伴随轻轻拐杖触地声，大哥也回来了。我说："大哥，大姐来了，给你送东西来了。"大哥的眼角露出一丝满意的眼神。不到5分钟，只听前屋传来大姐的声音。我坐不住了，我得见见这大度的大姐，要不然，我又见不着她了。我立刻挎上我心爱的花包，三两步走到大哥的房门前站着，只听大姐说："你要爱惜自己，少抽烟。一天抽三包烟，不要命了。"大姐脸上露出担忧的表情，大姐见我站在门外，说："妹子，进来坐一会儿。""大姐，没关系，我站着就行，我在值班，这样也能望着外边。"我说，"大姐，您真好！天天来照顾大哥。"大姐说："看在儿子的份上，照看他。他就是犟得很，老抽烟，一天抽三包。"我说："大姐，我是3号到这小区来值班，我见大哥那身体，他还猛抽烟，我也天天都在劝他少抽烟，珍惜自己的身体。这几天他一天抽两包了，慢慢地减。"大姐说："去人民医院给他开药，他'三高'，病多。"只见大姐把几盒药放进屋子里，拿了几颗药用干净纸垫着放在桌上，又给大哥倒了大半杯温水，放在电扇的凳子上，方便大哥喝水。接着大姐又进卫生间把大哥的几件换洗衣服放进全自动洗衣机。大姐从屋子里出来，解下她脸上的围套，我才一睹她的芳容，大姐肤色甚好，气色也好，一看就知大姐年轻时很漂亮。大哥就坐在凉椅上，呆滞的眼神耷拉着脑袋，大哥年轻时，应该也是一个帅哥，高高的个儿。听大姐说大哥65岁，比大姐大8岁。我心里在想，这是怎样的配对呢？大姐又拿出5张100元交到大哥的手上说："少抽烟。"大姐对我说："先前一个月给他400元不够用，现在从这个月起，每个月给他500元零用。他一个月工资才1000多元，每个月门诊费，每天中午和晚上的伙食、水电费等，一个月要花费差不多2000元。"大哥说他去理发，等大哥走了一会儿。大姐说她是1964年的。我说："大姐那您是属龙的，在这个年代，像您这样的大姐少之又少，难能可贵的精神。"我悄悄问大姐："在那个年代，谁帮您介绍的大哥呢？"大姐说："没人介绍，他追的我。"大姐说她是孤儿，从小失去了爸妈，靠吃百家饭长大。大姐的少儿时代是非常痛苦和艰难的，进入青年时代，又不懂什么是爱情，被大哥一阵猛追哄骗并有了孩子，在与大哥过了11年之后，实在无法继续生活下去了，带着10岁的儿子改嫁他人。2016年8月13日，大哥突然中风住院了，大姐说服她先生，去医院精心照顾大哥，扶上扶下，端屎端尿直至出院。并一直照顾大哥到现在已有5年，不管刮风下雨，从未间断，每天都坚持给大哥送饭菜、抓药……大姐说要照顾大哥到他生命的最后一天，不管大哥病多长的时间。之后大姐骑车回她的家，那个家同样需要她，大姐两头跑，真够辛苦的。我对大姐说："大姐，骑慢点，注意安全。"大姐应着，我目送大姐远去的背影。大姐真是个好心人，在这个商业时代，大姐永怀一颗真诚的心，来照顾病重已5年的前夫。况且他们已经离婚25年了，但是……这是何等的胸怀，向大姐致敬！祝大姐一切都好！每天看着孟大哥上午拄着拐杖，一步一拖地走到10米远处的邻居铺子旁坐一坐，又回到屋子自己给自己打针（注射胰岛素），下午到我值班旁边卖衣服的铺子旁边坐一坐，再又按时回屋打针。每天如此反复。愿大哥早日康复！

在这大好的时代，我们一定要好好地爱自己，把健康放在第一位，自律生活，做到未病先防。只有全民健康，才能全民奔小康。有健康才能真正拥有一切，失去了健康，连自己的生活都需仰仗别人，更别提"享受"二字。健康就是财富。千好万好，还是要身体好才行。愿所有人平安健康幸福地过好每一天。

2021 年 8 月 9 日于成都

愿我早日加入中国共产党
——谨以此文献给我们党 100 岁的生日

党啊！我亲爱的党！今天是您的生日——从1921年7月1日到今天2021年7月1日迎来了您百年华诞。党啊！您从1921年建党时的50多名党员发展到今天已拥有9500多万名党员。党啊，在您的领导下，在毛主席的正确带领下，您经历了八一南昌起义、井冈山星星之火、二万五千里漫漫长征、十四年的抗日战争，还有解放战争……先辈们浴血奋战，终于迎来了胜利的曙光，1949年10月1日——毛主席在天安门城楼上向全世界人民庄严宣布："中华人民共和国中央人民政府今天成立了。"全国人民振臂欢呼：中国共产党万岁！祖国万岁！党啊！是您带领全国人民历经许多风雨坎坷和几十年的努力奋斗，才终于迎来了让世界人民瞩目的强大中国。实现了四个现代化、各行各业得到了前所未有的飞跃发展。党啊！您一心爱人民，处处为民着想。

2003年遇上了"非典"，在党的正确指引下，"非典"很快被扼制。2006年1月1日，废止了《农业税条例》。由此中国农民交了2000多年的"公粮"时代，彻底成为历史。2008年5月12日四川汶川发生了8.0级大地震，党中央立刻派出了解放军到灾区救援。全民众志成城抗灾救灾，很快在党的关怀及全民共同努力帮助下，为灾区人民重建好了美丽的家园。

2019 年 12 月新冠肺炎疫情来了，党无微不至地关爱着每一位百姓，免费救治了不计其数的民众，今年又为我们免费接种新冠疫苗。到了规定的退休年龄，国家还每个月给我们发放退休金……让全国人民过上了美好的幸福生活。也特别感恩我们的祖国，特别感恩我们伟大的中国共产党，特别感恩我们所有的先辈和无数的先烈们。党啊！我亲爱的党！您就像我们的妈妈一样，时时刻刻呵护着我们。我们永远听您的话，永远跟着您走。党啊！我亲爱的党，我从 12 岁起就非常崇拜您、敬仰您。因为我上中学时，我们的政治老师就对我们说："人生最光荣的三件事——入队、入团、入党。"我当时就把老师说的这句话深深地印在我的脑海里，至今从未忘记。我从小严以律己，宽以待人，处处为他人着想。直到今年 3 月 1 日晚上我写了入党申请书，3 月 2 日我们小区党支部书记将我的申请书转交到社区党支部。我真希望我能早日加入中国共产党。我愿终身努力学习，跟着党，一心向党，努力奋斗一生。中国共产党在我心中一直是那么的伟大、那么的至高无上。我们家是四代军人之家，也是四代党员之家。愿我能早日加入中国共产党。

2021 年 7 月 1 日凌晨于成都

李仲新[*]作品

寂寞小院梅花清幽

　　据说这个冬天是 60 年来最寒冷的冬天，不知是否属实，没去考证，也许只是传闻吧。

　　入院接近半月了，有些按捺不住性子，便几次三番向医生打探什么时候可以出院，医生却总说还不行。于是，每天继续监测各种指标、抽血化验、扎小针、输液等一系列的治疗步骤，按部就班。

　　一双手背上的静脉血管收缩不见了，好像是在有意逃避扎针似的，都躲了起来。输液时，医生越来越难以扎到，有时需扎两三次才能扎中。这个时候，年轻的小护士总是歉意地对我微笑，而我总是鼓励她说没事，是自己血管太难找了。

　　就这样日复一日地继续治疗着。

　　记得是 2020 年 12 月 28 日入院，在病床上度过了新年，这一病便成了跨年之病。元旦那夜，从窗户往外看，远处烟花灿烂，爆竹声声，好一派热闹景象。也许在不远处的古城四方街更是热闹非凡，只是新冠肺炎疫情的原因，可能会稍逊以往的繁华。

　　不管怎样，岁月在流逝。我静守着病房内的寂静和惨淡，每天早上 8：30 医院护士准时挂针，病床右侧窗户外的院子北端，自东向西并列着 3 棵高大的柏树，在水泥走廊上，人们留出供其生长的三个圆形的坑，那 3 棵大树被圈定在三个圈内。走廊下是一个没有绿化的小院，大概有 200 平方米，一共种着 12 株梅花，算是一梅园吧。中间八株均为红梅，南北端两边分别种着两株白梅。每天靠着窗户，一边输液一边观看那园子里的风景，暂时忘却了疼痛和半边身

──────────

　　* 作者简介：李仲新，男，55 岁，云南省丽江市宁蒗县翠玉乡人，现就职于云南丽江市泸沽湖省级自然保护区管护局，本科学历，工程师职称，分别在《云南政协报》《云南自然保护》《丽江报》《春成晚报》《美篇》等报刊上发表论文、散文、文学报道及现代诗四百余篇。

子的僵冷。

同室的纳西族老奶奶精神错乱，80多岁，白发苍苍。每天早上醒来笑眯眯的，总是重复着同一句话，谁也听不懂，有时年轻的护士好奇，会问："奶奶，你在说什么？"老奶奶笑眯眯的，仍然重复着那句话，却不予任何回答。过了中午，老奶奶脸上表情严肃起来，然后是不停地谩骂，看起来十分可怜。

人啊，只要活着，不论老少，有一个健康的身体是何等的幸运。

整个上午，院子里都没有太阳，阴冷无比，很少有人去院里活动，每天早上8点，清洁阿姨准时到院子里打扫卫生，清扫落英和枯叶。刚入院时，中间的几株红梅花只开了少许，南北两端的白梅也只开了零星的几朵。这几天才发现，那一树一树的梅花开得一日胜过一日，都可以用"灿烂"这个词来形容了。也有许多花瓣在夜里凋落，每天清晨树下都会落一大片花瓣，打扫卫生的阿姨日复一日地收集清扫着那些憔悴的落英。

中午的时候，太阳照进院子里。有几位住院的老人踱到院里，在梅花树下晒太阳，一楼妇产科的家属会把一些尿布、小被褥挂到那些梅花枝上晾晒。每天这个时候是小院最热闹的时候，人虽不多，但却充满生气。

下午一至二点钟，我通常在这个时候输完液体，拖着僵硬的身子，下楼来到院子里，舒展一下手脚，此时，太阳照满整个院子，四面都是高大的建筑，院子里一点儿风也没有，和煦又安静，许多蜜蜂穿梭在花间，发出嗡嗡的声音，外面的喧嚣和这里安静的氛围格格不入，感觉自己依然在故乡那静静的世界，被四面的高山簇拥着，感觉不到一点陌生的气息。

午后两点，我又必须回到病房做血糖监测，一双手中间的六个手指，每天每个必须挨扎一次。伤口老是愈合不好，因此，几个指尖上总是布满了密密麻麻的小针眼。幸好科室的医生和护士都十分友善，非常敬业，让人感觉不到医院特有的冰冷。有一个年轻的小护士，脸上总带着谦逊的微笑，和颜悦色，手脚轻快利索，操作严格规范。如此敬业的人，想必她将来一定是一位十分优秀的医务工作者。于是，在心里默默祝福她成为未来中国的南丁格尔。

今天是2021年1月8日，入院已经整整12天了，早上又抽了两管动脉血，送到化验室。下午，做完所有的监测，输完液体，在走廊上遇到了主治医生，于是又和她表达了想要出院的想法，她说各项指标均趋于稳定，但离正常指标还有很大的差距，最好再住几天。不好意思再坚持自己的想法了，只好听医生的。

下楼走进院子里，院子里没有人，嗡嗡的蜂鸣充斥了整个院子。满树的梅花令人惊艳，连处在南北两端的四株白梅也肆意绽放，整个院子充满幽幽的梅花芳香，尤其是中间的八株红梅，几乎将整个院子染成了一片绯红色。

我赶紧掏出手机，就着充足的阳光，调整好角度拍起梅花来。虽不专业，但对自己所拍的照片，还是比较满意，也许是因为梅花的美丽遮掩了我拙劣的拍摄技术。

记得十多年前，当我第一次躺在云大医院的外科手术台上时，那种无助和绝望记忆犹新。我曾经发誓只要生命赋予我健康，我宁可不要一切享乐和舒适的生活，即便让我过得十分拮据和贫困也无所谓。这些年一直恪守着为人本分，对金钱和欲望不曾有过非分之想，一直这么默默无闻地过着。殊不知，厄运绝不会怜悯任何一个顺从命运的人，几次三番的病痛折磨，病魔再一次把我牢牢掌控在它的控制之下，剩下的日子，除了顺从命运，别无选择。想开了，其实就是天意难违，生老病死是每一个生命现象都必须遵循的规律。自古以来，没有谁能逃出过这个约束。我也是凡人，坦然面对现实和一切，才是最好的选择。

今后的日子，不管命运赐予我如何残酷的历程，那些都是与生俱来的安排，是我必须承受的一切。

于是，我感谢赋予我生命的父母，感谢赐予我坎坷人生的天地。放下一切爱恨情仇，用心经营剩下的时日，过完这平平淡淡的一生。

夜已深，毫无睡意。每晚医院里都会充斥着各种痛苦的呻吟声和急促的脚步声。想到明早，睁开眼，我又得重复那一系列的烦琐的治疗步骤，所有的恐惧和痛苦于我来说真的都无所谓了。

只希望尽快完成一天的治疗，然后将一切刻骨铭心的记忆和病魔施加的痛苦置于身后，从容走入那娇小可爱的梅园，嗅闻沁人心扉的芬芳，听满园嗡嗡的蜂鸣，不时有簌簌飘落的花瓣，轻轻赴向地面。于我于世界，都是如此的自然。

一楼的妇产科又有新生命诞生，楼道里传来欢声笑语，是在庆祝又一束灿烂阳光融入了人世间。夜里西北角上太平间大门开启，寒风里飘忽着悲恸的哭泣声，又一个生命告别了痛苦，转入轮回的程序，祈祷他的来生远离病痛的缠绕。

院里梅花自在飘落，有幸在这一季遇见小院花开花谢的过程。所幸遇见，遇见了今生该遇见的每一个人；放下了，今生今世该放下的每一件事。落红纷扰，不过是一个因果循环的启灭，最后都要归一的平静，正如这世间，我没来过，无我的痕迹。

七年祭

2019 年 5 月 1 日，是母亲离世 7 周年的祭日。

一大早便没睡意，听着窗外淅淅沥沥的雨声，还有不太吵闹的鸟鸣，我极力翻找着昨夜的梦境，很希望梦到慈祥的母亲。

梦很杂乱，没有一点头绪，也没有母亲的影子。前些年，总是在梦里，梦见年迈的母亲孤单一人，守着老家孤独的院子，房舍显得破败。夜里总做这个梦，看到母亲的孤寂和衰老，自己不免心痛，总会从梦中惊醒过来，继而流下伤心的眼泪，心碎到极点。

今年老宅易主，我便到母亲生前的居室上了香，烧了纸钱，在地上抓了一把泥土，呼唤着母亲的在天之灵跟我离开，回家后把土供在正堂上。

说也奇怪，自那以后，一直没梦见母亲。临近母亲的忌日，有一夜，又梦到母亲在老家的宅院，养着一群梨花鸡，那些鸡尾巴很长，在屋旁园子里嬉戏。一会儿一阵风起，一群梨花鸡都变成凤凰，向东徐徐飞去，而母亲在原地向它们频频挥手，示意它们远走高飞。

然而这近半年的时间，很少再梦到母亲了。

时间过得很快，7 年时间，恍如一瞬，唯有那一份对母爱的情牵时时在心里隐隐作痛，更多的是对母亲深深的歉意，今生作为您的儿子，没能好好照顾您，来世依然做我的母亲吧，定让您远离病痛的折磨，老了也不用再孤单守着那破败的院落。

母亲和奶奶是同村，19 岁便嫁给了父亲，是由父亲的舅舅去提的亲。据说一同上门求亲的有两人，一个是我的父亲，另一个是家境较父亲好得多，穿着也很讲究人。而父亲穿着十分破烂的衣服，几乎是衣不蔽体。

当时虽是封建社会，婚姻大事，媒妁之言，父母定夺，但外祖父母还是相当开明的人，终身大事让女儿自己决定。于是，母亲便毫不犹豫地选择了当时衣衫褴褛的父亲。外祖父母也认可，于是促成了父母这一段相濡以沫近 40 年的美好姻缘。

后来母亲的一生证明了她的选择是无比正确的。

父亲是一个很有涵养的人，身材高挑清瘦，人品极佳，灵巧聪明，能言善语，对人总是和和气气的，在村里相当于法官和调解员。凡是村里邻里之间或者家庭内部发生口角纷争，总是要请父亲出面调解。父亲也总是一碗水端平，极力做到公平公正，进行细心的交流沟通，让事态平息，妥善解决，不让事主之间留下隔阂。

在外，从来没看见父亲因什么事和别人有过争执，在家也是非常努力，包揽了大部分的家务，对多病的母亲更是悉心照顾。

当时爷爷已经百岁，起居生活都十分吃力。爷爷爱抽烟草，父亲每年要为爷爷种上一分地的烟草，收割加工后为爷爷备着。

父亲在子女教育上要求极为严格，奖惩分明，从不含糊。许多时候，我们白天做错了的事，父亲会给予严肃批评，甚或给予一些小小的体罚。但到了晚上，结束一天的忙碌后，父亲坐下来，在火塘边循循善诱，从不让我们有怨言和含混模糊的感觉。

父亲要求我们积极参与体力劳动，但从不让我们承担超过体力极限的负荷。比如上山背柴火，父亲总会亲自掂量重量，如果他认为超重了，便会毫不犹豫地把多余的柴火扔掉。父亲一生都认真履行着身为人子、身为人夫和身为人父的职责和本分，实属为人子、为人夫和为人父的楷模。

母亲 19 岁嫁给父亲，当时，父亲家里很穷。伯父年长父亲 9 岁，早已成家养子，两家人共同住在一起很拥挤，房屋破败又狭小。

就在母亲进门的当年，伯父和父亲商量修建两栋住房。于是，伯父夫妻俩和我的父母一起上山准备木料。入冬父亲兄弟两个在山上砍伐了近一个月时间木材，准备了足够起两栋房的木料。归集的时候，母亲和伯母也上山去帮着扛木料。伯父和父亲负责从山上推下来，母亲和伯母负责从山腰搬运到路上。当时母亲才 19 岁，伯母长母亲 8 岁。母亲一辈子性情温和，从不与人争执。但不知是什么原因，伯母总是数落父亲和母亲的不是。

一日，妯娌二人共同扛一根很重的木头，伯母把大头给母亲承担，伯母扛小头，走在后面。快到目的地时，走在后面的伯母也不告诉母亲，就擅自把她扛的那头抛到地上，当时就导致母亲受了重伤，右肩胛所对的 4 根肋骨骨折，落下终身残疾。并且第二天伯母还不让母亲休息，依然强制母亲上山，用左手为他们做饭。

直到母亲去世前，因为癌细胞把肌肉和皮下组织吞噬殆尽，剩下皮包骨头，我给她拔罐才看清，右肩胛骨对应的 4 根肋骨全部折断，并向下弯曲。这要承受多大的痛苦，但母亲一生很少提及此事。经我多次询问，她才告诉我实情，并且说，已经过去多年，都差不多忘记了，也不疼了，只是现在可能有些复发了。

母亲 34 岁便患上胆石症（又称胆结石），那年二姐刚出生，这病纠缠了她一生。当时的农村医疗条件很差，没法根治，每次发病到乡村医院看医生，只说是胆囊炎，给予消炎治疗。并且好多次，医生都说治疗无望，让抬回家准备后事，可坚强的母亲总是一次次战胜病魔，一次次从死神手里挣脱出来，一直活到了 81 岁。

母亲在她 35～50 岁这十几年的时间里，因为胆结石病痛的原因，每年大概有 300 天的时间躺在病床上呻吟不止。后来子女们逐渐长大，从外面不断给母亲带药回来治疗，有近 20 年的时间，母亲的病情得到缓解。直到母亲 81 岁去世前，到县医院做 CT 诊断，才知道结石已完全钙化，石头已如鸡蛋大小。母亲这一生究竟承受了多少痛苦，我无法感受，也是常人难以想象的。因此，总是觉得这一生亏欠母亲的实在是太多太多。

记得我 6 岁那年，还没上学，5 月份的时候，母亲发病了，在家休息。父亲和大姐到田里插秧，参加生产队劳动，其他哥哥姐姐都去上学了，爷爷也出去放牲口，家里只有我和母亲，接近中午的时候母亲的病突然发作，病情剧烈，痛得她从床上跌到地上，额头上满是豆大的汗珠，脸型严重扭曲，在地上不断打滚抽搐。

我被当时的情景吓坏了，执意要背着母亲去医院，可母亲不准，她说："儿啊，你还太小，哪里能背得了妈妈啊！"我说："妈妈那你用手扶住我的肩膀，我送你去医院。"母亲摇摇头，已不能言语。我不顾一切地往外冲，准备到田里去叫父亲和大姐，刚到门口便遇到父亲和大姐回来，于是，父女俩把母亲送到了卫生院，在医院住了好多天，才回到家里。

我 11 岁那年上了小学四年级，暑假放假在家，白天都跟着母亲上山去采清香叶籽，回来做饲料。那时家里负担重，仅父亲一人劳动能分到的粮食很少，粮食总是不够吃，所以家里养了猪、牛、马、羊等牲畜，它们需要野果和杂草来饲养。

我家在金沙江河谷地带，那里的海拔在 2500 米以下，到了每年的七八月份的时候，地头坡上好多地方都会长出鸡枞。

一天早上，吃过早饭，我跟着母亲上山去采清香叶籽，跨过一条河，爬上一个小山坡，母亲走在前头，我跟在母亲的身后，穿过一片荆棘林。突然，母亲在前面大喊："三儿，我们找到鸡枞了。"我跑到母亲前头一看，那一大片空地上长满了鸡枞，大致有一亩见方，都刚出土，全都没开伞。我和母亲蹲在地上，整整挖了一上午，装了满满两篮背回家。

采完地上的鸡枞，母亲欣慰地对我说："三儿，这是好兆头，今年妈的病肯定要好些了。"真的从那年以后，母亲的病确实好转很多，还能下地帮父亲分担好多的体力活。

后来，父亲去世，母亲把我和两个妹妹安排成了家，又相继帮忙照看了大姐、大哥、二哥和我家共十二个孩子长大。他们都成长得很好，有好几个获得了高学历，都进了县城、省城，有的甚至去了外省工作，都如母亲所愿，如今都生活得很好，对祖母的感情也都很深。

如今，距母亲去世已 7 年整，母亲的身影在我心里、眼里已渐行渐远，但音容笑貌却是极尽鲜活。是那一份深深的情牵，把我引入梦里，引入无尽的思念和愧疚中。

7 年之祭，愿母亲在天之灵安好。

妈妈，我要告诉您，如您所愿，如今您的子女们都很平安，孙辈们正在茁壮成长，并会如您所期望的那样，继承您的美好品德，找到了他们人生的立足点。

写下这些文字的时候，天气依然很阴沉，窗外细雨纷飞。虽已入夏，依然感觉寒意悠悠。面对着电脑屏幕，我已是泪流满面。

安息吧，敬爱的母亲。来世请允许我再做您的儿子，尽力去弥补今生对您未尽的孝道。

2019 年 5 月 1 日

山中有一片血色的杜鹃花

人间四月天，一年中最美好的时光，也是杜鹃花盛开的季节。山中那一片血色的杜鹃花，信守着对季节的诺言，如约而至，悠悠盛开，朵朵含笑的花儿在风中轻轻摇曳，漫山遍野，将山峦染成一片绛紫。

离开故乡好多年了，时常淡忘了那里山山水水的模样。可每到四月，却总受一份浓浓的情牵，我便像一只迁徙的候鸟，从远方归来，回到雄伟的药山脚下，向九泉之下的已故亲人，献上一束鲜花，以寄托深深的哀思。

2010 年 5 月 22 日，我的家乡宁蒗县翠玉乡，巍巍药山广袤的原始森林里，为了扑灭正在燃烧的森林大火，12条鲜活的生命，被烈火吞噬，他们为保护森林，献出了宝贵的生命。

同年9月份，我被借调到老家林工站任站长，肩负起了老家80万亩林地的守护重任。

到任后，我丝毫不敢懈怠，因为刚刚发生那么大的安全事故，深感肩上责任重大，立即着手各项工作。

当时基层林工站，完全处在一个瘫痪的边缘，是一个无人力、无经费、无上级部门管理的"三无"单位，全站只有3个人，年龄最大的57岁，且身患肺癌，朝不保夕。

林工站日常工作量大，非常艰辛，对应县林业局十多个部门的工作业务都要去完成，尤其是到了森林防火季节，压力更是大，每晚都睁大眼睛，提心吊胆地注视着四面的风吹草动，从没睡过一个安稳觉。就这样紧张地、拼尽全力地工作着，还是随时有难以预见的事情发生。

虽然发生了"5·22"特大森林火灾事故，但时间一长，人们的松懈思想又上来了，野外用火、违法违规用火行为屡禁不止。每年要处置大大小小的森林火灾、火情不下20起。许多时候连续三四个月难得回家一趟，有时走在回家的路上，中途听说有火情发生，又得立即往回赶，这样的事不知发生过多少次。

2012年年初，81岁的母亲被查出患了绝症，已是晚期。因治疗无望，4月7日，我和大姐把母亲从县医院接回老家。在经过母亲的故乡红桥乡（现已改镇）东漂落村边时，我恳求驾驶员在路边停留了一刻钟，让母亲最后一次看她的故乡一眼。母亲黯然神伤，眼里饱含热泪，深情地望着那里的山山水水，她是多么地不想，也不忍离开，离开那曾经养育她的故乡。起程后，她一路上竭力搜寻着惨淡的记忆，有气无力地为我和大姐讲述她童年时的一件件往事，实在无力支撑了，才歇下来。

回家第二天，下午3点，药山顶上一个叫大脚森木的地方突然升起一团浓烟，进而火光冲天。

委托大姐和两个妹妹照看母亲，我和当时的分管副乡长带上专业扑火队员，立即赶往火场。在陡峭的山路上急速行走了整整5个小时，天色渐晚，无法继续赶路，于是在半山腰上一个岩洞里宿营。

因为走得匆忙，所有人都只穿着随身的衣服，到了夜晚，出奇的寒冷，只好找来附近的树叶垫在洞内保暖。然后，在洞口烧一堆篝火给洞里加温，没想到的是，火一旦燃起，烟就往洞里钻，熏得人受不了。但火一旦熄灭，又冷得受不了。总之是那堆篝火燃着也不好，熄了也不好，就这样熬过了痛苦的一夜。

第二天，天刚微亮就起程，又走了 6 个多小时，于上午 11 点进入火场。

那是一大片天然林禁伐前的伐区迹地，大片的林子已被伐倒，遍地是直径两米左右的被遗弃的废料，以及处于半腐烂状态的残枝和树杈，地上还有许多未被砍伐的古树屹立着，直径大都在两米左右，最小的也有六七十厘米。遍地烈火熊熊燃烧，人要从正在燃烧的火场穿过绝对不行。许多古树因为树心和根部腐烂，被火点燃，形成烟囱效应，火苗从树顶腐烂的地方蹿出，拉起一二十米高的焰柱，像极了一根根冲天的蜡烛。尤其是那些茂盛的冷杉叶，在被点燃的瞬间，发生剧烈的爆燃，形成一团团翻滚的蘑菇云，场面惊心动魄。

经过全面观察，火场南面是药山顶，为高山草甸，只需稍加处理即可。东西两面连着山脊，北边沿坡面下行，蜿蜒至山下，均连接着大片原始森林。于是决定兵分两路，一路自西向北，另一路自东向北，开防火隔离带。另派出一队人马，下到半山腰背水。半天下来，发现背一趟水回来，往返需要两个半小时，一桶 25 斤的水只够打湿一小段木杆，但在狂风猛吹下，分分钟，木杆又熊熊燃起。于是决定放弃用水灭火的办法，全体人员投入开挖防火隔离带的行列。

我们忍着饥饿和疲惫，坚持到夜里 10 点左右，终于把防火线接拢。夜里分段把守，由于过度疲劳，加上夜间风大，到第二天早上，山火又分别向东、西、北三方突破，分别蹿出近百米远。于是，又重新组织人员，从外围重新再来，一边开挖防火隔离带，一边控制火势蔓延的势态。

就这样，人与火进行拉锯战。许多次大火跳过防火线，许多次组织补救，堵住缺口，直到第二天下午才终于将火势完全控制住。

当晚，我一人爬上高高的药山顶向下俯瞰，脚下是一片熊熊燃烧的火海，过火面积很大。粗略地数了一下，火场中，一共还有 40 多棵空心古树在站立燃烧，火苗从树巅蹿出，笔直向上，照亮了整个夜空，场面极为壮观。立在火场中的那些高大的空心树被烧后，随时都有被风吹倒的，砸在地上发出震耳欲聋的声响，似春雷碾过大地，久久回荡在山谷中。伴随着无数的残枝碎片飞起，许多靠近隔离带的树倒下后，把火源传到隔离带以外，又得马上组织扑救。

第三天，火势渐小，于是，从外到内开始清理余火。把大的木杆用斧头将燃烧的部分切下，在地上挖坑填埋；小一点的就整棵挖坑填埋。经过一个星期的奋战，终于将余火全部处理干净。

山下每天雇用村民，人背马驮送来一次给养，生活极其艰辛。山上每天派一个人到半山腰取水，每次背回来的水，仅够饮用和做饭，根本没有多余的水用来洗漱。所有人员除了眼睛以外，脸和衣裤一片漆黑，身上散发着浓烈的烟火味，甚是刺鼻难闻。鞋带在火场中一次又一次地被烧断，打着一个又一个的疙瘩。裤脚边一圈，全是被火烧出的指头一样大小的洞，风不停地往里钻，发出一片哗啦啦的声响。

4月15日，经过全面评估和反复检查，已经不存在任何隐患。中午，从火场撤出。

因为多日以来，完全专注于扑火，没怎么留意身旁的景物。当山火被扑灭后，心情稍有放松，回过头才发现，紧邻火场下方，有一片血色杜鹃花，连绵至西北面的山坡上，含苞欲放，像极了一片殷殷红霞，覆盖住整个山坡，延绵至天边，无边无际，场面无比壮观。

林地上分布着依稀高大的松树和冷杉，似巨人屹立，向上伸开有力的臂膀，撑着湛蓝的天空。一阵微风拂过，空气中飘来淡淡的花香，沁人心脾。欣慰于这几日的艰辛付出，拯救了一茬含苞的花蕾，欣喜之余，感慨连日来的劳累和辛酸，这番付出是多么的值得。

经过那片美丽的花海时，我在花丛中匆匆折下几枝血色的花蕾，装进随身携带的行李包，向山下赶去。因为心里放不下母亲的安危，一路只顾急走，根本无心观赏沿途风景。

在山间溪水里，匆匆洗了一把脸，就急急忙忙往家赶。大致到夜里10点，才回到老家。

怀着深深的歉意来到母亲身边，母亲躺在床上，憔悴不堪，已经不能行动了。我从行李包里拿出那束血色的杜鹃花蕾，插入瓶中，母亲很是欣慰，微笑着对我说："是7枝，代表我的7个儿女，陪我到最后。"瞬间眼泪止不住地流，可我真的没有数过，自己竟然在无意中，折了7枝鲜艳的杜鹃花回来，献给伟大的母亲，并蕴含着那样凄美和深情的寓意，使我终生难忘。

其后的半月，那束美丽的杜鹃花幽幽开放，陪伴着母亲度过了她最后的时日。

一次，母亲用微弱的声音，断断续续地对我说："只要看着那些花儿，她就感觉不太疼了。"不时还会提醒我给花儿换水。

其后的日子母亲在极端的痛苦和煎熬中度过，所幸没有森林火情、火灾发生，而我也没怎么离开母亲。只是母亲的病痛一日胜过一日，不时就有大片的汗水从她脸上流下来，甚至浸湿衣服。我为她轻轻擦去，然后又为她注射一剂盐酸哌替啶，每次扎针时，总是感觉手臂、臀部那些平时肌肉较多的地方，越来越空落了，最后是完全扎空的感觉。我知道，那是癌细胞将母亲的肌肉消耗殆尽的缘故。肌体不能吸收药水，盐酸哌替啶也就完全失去了镇痛的作用，可怜的母亲就这样挣扎在极端的痛苦中。

自从患病，母亲总是咬紧牙关挺住，只要能动，凡事都要自己做，从不麻烦别人。

母亲去世前两天，精神忽然转好，虽已不能言语，但她用眼神示意我们把她推到院子里，面向东方，那是她故乡的方向。眼里含着泪花，躺在轮椅上，在院里静静地躺了40分钟，然后示意我们把她推进屋内。从那以后，母亲再没有睁开眼睛。

母亲一生多病，当初嫁给父亲时，刚年满18岁，因为修建房屋，背部肋骨被折断4根，落下终身残疾。30多岁患胆结石终身未治愈。自从身患绝症，每天都在忍着剧烈的疼痛，却从不曾哼出一声来。

5月1日，母亲走完81年艰难的人生历程，闭上眼，永远离开了我们。

如今，母亲就长眠于巍巍药山脚下，每年春节和清明，我总是回到故乡，到先人和父母墓前跪下，献上一束如血色杜鹃花一样鲜艳的花束，以寄托我深切的哀思，希望母亲在天堂没有病痛的折磨，永远安详。

抬头，我看见母亲站在高高的云端，正慈祥地对我微笑。眼前是巍巍高山，连绵起伏，托着蓝蓝的天，蓝天上不时有燕子飞过。

又到了杜鹃花盛开的季节，山中那一片血色的杜鹃花正在悠悠盛开，漫山遍野，芬芳天涯，似一帘绯红的瀑布流泻在山间，花开的盛况永远烙印在我的心间。

那一片殷殷红霞是母亲欣慰的笑脸，是那些为永葆绿水青山、献出宝贵生命的勇士们无怨无悔的微笑。

罗维开*作品

"双抢"的一天

　　20世纪80年代之前，因为国家"以粮为纲"方针的提出，南方水稻产区规定都种双季稻，即当年五月初种下的稻于七月底收割，割完后再种下一季水稻，到十一月再收割，俗称"双季稻"（早稻和晚稻）。在有限的时间内（约二十天）完成收种，这种称为"双抢"。所谓"抢"，就是跟老天抢时间，因为一旦过了立秋，种下去的晚稻产量就极低了。

　　"双抢"期间，天刚蒙蒙亮，生产队无论男女老少，凡是能劳动者，都在生产队队长的带领下，一早就下田了。人们一字排开，进行割稻，成排的稻被人们割倒，一排排放在水田里，打稻机打稻的响声也随之响起。晨曦中，一天的"双抢"就开始了。

　　当割倒的稻足够多后，人马就分为二拨，妇女和孩子管割，男人管打稻（脱粒）和挑选打下的湿谷到晒谷场。

　　农村的妇女能顶半边天，她们娴熟的割稻技巧是胜过男人的。

　　男人都在妇女后面打稻。那时的脱粒机俗称"打稻机"，是靠打稻者用力蹬踏板，通过齿轮转动使脱粒滚筒快速转动，打稻者同时手捧着稻束，将其放入快速转动的滚筒上把谷粒打下来。腿蹬得越重越猛，脱粒筒转得越快，打稻的效率就越高。想要快速脱粒，腿必须使出吃奶力气。

　　打稻机都是双人式的，即两个人同时蹬，同时脱粒。若其中一个人腿力不行或偷懒，脱粒滚筒马上就会减速，甚至转不动了，另一个人就会更累。

　　于是，偷懒或腿力不济者会遭受大家白眼，且被别人有意无意地避开同时打稻。这些人甚至在平时都会被人看不起，认为是个小气薄力的人——作为农民，这简直是奇耻大辱。所以，凡打稻者，拼尽全力也不肯丢这份面子。

---

　　* 作者简介：罗维开，退休中学教师，20世纪80年代前有十几年务农的经历，对农业、农村和农民非常了解并有很深的感情。

打稻之累，唯有农民自知。它需每个人既要有爆发力又要有耐力和腿力。一天劳动十几个小时，必须坚持下去。

在打稻谷时，需要有一个人专在打稻机后头把打下的湿谷装入箩筐中，俗称"出谷"。随着打稻机前移，一箩箩湿谷就出现在打稻机后的水田中央。

抬移打稻机也需要人，那个人还要使出浑身力气。打稻机将前十几米的稻打光后，机子须前移。前移时，移机子的人一边把打稻机前部抬离泥淖，然后屏住气用力向前拖（或推），每次约前行二十米。移动中，若一方力量跟不上，打稻机就马上偏向这一方，这时对方会投去鄙夷的目光。所以，两个人的力气必须一样大、一样猛。抬着打稻机走完二十米后，人就喘不过气，大腿会不由自主地抽筋，但他们的表面还是若无其事的样子，因为面子是不能丢的。

南方的水田，早晨尚清凉，但一过八九点钟，气温就骤然升高，临近中午温度近四十度是常态。农民们在这样的烈日下"双抢"，已习以为常。

中午收工了，每一个打稻者开始拿起扁担，把散放于水田里的谷挑到仓库晒谷场上去。由于已经劳累了半天且饥肠辘辘，他们在半小腿深的泥淖里挑着两百多斤的谷担，一步步艰难地往田埂边移动。有人喘息着，有人腿发着抖。迈上田埂时，打稻者如同举重运动员拼尽极限般，神色痛苦地使出洪荒之力。这在农村被叫作"跋谷箩头"，是一个合格农民必须做到的。

把谷挑到晒谷场后，农民们还须马上重返刚刚收割完稻谷的田里，因为生产队会计已经把田里脱完粒的稻草，分给了各家各户，每户人家必须在规定的时间内，把稻草拖出水田，以供耕耙，栽种晚稻。

于是，早已饿得肚子咕咕叫的人们，汗流浃背，一趟一趟地在田边河堤上背自家的稻草。有的人家还把稻草往河堤树干上撒，待晒干后挑回家。河边的树，主要是柏树或柳树，树上有很多被称为"痒辣"的毒虫（像毛毛虫一样，颜色艳丽，背上有毒毛），人一触碰到它，皮肤像是被火灼似的疼，会吃足苦头的。

人们忙完集体的农活后再忙自家的，忙完后才回家吃饭。有时饭没吃完，下午出工的哨声就响起来了，于是人们只得顶着火辣辣的太阳走到田里。

下午天气更热，田水被晒得滚烫滚烫的，人一迈下水田，会被烫得跳起来，脚踝上被蚂蟥叮破的溃烂处疼痛难忍，但不管如何，谁都不敢有歇一会儿的奢望，连中暑者都不好意思不出工。

割稻、打稻、出谷、推移打稻机，汗干了又流，流了又干……很快，太阳下山了；很快，夜幕降临了；很快，东边的下弦月也渐渐升了起来。大家感到稍微凉快了一点，但蚊子却开始向人们进攻了，"嗡嗡嗡"地在田里叮咬人。生产队队长估了一下当天收割的进度，脸上露出了些许笑容。他终于说："收工吧，夜里9点拔秧，不要迟到哦！"

于是，打稻机的声音再次静寂了下来，人们又拿起扁担，走向分布在水田里的谷担，重演着中午"跋谷箩头"和搬运稻草的一幕。

"双抢"期间利用夜间拔秧是为了保证第二天完成抢种计划。一般来说，它有两种方式：拔早秧或拔夜秧。拔早秧是凌晨两点起来开始拔秧，而拔夜秧是白天劳动的继续。拔早秧或拔夜秧最怕蚊子和蚂蟥。田间的蚊子身上有花纹，又多又凶。农民拔夜秧，它们哼哼着，在拔秧人身上尽情地享用大餐。

各家吃了晚饭，劳累了一天的人们，在朦胧如水的月光中，深一脚浅一脚地再次走向田间。

拔秧须要洗秧根，因为只有把拔起的秧的根部的泥在水中洗去，扎成一把把秧束，才能装在担上挑得动。洗秧泥需要秧田里有足够的水，这也给秧田里的蚂蟥叮人提供了方便。只要哪里水响，它就知道哪里有人，很快游过来，悄悄地叮人。因为是在夜里，谁都发现不了叮在自己脚上的蚂蟥，只能用手摸，凭感觉把抓到的判定是蚂蟥的滑腻腻东西，随手往远处一扔。但是，远处刚好有人在拔秧，于是蚂蟥如赴宴者换了所坐的酒桌般叮上了另一个目标，蚂蟥想：无非换一个所叮的人而已，反正秧田里有的是人。

直到深夜12点钟，生产队队长才表示一天的劳动结束，辛苦了一天的人们才一个个疲惫地归家。有的人，到家胡乱冲一冲澡，就钻入蚊帐，几乎瘫痪着睡去，等待着第二天出工的哨声。

"双抢"的一天，就这样过去了。

农民是这样"炼"出来的

我是1977年才离开农村的。早年的时候，我的父亲被划为"右派"。因此，我升学受阻，16岁正式务农。

务农第一年我便开始了"双抢"，每天早出晚归，人处于极度疲劳状态。那时乡下的路大多是坑坑洼洼的，路面上有很多突起的石头。当时的农民习惯于赤脚走路，我也不例外，我因为走得急，脚踢到一块石头上，大脚趾的指甲裂开，成了兰花豆状，鲜血直流。我咬牙用布简单地包了一下，便硬着头继续下水田了，还记得当时的我光着脚泡在烂泥中，每天坚持十几个小时的劳作（那时没有农田靴）。

一周后，我渐感体温一天比一天高，身体实在是吃不消了，父母就让我在家休息，他们仍须每天早出晚归，没人照顾我。我数天吃不下饭，一直躺在床上迷糊着，烧得厉害，整个人难以言状的难受（估计体温在 40 摄氏度以上）。有一天，父母突然从田间几乎是跑着回来的，忙把我送医院。原来同村某个人也与我一样发高烧在家休息，忽然暴亡。医生检查后发现我是在水田间感染了恶疾（恶疾的名称已记不准了）。此病菌弥散在田水中，通过人的伤口侵入人体，而处于极度疲劳的人的免疫力下降，易受感染，于是就发高烧，若不及时救治，就有生命危险。那一年，若不是父母警觉后把我及时送医，我恐怕也难逃此劫——再次感恩父母和医生。

我因为年龄小，劳动中与妇女为伍。在南方水稻区，农忙季节的妇女们是割稻和插秧的主力军，她们每天弯着腰干活十几个小时。几乎是屁股翘起头冲地，割稻时，双手须特别用力，腰和屁股协同发力，扭来扭去；插秧时，手掌捏秧须插入田里，腰弯得比割稻还低，血往脸上冲，眼球要翻出来了，腰也扭来扭去。这两种弯腰的劳作方式都特别累，一天下来，脸几乎都肿了，走起路来头重脚轻。记得当年"双抢"时，有个即将分娩的孕妇仍坚持到田间割稻、插秧，据说坚持劳动的人在生小孩时会更顺利。当然，话是这样说，其实大家都知道，她心疼的是工分，因为"双抢"时的工分是双倍或更高的。当时，她在田间弯腰时半蹲半弯的痛苦状，如今犹历历在目。就在当天夜里，这个孕妇生产了，据说的确很快就生下孩子。

当年高强度的弯腰、割稻、插秧使我疲劳。我往往在傍晚收工后，找个干燥些的田塍，仰天躺下，把腰搁在隆起的土堆上"矫正"一会儿，之后才慢慢起来蹒跚着回家，很多人都会这样（笔者注：随着农业机械化的出现，农民不再弯腰割稻、插秧，现在大都已经被收割机、插秧机或播种机代替）。

男人要成为合格农民，体力是硬杠子，挑担是最公认的标准。我们家乡的箩筐，大小一般以一平箩干谷约 100 斤为标准，一担干谷就 200 斤上下（刚打下的湿谷更重）。作为十级劳动力，谷担上肩，一里地不歇肩，二三里地很少歇肩，采取右肩换左肩，左肩再换右肩的方式，换肩时谷担不落地，只在肩上颠一下，扁担横过后颈就完成了任务。久而久之，换肩就成了技巧。挑 200 斤的担子能否熟练换肩，成了评判是老农还是新农的标准之一。

当时评工分采用自报公议的方式，被称为评"大寨分"。为了过"公议"关，青年农民必须在挑担上过全队社员的"目测"关：担 200 斤担子颤颤悠悠换肩不歇担。所以，每当有担要挑，青年社员们就暗中较劲，自然而然地打起"擂台"。有一次，生产队上山砍柴，重量一律过称（凭重量记工分），我也成了"擂主"——从数公里外的高山上，咬着牙挑下一担315斤重的柴担，使全队社员佩服不已。

这是痛苦的记忆，也是自豪的记忆。我不知道自己是怎样在山坡上几乎是趴着挑起柴担的，也不知道是怎样挑着它一步一步移下山的。当时我的脑子一片空白，只知道自我鼓励：支撑住，支撑住！我感到泰山压顶，双脚止不住地颤抖。当时一定是一副咬着牙环眼圆睁，颈两侧青筋暴起的样子。但我觉得洪荒之力已经附体，只管一步步慢慢向下移，向下移，陡峭的山坡被我一步步地征服了。挑到山下平路上，经过的几个老农，都为我喝彩。其中一个老农，竖起大拇指说我文武双全。因为我爱看书，平时常常手不释卷，生产队的黑板报也是我出的，他们对我很佩服，认为我是"文人"，现在，又看到了我敢挑这么重的柴担，更看得起我了。在他们淳朴的心中，岳飞才是家喻户晓的文武双全。当时他们用"文武双全"这4个字来褒奖我，我感到力量倍增。从此以后，我的工分被评为10分。当然，我得的10分不仅仅靠担柴，还有对我平时耘田、耙田等完成一切农活的赞许。

事情已过去了近50年，当年老农对我"文武双全"的评价，我一直当成最高奖赏珍藏在心里。后来我想，过去的农民驼背的比较多，可能长年累月高强度地挑担是一个重要原因。现在，随着运输工具的改进，农民肩挑已被车载取代。而且现在的年青一代，已经挑不动200斤的担子了。可以说，这是进步性的退化。

当年，农民最苦的是3个季节的农忙：春插、（夏）"双抢"、秋收。其中，尤其苦的是"双抢"。农民平均每天劳动至少16个小时，劳动之累，不再赘述，但有一件事，想起来仍心有余悸。有一次，我在睡眼惺忪中似睡非睡地蹲在水中拔秧。突然雷鸣电闪，大雨如注，所有人浑身都湿透了。有条蚂蟥趁着湿衣爬到我的背上，钻进我的上衣悄悄地叮住我。因雨实在太大，生产队队长下令，让大家暂时回家歇一歇。连续几天体力透支和严重睡眠不足，我匆匆回家后一头倒在床上，很快就睡去了。待第二天被出工的哨声唤醒，发现床席上黏糊糊的，到处都是血，我吓了一跳，仔细一看，一条活着的蚂蟥还在席上慢慢蠕动。原来这条蚂蟥一直叮在我背上与我一起上了床，后来，因我睡觉翻滚，它被我压在身下，蚂蟥吸进肚子的血被全部挤压出来了，本来被叮破的伤口，也继续流出很多血，于是，床上就这样，变成了血糊糊的一片。

以上是我至今仍能回忆起来的务农往事。这种往事，对农民来说平常得不能再平常了，一个合格的农民，都是这样炼出来的。

段元朝[*]作品

父亲的果园

　　每年的春天，是父亲最忙的时候。

　　依稀记得，老屋的东北方向那块三分大小的自留地，株株桃树交错纵横，就像排列好的士兵，随时等候父亲的检阅。春天来了，桃花怒放，争奇斗艳，蔚为壮观。这时的父亲，整日待在果园里，精心照料着每一株果树，培土、剪枝，一刻不闲，像对待自己的每一个孩子。

　　桃树苗是父亲从隔壁的桃园村买来的，品种优良，株不高，但结果率很高。待到成熟时，芳香四溢，脆而鲜美。果实很大，再大的手也只能抓得了两个。渐渐地，父亲成了附近小有名气的种桃人。

　　母亲总舍不得浪费桃树之间的空地，刨个坑，种上各种瓜。放学归来，我们拎着水桶，穿梭其中，总是落得一身的花粉。那一身的清香，一直留在记忆里。

　　其实，父亲的绝活远不止这些。老屋四周都是树，夹杂着各种果树，桃、梨、杏、李、枣，应有尽有。印象中，梨树都是父亲嫁接的。为了春天的芬芳，父亲从半年前就得做准备。先是在野外寻找一种叫"糖榴"的树苗。这种树的果实黄豆大小，味苦涩。待到初春，梨树刚发芽，就可以嫁接了。先是截取一段梨树枝，要求花蕾多且饱满，将截断处削成扁平状。同时将母体从离地面一尺处截断，中间劈开，将截取的梨树枝插进去，先用蜡烛油将切口灌满，再用塑料薄膜将伤口包覆。这样就是一株新生的梨树了。父亲的手艺非常好，嫁接后的树苗成活率可达百分之百。让我至今难忘的是，有一株梨树嫁接了两个不同的品种，所以每年都结出一青一黄两种颜色的梨，同一个母体上长出两个枝丫，缀满果实，对视着，攀比着，沉甸甸的，压低了枝头。

---

　　* 作者简介：段元朝，男，1978 年出生于安徽省天长市，大专学历，文学爱好者。自幼喜好写作，从高中开始，偶有作品见诸报端，曾参加行业内有奖征文比赛并获得一等奖。

那时的春天属于父亲，父亲也永远属于那时的春天。

那些年，在我生活的乡下，家家都有一两株果树，所以父亲的果园就不足为奇了。每年桃子成熟时，哥哥都会装满两口袋，骑车到一河之隔的菱塘镇去卖，但每次总是原封不动地再拖回来。加之后来因故搬迁，老的宅基地要改成农田，在简单地讨论后，我和哥哥便在母亲的带领下，将一株株桃树连根刨起，能移栽的尽量移栽，体格太大的就只能丢弃了。父亲不支持但也不好反对。我至今还清楚地记得，当我们挥汗如雨的时候，父亲蹲在一旁抽烟，任凭母亲责骂，父亲竟充耳不闻，自始至终没动一次锹。我至今还是不能忘记，父亲的眼里一直噙着泪水。

果园一直是父亲的事业，但父亲的事业被无情地画上了句号。

父亲当然也知道他是属于春天的，所以内心深处，父亲从未放弃过自己的事业。虽然他的事业不是用经济效益来衡量的。不到一两年，移栽的果树，布满了新屋的四周，那么顽强，那么执着，那么争气！后来我外出上学，直至参加工作，每次回家，父亲总是要让我看看他的业绩，一棵棵，来龙去脉、生长情况、结果情况，如数家珍。有时我甚至觉得，父亲了解这些果树，胜过了解自己亲生的孩子们。

父亲老了，老到再也不能嫁接梨树，抑或移栽一棵桃树了。那些陪伴他的果树也渐渐老去，浑身皲裂，老到结不出果实。可是父亲却越来越珍爱它们，经常因为某一棵树生了虫而寝食不安，又会因为某一棵树死去而黯然神伤。自从搬迁到新的地方，父亲就再也没有添换一棵新的果树，就那么执着地守着这些移栽过来的树，二十年如一日。

有几株梨树枯死多年，却如胡杨一般挺立在原地。不知是父亲太老，无力去清除，还是这些树过于执着，不肯倒下。母亲也不再去理会它们，不知是理解了父亲的苦心，还是心有余而力不足。总之，那些枯树一直站立在那里，每次回家我都能和它们见上一面。

于是，每次都会触景生情，往事清晰如昨。夜晚躺在床上，也会不经意地在脑海中搜索过去的情景。朦朦胧胧中，魂牵梦萦的那片果园开满了鲜花。空气里溢满芳香，耳畔是蜜蜂的蜂鸣，一切欣欣向荣，催人振奋。我拎着水桶穿梭其中，给母亲新栽种的瓜苗浇水，并用稻草覆盖其上，以防它们被太阳灼伤。不经意间，发上落满了花瓣，衣襟上也沾满了花粉。突然，母亲责令我把那些桃树全砍了，父亲坚决不让，正在争吵不休之际，梦醒了。顿时心里凉凉的，夜已深，但却再也无法入睡。

如今的父亲，一直卧床，消瘦如那些老去的果树，偶尔靠着儿女的搀扶，才能出去透透气。可我坚信，父亲的心里，一直有着那么一片果园，盛开着各种果树的花儿；父亲的心里，也一直沐浴在明媚的春光里……

南浔的秋

南浔的美，肆无忌惮，无处藏掖，尤其是在秋天。

一、运河

南浔的秋，是荡漾在运河上的水花一朵。

那日驻足重修后的练市大桥，看那蜿蜒曲折的京杭古运河，像是一根暴突的青筋，清晰地镶嵌在白皙的皮肤下，竟能不显岁月的沧桑，依然澎湃不息。看两岸草木渐染秋色，听秋声铿锵，运河浓缩成一幅画，铺在天地间。极目远眺，过往的货船如织，行色匆匆，或同向或反向，拖曳着不同的轨迹，演绎着各自的故事，一如人生。如果你愿意，待夜幕降临，可见桥上灯火通明，水面波光粼粼。此时的运河像是劳作了一天的女子，洁面化妆，施了粉黛，换上一身华丽的衣裳，隐隐约约，缥缈若仙。在有着些许朦胧的夜色里，略带羞涩，与白日里相比，判若两人。举手投足，醉人醉己；一颦一笑，倾国倾城。

二、禅院

南浔的秋，是一曲禅思。

"光明普照大千界，圣谛都归不二门。"离桥不远的河西岸有一座文殊禅院，规模不大，但建筑宏伟，远处就能看得见。遗憾的是大门紧闭，只能隔墙瞻仰。门前运河奔流不息，芸芸众生；院内寂静幽深，藏着世间的大智慧。凡夫俗子，贱如草芥，置身动静之间，不觉诚惶诚恐。观逝者如斯，叹人生苦难种种，于"不负如来不负卿"的困惑，感同身受。世间种种，因缘生，因缘灭；生死得失，为有因，为有果。

三、村落

南浔的秋，是一个村落。

横跨运河的大桥，连接着镇区和乡村，往东是繁华的街区，往西是一条乡间道路。一如既往，我选择了往西。向前不远，路便开始变窄，经过几道弯，跨过几条河，便是一片开阔的乡野。果然不失所望，路的两边，或稻田，或果园，或荷塘，或农家院，处处是风景，就连地名都富有诗意：渔船兜、刘府里、白水河……每个地方都值得细细品味，每次落脚都有意外惊喜。短短几公里的乡路，河流纵横交错，村庄错落有致，景致似曾相识，却又如此陌生。像露珠挂在笋尖，像秋风轻拂画扇，像久别后的重逢，像初恋……沿着主干道南北方向延伸的条条乡间小路，曲折悠长，引人入胜。像牧童吹响的笛音，像天空落下的雨丝，像儿时看过的第一本小说，像伊的背影……

四、黄叶

南浔的秋，是一片黄叶。

看吧，那一片银杏林，排列整齐，纵横交错。藏身其中，竟是一个不一样的世界。那一刻，空气萧瑟，黄叶飘零，击中先前落下的叶子，弹起，再次落下，像死亡前的最后一次跳跃，一叶覆一叶，渐渐归于平静。那一刻，心如止水，忘记了呼吸，仿佛误入了一个异度空间，彷徨四顾，听得见时光游走的声音，如此清晰，令人寒噤。那一刻，目睹着叶子的离去，不禁悲喜交集……

我所悲的，并非生命的逝去，而是在这纷扰嘈杂的世界里，竟有这方静处，任由这些无足轻重的黄叶演绎着生命的壮丽，带着寂寞、留恋、不舍、感恩，前赴后继，义无反顾，投入大地的怀抱——生命的尽头，如此凄美，竟无人问津。

我所喜的，是回报，是轮回。短暂的离别，是为了反哺，是为了蓄势待发，是为了从头再来，是为了更好的重逢。谁说草木无情？看吧，来年的春天，还是这片土地，必定是枝繁叶茂，生机勃勃——生命的伟大，一枯一荣，草木自知。

五、画卷

南浔的秋，是一幅画卷。

愿苍天赐予画笔，铺大地为卷，蘸运河水彩——一幅题为《南浔秋韵》的山水伟岸成形！而我，便是有幸窥得那幅画卷的少年。

秋雨散记

下雨了。

再次吻合了记忆里对秋日的印象：温和、朦胧、缠绵、陶醉。

已经记不清这是今年秋天的第几场雨。悄无声息，洋洋洒洒，拖曳着长长的思绪，衬托出天空那份落寞的表情，张扬着，逃不过任何人的眼睛。

站在雨里，真想化作池塘里的一片睡莲，就这样让雨淋着也心甘情愿。数不清的雨滴，击打着水面和莲叶，像一只网，网罗着无尽的苍生。此刻，雨是这个世界的主人，随自己的意愿，信手描绘着一个不一般的世界。在这个世界里，没有烦躁，没有委屈，没有杂念，一切都是崭新的，那么令人神往与激动，宛若少年的情怀情真意切，又像同桌女生用左手半掩着写下的日记。雨，用自己的方式，传递浓浓的爱意，哺育着这天地间的芸芸众生，毫不犹豫，不带偏见，哪怕它深情的回眸碰到的是一张冷酷的面孔。

我常想应该感谢这雨，那么无私地清洗着每个角落，连同人的心情，彻彻底底。在经历了那么多让人心累的日子后，雨无疑是最好的慰藉。纵使，逝去的终究无法回头，美丽的，抑或伤感的；虚构的传说，抑或真实的故事。此时此刻，在这无边的雨里，竟然穿越千年的雨雾，逐渐清晰，呈现在面前。我再也不能无动于衷……

远方的高冈上，思乡的少年，长衫飘逸，遥望故乡的方向，纹丝不动，俨然一尊雕塑。衰草连天，秋风习习，秋雨绵绵，都不曾移步。那份凝重，连过往的飞雁都不忍离去。天长日久，高冈上便多了块巨石，少年的模样，面朝故乡的方向，人称"望乡石"……

推开那扇一直紧闭的木窗，室内一尘不染。痴情的夫人，静静伫立窗前，翘首期盼着远方的人儿。等候了多少年啊，为着一个或许是无望的期待，那份执着，连雨都开始内疚。年幼的儿子拉着母亲的衣襟，不敢出声，明明感觉到头发上凉凉的，满是母亲的泪水……

颤抖的烛光，和着檐角铿锵落下的雨滴，让壁上的人影栩栩如生，摇曳不止，就像对伊的思念。伏案苦读的人啊，搁笔静思。页面停留处，隐约可见缠绵千载的诗句："何当共剪西窗烛，却话巴山夜雨时。"

雨是天空的眼泪吗？看来并非我一人多愁善感。这样想，伤痕累累的心儿便不再疼痛了。

都交给雨吧。失去了不再拥有的、辛酸的、令人痛苦的。在这寂静的秋日里，让雨冲淡感伤和怨恨，净化中毒的灵魂，让生命的演绎楚楚动人。从此心与雨交融。

雨能做到的，特别是秋天的雨。

秋　语

秋是一泓水，融着我们真挚纯洁的誓言，静静地流在熟悉又陌生的记忆里。在风起的日子里，慢慢渗入心扉。或欣慰，或遗恨，或清晰，或模糊，或迷失，或永存。

秋是一棵树，挺立在小河边，面朝逝水，望眼欲穿。曾经，码头上洗衣服的小姑娘，不知不觉已亭亭玉立；曾经，河边捉虾的毛头小子，已去了外地上学，很难再见上一面。

秋是河对岸的那簇芦苇，相拥着在春天发芽，在夏天成长，在经历繁华之后，共同等待一把野火，只为践行来年再见的诺言。

秋是那条水泥船，曾经载着主人，风风光光，穿梭在或宽或窄的河道。曾几何时，江南的水乡，舟横舟竖，热闹非凡。时过境迁，枫桥还在，月落依旧，停泊成了亘古不变的主题。

秋是那只燕窝，藏在老屋的檐下。自从雏燕学会了飞翔，这里便不再是依赖的家。那场不辞而别、说走就走的旅行，来去都是如此突然，让人措手不及。那个曾经温暖无比的窝啊，如今暗淡无光，惆怅在渐渐凛冽的寒风里，等待的心也渐渐变冷。

秋是一把吉他，挂在对门的墙上，每次进入房间都能看见。那一根根琴弦，曾经演绎了多少凄楚动人的旋律。而如今，我竟然没有碰触的勇气。

秋是一场雨，总是不经意地来，洋洋洒洒，缠绵悱恻，似思念，似倾诉，似幽，似怨，似愁绪；也总是不情愿地离去，忽隐忽现，若即若离，似期待，似初恋，似离，似别，似回忆。

秋是一篇少女日记，是一则睡前故事，是一段凄婉的爱情，是一件深埋的心事，是一串温情脉脉的话语，是一段平淡如水的人生……

一个人的江湖

花费了半生，只为在这个十月，赴你的约会。

觅得尖舟一艘，携童子做伴，择一良日，风平浪静，起程。这一程山水，远离喧嚣，曲折委婉，两岸青山相对出，风景奇异，彼时枝叶遮天，此时阳光倾泻，恍惚犹如人生。移步篷外，伫立船头，水碧天蓝，仿若仙境。桨起桨落，潺潺复潺潺，于水面处划开一道道口子，又于瞬间弥合，想起那天经过你的窗前，风一次次撩起的窗纱。是谁不小心碰翻了画盘，把那整座山头涂成艳红，又于山腰处染上一片金黄，最后将满手的绿色一股脑儿抹在山脚。又像是一位深居的画匠，以这方天地为画板，用这片山水作素材，挥毫泼墨，肆无忌惮，尽情尽兴。你看那山、那水、那片松林，任他摆布，身不由己……童子提醒：先生，到了，上岸吧。

记忆中的石桌、石凳犹在，才隔了几年，竟然也被岁月剥夺了光泽，老态尽显。童子灌一壶清泉，揉碎这半生的浮沉荣辱，借着午后的阳光，沏茶。落座，举杯，先敬我们的过去，管他荣耀与卑微；再敬我们的路伴，不问性别和年龄；末了，再敬你，跟以前一样……只是对面没有你的身影。

午后的阳光，煦暖如春日。茶已不知是第几壶，我竟略显醉意。谁会留恋这满山的秋色？谁会在意我们的足迹？谁又能记得我曾经来过这里？我问。山不语，水如镜。童子暗示：先生，看时辰，该回了。

好！理一理长衫，拍一拍鞋面上的尘土，起身。环顾群山，再与面前苍松对视，算是一一作别。这一别，又是半生。也罢，终有曲终人散的时候，回吧。船已静候多时，看不出艄翁有一点愠色，方知原来微不足道的坚守才是真正的难能可贵。此时此刻，又是谁巧夺天工，将落日的余晖聚焦重峦叠嶂，红的更艳，黄的深沉，绿的浓厚。童子轻语：先生，天凉，加件衣裳。

来时的路上，沿途的景物看得仔细，一丝不漏。归途，不想再多看一眼。艄翁执桨，童子竟然睡去。移步船首，看水面撕裂、起皱、弥合，很快消失在茫茫暮色中。

本想高歌，又怕惊扰沿途生灵，于是作罢。纵使思绪万千，也只能独享。谁辜负了谁，早已不再重要。也罢，余生，便是我一个人的江湖。

今夜，雨落不息

分明是睡梦中的天使
不慎滑落的泪滴
掠过冰凉的伤口之际
悦耳清脆
那微痛的感觉
刻骨铭心
挥之不去
今夜，雨落不息

难忘那一天
细雨淅沥
道出了你深藏不露的心语
难忘那一场
痛彻心扉的别离
从此
我们成了彼此的回忆
那夜，我听到雨在哭泣

总是很感动
风和雨的默契
在一声惊雷过后
似箭般奔向大地

随处激起的涟漪
屡触我伤痕累累的思绪
许下的诺言原来可以背弃
滚烫的泪滴原来一文不值
多年的付出原来无法阻止你的转身离去
错了，错了
那夜，我独自走在无边的雨里

于是，我开始迷信
雨是最好的溶剂
不管是你曾许下的诺言
还是你晶莹咸涩的泪滴
连同最终你坚定地转身离去
都可以融化在雨里
我告诉自己
世间缘起缘灭
不过梦而已
罢了，罢了
……

今夜，雨落不息

生命中有你

总是在夏日的雨季
埋怨
没有见到过彩虹的美丽

在秋风瑟瑟的季节里
寻觅
哪怕一缕你的气息

总是在柳絮飞舞的时候
偷偷在心底问自己——
黄湖的花开了没
我们一起路过的那座寺庙
今天是否还川流不息

看着洋洋洒洒的雪花
漫过我们落下的足迹
好想好想在你的肩头哭泣——
为什么你就不留恋
那只飞蝶的情意

多想亲口告诉你
生命中有你
再落寞的旅途

都不再孤寂

蜗牛的心事

别笑我太慢
其实
我已经用了最大的力气
难道你不曾看见
我经过的地方
都刻录着一串闪光的足迹?

习惯了

匍匐的身姿
习惯了
漫无目的
其实
我的追求很低
即便不能和同伴在酒吧喝上一杯
也没有疯狂的 KTV
只要有花草甘露的陪伴

我的生命就不会孤寂

多少次
从高高的草尖坠下
躲在背壳里委屈
多少次
虎口脱险
避开无处不在的天敌
多少次

将心事埋在心底
一遍一遍独自地回味
谁又会在意?

心尖总有一丝莫名的伤感
不为今生的平淡无奇
只因
暮春多风雨
花谢无人知!

清禄[*] 作品

华夏归根·文化万岁

你原先没有汪洋大海那样的浩瀚
只有甲骨背上镌刻的渺茫
你原先没有万里长城那样的辉煌
只有谦恭礼让和相承既往
华夏，在传承中延续十方
归根，在寻觅中阻挡迷茫
毁灭、颓废、焚书罢黜
鼎盛、顽强、万世墨香
亿万年的文明颠覆
只留下文化与天地并存，与日月同光
几千年的朝代更迭呀
只留下古圣先贤的经典，源远流长
那一年，破旧的古城墙上刀枪剑戟
那一年哪！无助的百姓盼望家国安康
大风萧萧，大潮滂滂，岁月辗转，国富民强
现如今，中华文化吸引五湖四海的目光
引领三山五岳的合唱
文化，中华文化啊！
实为天道使然，复苏了新的文化血脉，这血脉啊！
是沿着古人智慧，是依靠祖根积累
是大国领导之德，是万民百姓之福

---

* 作者简介：清禄，男，本名李先君，1995 年生人，祖籍山东，现居沈阳。喜好朗诵、文学创作。

中华民族，孔老之乡，诗书之国，礼仪之邦

遣词造句，分段分文，一气呵成，聚行成章，这篇章啊！

写着五千年的艰辛奠基，写着五千年的荣耀光芒

写着五千年的屈辱悲怆，写着五千年的自信豪爽

写着道德，写着骨气，写着无为，写着希望

写着乾坤天下，写着民心向党

那一年，崭新的古城墙里书声嘹亮

那一年哪！辛勤的百姓展放大国威望

文化创新犹如洪流，冲塌了糜烂已久的腐朽

文化精神汇聚了人民对祖国的追求

文化，中华文化啊！

续写一段特色的人文诗行，这诗行啊！

充满了寻觅，充满了兴奋

充满了归属，充满了展望

生民立命，天地立心，厚德载物，上善无痕

辞藻华丽，语势递进，破规立异，墨润华芳，这诗行啊！

写着五千年上下求索，写着五千年英勇赞歌

写着五千年民族气节，写着五千年运筹帷幄

写着国礼，写着家规，写着身行，写着人根

写着百二秦关终属楚，写着三千越甲可吞吴

那一年，广袤的中华大地新旭升起

那一年哪！亿万的百姓感受到文化的气息

华夏儿女，神州熙煦，同心同德呀

皆在尊天敬地，常怀先祖，敬畏圣贤的崇敬里

人法于地，地法于天，天法于道，道法于自然

破冰穿雾，正道启航，文化所向，民心所望

文化，中华文化啊！

演绎一场史无前例的改革，这改革呀！

融进了中国智慧，融进了中国胆识

融进了中国创新，融进了中国情缘

古今贯通，百家传颂，文化洪流，跌宕不休，这改革呀！

打造了人类命运共同体，打造了人们对美好生活的向往

打造了修养，打造了道德

打造了传承，打造了中国梦

打造了纵横交错的"一带一路"，打造了中华民族永远屹立于世界东方

中国，我的中国呀！

文化，我豪迈的文化呀！

如今，你挺起了像喜马拉雅山脉一样的脊梁

如今，你放远了直立而行的睿智隽永的目光

如今，楼宇罗列却承载不下你的辉煌

如今，四野平和聆听圣人妙语，嗅闻荷塘墨香

兴旺正在奋起，鼎盛正在趋强

大地不再瘦弱，目光不再苍凉

人心不再浮躁，国势天天向上

此时啊！我的心脏驿动着春月的畅想

此刻啊！我却有一句话想要呼出胸腔

祖国万岁

民族万岁

文化万岁

这就是我对你——文化的衷心祝福

这就是对你

文化强国，全部的情感和颂唱！

愿天下有识之士，厚德盛世，华夏归根！

戊戌年三月作

千山重游记

生命中，注定会有很多故事，或精彩、或无趣，但总有一个故事，想讲述却开不了口。

生命中，注定会有很多记忆，或完整、或碎片，但总有一段记忆，想留恋却又不敢触碰。

生命中，注定会有很多经历，或成长、或挫败，但总有一次经历，想提起

却又没有勇气。

就这样，这些"无法面世"的"美好"，永远被埋在了心底，渐渐地，谱成了曲章。当有一天奏响它的时候，你会发现，它是何等地慷慨悲壮，何等地振奋昂扬。

红尘路上，结伴同行的人们，朗朗的笑声、悲伤的泪水、懵懂的坚持、成长的自信，这一切注定成了每个人"人生博物馆"的镇馆瑰宝，并且让你可以"三世"炫耀。生活本就是一场漫长的对抗，有时候笑着开始，哭着结束；有时候沉沦起步，却辉煌止住。我们于俗世之中，试着微笑，试着回眸，试着让曾经在意你的人，再摸一摸你的头。我们有时强求，有时萎靡，有时浮躁，有时心急，可是这些都不会成为消磨生命的理由，因为这就是生活。文化不是触不可及的，而应该是贴近群众的。有位先生曾经说过："只要生下来活着，就已经是在文化中徜徉。"所以在生活中每个人都是文化人，何必非要把"我是文化人"这五个字常常说给别人听呢？可能这是一种身份的象征，似乎在宣告着某种目的，但说到底，是源于内在的空洞与卑怯，我们东奔西走、探山观海，面对天地穹宇、浩瀚苍冥，有谁可以无愧天地、无愧先祖、无愧圣贤地大声喊出"我是文化人"，因为这是真正灵魂的呐喊，更是不可多得的人生真谛。

就如此次千山重游，浮云华梦，续奏曲歌，多少物是人非？多少快意恩仇？多少感谢怀念？一切的一切，都化成缘分的感召，让我们在这辛丑九九，来了一次久别的"喧嚣"。是啊，亲人相见，又会为这千山重游留下多少锦瑟梦影，又会记录多少笑泪纵横的瞬间。

大家都被眼前的生活困得太久了，每个人都有无法释放的压力，无法卸下的俗累，甚至无法宣泄的呐喊。

我们有多久没有享受"斜阳照墟映红霞，烟巷牛羊归人家"的悠闲；

我们有多久没有听闻"红枫飒飒迎秋气，泉露潺潺滴雨声"的天籁；

我们有多久没有感受"空山寒鸦枝啼栖，俯瞰山人静无语"的空旷。

这天地给予的精神食粮，不是生命的空虚，而是心灵的休息。

千山，一个"千"字道尽了它的承载；一个"千"字，诉尽了它的包容；一个"千"字，展尽了它的至简。它仿佛在谦逊地表达着："我"是有着千万年之久的山峰，曾有千万人从"我"这里路过，"我"又养育了这里的人们千年之久，可"我"未曾说过一句话，也未曾离开过这里半步，因为"我"知道，走来走去，最后还是要回到这里。"我"用"我"所有的资源，为千万生灵提供了千万种生活方式，"我"享受这份踏实，只因"我"的名字叫作"山"。如果"我"的情绪波动了，或者"我"真的追求功利，你们就该感到不踏实了。"我"也见证了太多的故事，太多渴望解脱的人们来到"我"这里想要寻求一个答案。曾经有一位小伙子来到"我"这里的无量观，见到了一位在"我"这修行多年的老道长，小伙子很好奇地问："您得道前，做什么?"老道长："砍柴、担水、做饭。"小伙子又问："那您得道后呢?"老道长："砍柴、担水、做饭。"小伙子很困惑地问："那有什么不同? 何谓得道?"老道长："得道前，砍柴时惦记着挑水，挑水时想着做饭。得道后砍柴即砍柴，担水即担水，做饭即做饭。"小伙子恍然大悟。正是这些智慧、这些觉悟、这些恍然，让"我"这里的一切，更加充满生机。

当然，这只是我的遐想，或者是我与千山之间不可言说的秘密，我懂它，它也愿意让我去欣赏它。每年的农历九月九日，我都要与家人相伴出游，今年依然照旧。左思右想，出行地点选在了千山，只因这里，留下了先生壮阔的呼唤。依稀记得四年前的这个时间，先生站在峰顶，用广阔的臂膀，拥抱过这里的每一寸蓝天;而四年后的这个时间，有四十二位后生，站在峰顶，借着蓝天，显露笑颜。我相信千山一定会记录下这个豪放泪目的瞬间，也会在千年之后，向更多的后辈，诉说这里曾经来过的"神仙"，他们净了身心，他们背了经典，他们叩拜了圣贤，他们克服了困难，他们留下了笑脸，他们收获了温暖。

千山已归来，思绪未曾灭。我将这美好的瞬间化作文字，期盼众家人都能有所思感，便无所憾。

近沈皆平原也。然眺百里之外，尽皆山也。

环沈之西南，峰壑丛密，古观悠然者，唯千山也。

遂行人四二，逢辛丑九九，车八辆，食若干，天若阴，于卯时，驱驶一时辰，而临千山。途遇奇象，天东之际，云雾盘散，一道金光直入霄汉，合光之处，霹雳分判，金光照耀，犹似光霰，霰随光化，融汇天海，天海广博，金龙显现，欲问金龙何处住? 卧龙潭中千山护。千山护得千年盛，功在龙潭掩翠山。此奇象令观者，无不赞叹。

四二之众，挥旗入山，山行二三里，便闻泉鸣流潺，泻淌于谷漕之间，泉自何处? 无人得知。

坦路行畅，四二家人语震天苍，笑扫地荒，后望队列，似龙游山岗，曲身摆尾敬八方。再行二三里，遇一宫观，唤"财神庙"，四二家人行拜礼数，一一尽到，闲赘不言。

自宫观而出，循南又行二三里，便见石阶百余蹬，与众人共行，因在首列，故捷足先登至千山无量观，恩叩神尊。

无量观，观无量，缥缈青烟香千丈。

观无量，无量观，经磬空林万壑寰。

台楼阁，屋拱榭，仙风阵阵法门潆。

山环景，景致幽，四二仙客访深秋。

一行四二之众，礼诚心感，殿殿念恩，不知怎的，转瞬间就忽见得：

三官殿前望众仙，

姿态各异坐台檐，

解厄门前皆解饿，

惹得考官乐开颜。

解厄者谁？三官殿水官天尊也。

解饿者谁？四十二位狼吐虎咽、点头哈腰、气脉紊乱之"俗世仙人"，简称"俗人"，众"俗人"于此无量观前，念念有词：无量、无量、食之无量。禄在旁侧观，若有所思，如此海量，何时登顶，顿时，手一背，头一仰，快步"溜之大吉"。众人一见，这还了得，紧忙手起口收，囫囵吞个，手拭嘴角，舌咂滋味，意犹未尽，思量何时再有此地，定要吃它个昏天黑地。

借食之气量，四二成列，游刃于石蹬之上，忽以感恩之词震动山岳，忽以清净之经调和八方。山中能量，陡然升涨。人置于山谷之间，应知山谷之智，知山谷之智更应感山谷之恩，感山谷之恩定要法山谷之自然，知自然方知人亦自然，谈笑间，仿如云腾雾送，而直至一奇地，号曰"夹扁石"，初入此石，略感石态之间，窈窕透锋，其视如睥睨，其形如刀削，真乃神工天琢，叹撼，叹撼！人若修得如此不惧世俗眼光，欲障无妨，更有何忧？可叹，可叹！

携众游山非观山，

醉醒悟痴天地酣。

晦明识得风云变，

寤寐之间凡换仙。

众过于此，震撼颇丰，其余何悟？留予后充。山已入半，人已流汗，腿也开始打颤，眼神恍游，意志沉淀，肚子开始叫嚣。即使如此，拍照习惯，也未改变，左腿在前，展开笑颜，"咔嚓"一声，拍完美颜。正所谓：天地未主动予吾等，吾等便主动与天地融合，方知，天地即我，我即天地。莫大胸怀，由此而启。

途路之间，感一场能颇盛，近观此处，好一番别有洞天：

嵯峨石刃镇名山，

金蟾脱壳俯临攀。

> 峥嵘底事南天论，
>
> 即渡仙根亦渡凡。

如此妙处，怎会错过，即刻便以身试之，跃至金蟾石背：

> 腿内盘，手外环，挺直胸脊腹收圆。
>
> 眼微闭，鼻吸气，口转清浊还天地。
>
> 意放空，念放松，调动灵根坐如钟。
>
> 守神阙，闭谷门，神不外出邪无痕。

霎时间，隐于南天之景象，渐探清明，阴薄云雾所化现之凡尘之景，逐而退散，虚识中，只见一道黄瑞紫光，炸破天际，无形之象，顿现眼前，云游往来之"仙真"，俯瞰视下，时而抚胡，时而挥衫，时而仰笑，时而摇怜，仙兽瑞鸟，临腾山涧，驾跃海天。在恍惚之间，忽见一熟悉模面，正欲挥手高喊：先……便听得一声苍音缭绕耳边：不要呼，不要唤，看看你们心已安，放缓，放缓，切莫惊扰众后生，惹得他们泣涕涟涟，去吧，去吧，做该做的去吧！霎时间，一切恢如当前，静缓心神，颔抵右肩，环视石林，竟是如此奇幻的相见，奇哉！妙哉！不可思议哉！

而后场散众退，众皆混于往来不绝之山路也。时而前呼，时而后应，时而休于树，时而隐于林，修习之乐，理当如此。

流连于千山，忘返于谷川，络绎于人海，不绝于青天。人生之乐，亦当如此！

正所谓：

> 千山千不足，
>
> 荷杆散莲株。
>
> 崎嶔幽壑望，
>
> 再度几相逢？

夕阳在山，人影稀散，千山之行，未留遗憾。人皆乐，众皆喜，欢常在，笑生开怀响天籁。千山之行，不止于行，更是无言的修行。

华夏归根清禄

辛丑年九月十八日午时——原创分享于奉天

庞亮*作品

清明思亲
——纪念我逝去的长者们

"帝里重清明，人心自愁思。"又到清明，看着"绿野晴天道，马穿杨柳嘶，人倚秋千笑……"于我，却没有"芳草绿野恣行时"的游兴。

人道我不近人情，然而我从不世故。看着草叶上的片片春光，读着柳梢头的点点新绿，回想起逝去长者的点点滴滴，如夕阳浸染暮色，心头感到温暖又哀婉！

追思先人，以表我对长者们的感恩，也召唤我魂魄回归！缅念先人，我会达观，好好活着！

（一）

外婆，郑氏巧宝，慈爱勤勉，是个很能干的主妇，育有五女一男，一女夭亡。

我幼时避暑寄居外婆家时，依稀记得她在东方鱼肚未白即起，轻声洗漱毕，盘起油亮的圆形发髻，扣上斜襟的蓝灰色棉单衣，旋即赴点心店开门捅炉火。

我伫立在外婆身边，看着她煮骨头、炸油饼，油烟熏得她汗涔涔，但她总是微笑，不时回头用慈爱的眼光关照着我，有时递给我一个用纸包裹着的甜甜的油饼，笑着看我慢慢吃。我至今偏爱甜食，莫不就是外婆的缘故？

可惜，外婆早亡，她离开时，我还不到十岁吧。她入土时，天色蒙蒙，一路泥泞，印象中我随着舅父、父母、姨妈等一起给她撒过一把泥土，然而近三十年来，我再没去过她的坟头。

---

* 作者简介：庞亮，大学本科，毕业于苏州大学。

外婆，不知当年小手捧撒在您坟头的那抔土是否给过您些许的温暖？外孙虽然没有再来看您，但至今仍记得您圆圆的发髻、慈祥的微笑、永远洁净的蓝灰斜襟布衣和您养的那条忠实的狮毛犬！外婆，您知道吗？当您冷冰冰地躺在床上，狮毛犬一直静静地伏在您的床下，默默地流泪！

没过几个月，听舅父言道，狮毛犬后来一直魂不守舍，有一天，它掉入水坑里淹死了！那条路是它几年来一直来回走的！至今想起，不胜唏嘘！

（二）

大阿公，庞公培金，族中最长者，其实是我的亲爷爷，我父亲是他最小的儿子，因爷爷培元公三子羸弱夭亡，子嗣无以为继，才将我父亲过继给二房爷爷。

虽说其时家族历遭"公私合营""三反五反"和"文化大革命"冲击，煊赫的门楣早已颓圮，但大阿公的大族长、大乡绅威仪不减，常端坐在前厅藤圈椅中，手挂竹杖打量门前过往，从门前经过的街坊邻里无不向他弯腰致敬。子侄儿孙更是战战兢兢，母亲和几个姑婶在门口三丈之外就不敢大声说笑，都放慢步子徐行，直至过了里弄才敢舒口大气。

那时，我是族中最小的子弟，或许是无知无畏，唯有我常率小伙伴在前厅门口呼啸而过。夏日，还时时在门前凉凉的大青石板上翻滚嬉闹。彼时，无意瞥见大阿公瞅着我圆圆的脑袋、光溜溜的屁股，微笑。偶尔咳嗽一声，厉声喝道："别趴着，小心肚子着凉。"我和小伙伴则吐着舌头扮个鬼脸，又去别处打闹。

每至正月初一，用完早点，我们这些小辈们循例去请安拜年。大阿公拿出早已准备好的一摞五分硬币："没有多的，每人一枚，去买豌豆花。现在不比过去，庞家子孙，要学会节俭！"我们虽失望，却也高高兴兴地从大阿公手中领过硬币散去，但那钱我们好像从来没有买过豆花，大概都买了鞭炮和五色的糖丸吧。

大阿公去世也早，是我刚戴上红领巾不久。聚族而居，在他膝边的日子估摸也就三五年，期间肯定有过很多故事的，但过去这么多年，没有了印象，唯有一事，清楚记得，至今愧疚。

那时我大概六岁，家里日子依旧是清苦的。很多人家仍在为三餐发愁，干红薯片还不时被这个鱼米之乡的小镇人家端上饭桌当作主食。初秋的某日下午两时许，母亲给我两角钱让我买四个肉包解馋充饥。我边走边啃着香香的肉包，从前厅经过，听到大阿公喊道：

"在吃什么？拿过来给我尝尝！"

我头也不回，甩下一句话："要吃，自己买去！"

"啥？要吃自己买……"只见大阿公颤巍巍地拄着竹杖追出大厅，挥舞着向我扑来。我撒腿就向后院跑，边跑边把肉包往嘴里塞，嘟哝着："要吃，自己买……"

大奶奶和伯母闻声奔过来，赶紧搀扶住大阿公。大奶奶一个劲儿埋怨："孩子小，不懂事，你犯得上吗？你想吃，你就说一声！"母亲也跑来了，连声道歉："是我没有教好孩子，我马上去给您买，气坏了身子可不行！"大阿公在众人的好说歹说下回到了前厅，一路恨恨地叨叨："忤逆胚啊，忤逆胚啊——"

晚上，伯父训斥我："你这小鬼，怎么可以对阿公这么说话！你看把阿公气得，不说我们家，就是全镇，谁敢对阿公这么说话！"旁边的伯母眼泪汪汪地把我搂在怀里："没有什么，不要哭，但以后要记住：对长辈要恭敬！"

此后一段时间，我从前厅经过，总是惴惴不安。不过，大阿公好像也没有生我的气多久，父母不在家时，大奶奶总是接我去前厅和大阿公一桌吃饭。

就在那年冬天，大奶奶哄我午睡，怕我冷，冲了个汤婆子放在我脚底。等我睡醒，发现右脚底居然烫了一个核桃大小的水泡，而我竟然没有觉得痛。大阿公知道了，立马过来，瞪着眼睛呵斥大奶奶粗心，然后让伯母把我抱到前厅他的床上，让我躺下，盖上两床被子，哄我睡着。等我醒来的时候，大阿公端来一碗水炖蛋，油晃晃的，厚嘟嘟的，极像黄玉，大阿公又在上面浇了两小勺用家族传统工艺酿造的又黑又亮的冰油（酱油），让大奶奶一勺一勺喂我，旁边的堂兄堂姐们伸长脖子盯着蛋汤一勺一勺流进我的肚子。

这碗蛋汤是我至今喝过的最好喝的蛋汤。后来我自己做过很多次水炖蛋，试了很多办法，但从来没有炖出那样的蛋——像黄玉一般的水炖蛋，不知道为什么？

（三）

大奶奶，我一直唤作大亲婆，其实是我的嫡亲，我至今不知道她的名字。大奶奶是我见过的唯一一位小脚女性，所以她应该是出身名门或者是大户人家的小姐，而且在极讲究门当户对的年代，能嫁给大阿公的也只能是名门或大户人家的女儿。

据说，缠足有利于生育，所以大奶奶先后生养了三子两女。大奶奶那双仅四寸有余的小脚，依李寿民（还珠楼主）的《品莲说》的标准，是可以被定为"锦边金莲"的。

大奶奶身体很健硕，就是到了晚年，她也不是枯槁伶仃的小脚老太太，走起路来踩得地面咚咚直响，每次看着她走路摇摇晃晃，我总要过去搀扶——怕她摔倒了，然而每次她总会甩掉我的手，拄着手杖"咚咚"而去，我只得快走几步，赶到她身侧。等走到家，她头顶热气腾腾，我亦气喘吁吁。她声音洪亮，在中堂喊人，前厅后院都能听清。姑母和伯母曾戏谑道，她们的大嗓门都是拜大奶奶所赐。八十岁时，大奶奶还自己下厨做饭。

大奶奶是一个善良的妇女，印象里，她从未和旁人起过争执。晚年笃信佛教，朔望之日都会焚烧纸锭，虔诚祷告。

1993年我考取苏州大学，临行前去向大奶奶拜别，她从夹被中翻出一个手绢包，里面是张五十元新钞，她把钱塞到我手里，压低声音嘱咐："藏好，快！"我坚决不收，她不容分说把钱塞进我口袋，直向前厅努嘴，挤着眼睛示意我不要再说话。这是我印象中她唯一一次轻声说话。

可惜一年之后她就撒手西去。"树欲静而风不止，子欲养而亲不待。"每每想起，情何以堪？

（四）

奶奶徐氏桂蓉，很重视我的教育。

我少时写作业，她常伴我之侧。我初拾笔管，她兴起，亦提笔，字很工整，横平竖直，颇有笔力。在她们的年代，会识文写字的妇女是极少的。

我少年时有两个不良习惯：一是边吃饭边看书，这是为礼仪所不容的。每逢正餐，必陪长者同膳，否则更是大不敬。奶奶就许我上楼吃饭，不必和大家同桌，这是我的兄弟姐妹们从没有的待遇。二是一如厕就要手拿报纸，奶奶就在便桶旁设一纸盒，把每日报纸放置其中。

家中我最年幼，童稚时从不做家务。但从十岁开始，奶奶叫我至她跟前，叮嘱我要学会自理，要为家庭服务，并告诫我：只有劳动才能获得生活报酬。她和我约定：今后零用钱都得通过劳动获得，洗碗一次可得一角，打水一桶可得五分。成年之后，我的家务能力在同辈男性中可谓出色，对辛勤劳作始终抱有极大崇敬，这些均是受奶奶的影响。

这次清明，去奶奶墓茔扫墓，远远就见奶奶照片上慈祥的笑眼，依旧亲切！

（五）

爷爷培元公，最善经商，曾听得老人讲起：族中唯有他离乡外出经商，积累了很多经验，也坎坷一生，年轻时遭湖匪绑架，被勒索十万美金。

"文化大革命"初期，社会还在崇尚工人之际，爷爷就辞去酿造厂的工作，开起了镇上第一家私营小商店。爷爷一直培养我的经商意识和能力，想让我继承他的衣钵，叫我做小店的小掌柜。那时不过七岁吧，爷爷指导我招呼客人、计算货值，然后带我进货、教我货品如何存贮。乡中熟客，常来靠我逗趣：故意买半块饼、两支烟、一盒火柴，然后给我整钞让我找零，还一边催促，想要看我出错，但我总能在三秒钟内把余钱交到他们手中。

十二岁那年，春节将至，爷爷给我一百元钱，让我经商，说道："你今年的压岁钱没有了，就拿着这一百元做生意，赚到的钱就是你的压岁钱，本金要还我，折本了就从你以前存的压岁钱里扣。怎么赚钱，自己想办法。"我心里盘算：我可以卖什么赚钱呢？最终我用这一百元批发了些小礼花、小焰火，沿街摆了个小摊叫卖，总共赚到了九十五元。把一百元本金还给爷爷，他看我数着赚到的一大把零钱，笑得比谁都开心。

可惜我最终没有对经商产生兴趣，没有跨入爷爷所希望的商界！但我读书时算术成绩一直优异，至今待人接物谦恭和善，做事常能谋定而动，都是受他的熏陶。

爷爷在我大学即将毕业那年去世，就在爷爷去世的前一晚，我一直无法入眠，心里很乱，果然第二天，接到加急电报："爷亡速归！"

没有见到爷爷的最后一面，永以为憾！

（六）

父亲幼时受两房疼爱，奶奶曾言：父亲小时吃虾，必先有人为其去除外壳，方食。然待家罹惨变，即出外谋生，学习航运，也风光一时。十八岁时就做了县中航运驾驶教头，成为最著名的"船老大"（类似今日船长）。

父亲是颇具豪侠果敢的，无江南世子之孱弱。当年航船，敢挥舞长篙搏击一船壮汉，泅渡长江惊服两岸。每逢年节归来，父亲必携百十斤长江美味大鲜鱼，悉分予各家，只留二三尾小鱼自己烹饪。曾听父亲好友谈论：某日夜半，船队航行江中，后尾一船突泄漏沉覆，拖拽前船入江，全队惊惶，不知所措。父亲惊醒，旋即提起太平斧，奔至后队，砍断拖索，保得余船安全，然后施救落水人员。

父亲于我极为溺爱，记得某年夏日，我方十一岁，随其船去无锡七日，我第一次到城市，只顾寻觅其时耳闻的冰砖、冰棍。父亲每日带我上岸，吃遍市中所有冷饮店，我七日未进米粒蔬菜，七日亦未如厕。回来告诉奶奶，奶奶大忧。我笑说："冷饮食太多，抑或把肚中粪便冻住了。"全家人哈哈大笑。

父亲后终因世家纨绔习气，加之强项（脖子）而运蹇，家运随之陡落，然待我依旧。我去苏州读书，父亲必为我运送行李，其时他已力衰，但仍坚持送我去车站，看我上车，看着他被车后的烟尘包围，我总感到心中无比酸楚。

父亲卧病时，壮年时百五十斤的身子仅剩八十有余，我每次回家为他洗澡，都能毫不费力抱起他，就像他当初毫不费力抱起我一样。

父亲去世，我三天两夜没有合眼。

守　候

深秋过去了，最后一片红叶也无可奈何地叹息一声，幽怨地打着旋跌落尘埃。

世界走到这里，一切美艳都归于朴素，无尽繁华均开始落寞。

一夜的西风吹瘦了碧树，穿过三季的盛装，在冬日寒风的粗暴蹂躏下衣衫褴褛。遗忘在枝头的浆果在凛凛晨霜中萎缩。就连一向傲然张狂的太阳，也在愁眉苦脸……

他们都在惆怅，他们都在悲伤。惆怅韶光的易逝，悲哀寒冷的漫长。

一切似乎都走到了尽头。

"唧——啾——"这是一只呆燕，从枯黑的枝丫弹起，直射向碧空。她划出一道弧线，又落回寂寞的枝头，她决定继续留在这里。

留在这里——守候！因为她坚信：无论什么时候，美丽都不会遗忘这片土地！

黄昏时分，开始下起了雨，点点滴滴，淅沥不绝而清脆动听。这只呆燕看到邻家的姑娘在夜的静谧中拥衾而坐，听那潇潇秋雨随心所欲地和风飘洒，残花簌簌落地的声音从窗棂外无声潜入。

她在守候里忽然发现：秋不是回眸时写不尽的意兴阑珊，更不是凄凄惨惨切切，而是感性而鸿博、包容着一切的胸怀，是心田的和谐细密。

呆燕守候在高枝，看着金黄的银杏叶告别寄居了春夏的家。叶子徐徐落下，宛如无数只金色的蝴蝶漫天飞舞，翻划出一个优美的弧度，落地。秋的落叶很美，落叶的过程，很美。还是郭沫若的描写最为传神："秋天到来/蝴蝶已经死了的时候/你的碧叶要翻成金黄/而且又会飞出满园的蝴蝶。"

一群少年，走在黄叶铺满地的小路上，拾起一片片扇形的叶子，写上名字，做成书签，彼此赠送，珍藏……

守候逝去的青春年少，那不识愁滋味的时光啊，永远让人年轻！

呆燕守候在枝丫，看到一粒种子掉落在尘埃里，她放弃了觅食的冲动，想象着一粒秋天的种子，混入黑色的土壤，感受着大地的体温，会拥有一个怎样的等待，才能与春天的蓬勃相逢？

只要有大地，就有生命的热流。

雪花开始飘落，忽而东、忽而西、忽而南、忽而北，呆燕依然驻守在枝丫，像一位智者，静默地守候！

徐雁飞*作品

父 亲

小时候
父亲是我离不开的好伙伴
陪吃、陪睡、陪走、陪玩
有力的手臂总把我高高举起
慈祥的笑容温暖了我整个童年
宽阔的胸膛就像一个温馨的港湾
躺在他的怀里好温暖
哭了哄我们吃糖
饿了给我们喂饭
高兴了伏在地上让我们骑大马

父爱如山，父子连心
拉着父亲的手
总觉得幸福无法形容
勾着父亲的脖子
总觉得有撒不完的娇
骑在父亲的肩头
总觉得有叙不尽的童真和享受不完的快乐

有一种爱叫父爱

* 作者简介：徐雁飞，男，54 岁，湘潭大学中文系毕业。20 世纪 80 年代开始写作，先后发表诗歌、小说、散文、戏剧小品等数百篇（首）。大学期间得到了谭松林、吴恭俭、匡国建等教授的热情指导和关心，在文学创作的道路上不断汲取营养和热能。走上社会又深得《当代诗歌》原主编阿红老师的精心栽培，在诗歌领域崭露头角，取得了不俗的成绩。

只有看着他的青丝变成白发的人，才能领悟
有一种情叫作似海深情
只有享受了他一生呵护的人，才能真正体会

父亲，你是一座大山，巍峨挺拔
父亲，你是一片大海，辽阔深沉
父亲，你是一棵顶天立地的大树，为我们的家遮风挡雨
父亲，你是我们家的顶梁柱，顶起了一家人的幸福和安宁
父亲，你是世界上最伟大的那个人
你总是把一切困难独自挑在肩上，怕苦了家里的老人、妻子和儿女们
父亲，你是世界上最坚强的那个人
无论有多大压力你总是无所畏惧，为了全家人的幸福，选择默默硬撑

父亲，是你摔倒了小心翼翼扶你起来的那个人
父亲，是做了错事他高高扬起手却轻轻拍下你屁股的那个人
父亲，是时刻牵着你的手叫你勇敢往前冲的那个人
父亲，是替你背着书包从幼儿园送你到大学的那个人
父亲，是自己舍不得吃、舍不得穿总让你和全家人吃饱穿暖的那个人
父亲，是你遇到困难和挫折总是挺身而出为你排忧解难的那个人
父亲，是那个交水电费、学杂费背负着全家一生义务，却毫无怨言的那个人
父亲，是只知道奉献，从不索取和享受，倒下了还背负着未完成责任的那个人

父亲，你是一本翻不完、阅不尽的人间奇书
父亲，你是我前进路上时刻为我导航的指南针
父亲，你是我生命中那一盏最明亮、最耀眼的指路灯
你像一支蜡烛燃烧了自己，照亮了别人
你在我心中
永远是最伟大、最高尚、最值得骄傲，永不磨灭的一位神

故乡绥宁

久别回故乡
故乡似苏杭
杨柳河边拂
青石路绵长
清水绕城走
小船水中摇
翠绿两岸景
高楼着彩装
姑娘美
小伙壮
儿童聪慧
媳妇善良
爷们纯朴好心肠
故乡发展神速
乡村风景如画
城市富丽堂皇
到处欢歌载舞
处处笑声飞扬
幸福日子令人神往

暮色看风景

两岸霓虹映满江
亮化美景赛凤凰
风雨桥上观日出
朝霞满满染河床
干净整洁大街小巷
典雅秀丽河堤走廊

巫水一路山清水秀
水畔老城古色古香
白天车水马龙人流如织
夜晚灯火阑珊无比辉煌
满城秀丽景色
令人荡气回肠
人间仙境名扬四海
醉人风景誉满八方
故乡绥宁好风光
故地重游
如同进了天上宫阙
实在太神奇
故乡，你真的好棒

走进秋天

走进秋的怀抱
感受秋的热情
享受秋的味道
接受秋的爱抚
体会秋的豪爽
感悟秋的深邃
欣赏秋的美好
品品秋的甜
闻闻秋的香
看看秋的艳
瞧瞧秋的芳

一芽一叶
一花一草
一山一绿
一坡一黄
一季四景
秋天是个名副其实的大魔方

一边是娇艳欲滴、绿草如茵、生机盎然
一边是干枯萧条、叶落风扬、一片凄凉
一边正收获着累累果实
一边又忙着撒播新的希望
墨绿与金黄结合
繁茂与枯萎共赏
秋天的绿啊
秋天的黄啊
秋天的红啊
你让无数人产生了多么浪漫的遐想
思不明
想难忘
千百年来
悟透你是多少人的梦想

问问风
问问雨
问问苍天
问问月亮
神秘的秋啊
你永远是我心中
那一道无法解答的谜

有风的日子

有风的日子好惬意
世界美丽极了
春来一遍绿
夏到好风光
秋至满山果
冬临雪花飘
生命像四月的竹笋节节疯长
日子像熟透的柿子又红又亮

风吹草动
风吹树摇
风吹云飘
那碧绿的小草
那高大的树木
那鲜艳的花朵
那金黄的枫叶
都是在风中长大的

离开风
世界就暗淡无光
城市一片寂静
乡村一片萧条
河流干涸
空气干燥
大地光秃秃
世界没有任何生命迹象

没风的日子
生活就像一潭死水
沉闷孤寂极其无聊
生态将要退化
地球又会回到远古时光
没有声音
没有生命
没有因风而下雨
天上不会出现变幻的云彩
海边也不会有闪亮的贝壳和鹅卵石
没风的日子
实在是惨不忍睹
想都不敢想

找风去
去过有风的日子
让风吹遍世界
每一个角落都留下风的影子
人生如风
生命不息
追求不止
探索无止境
生命如风
美了天
美了地
美了大江大河

美了芸芸众生

到风里去
投入风的怀抱
鱼儿欢快畅游
鸟儿展翅翱翔

蝴蝶缠绵飞舞
花儿含羞绽放
牛儿追马儿跑
你会觉得
有风的日子是多么的美好

淋　雨

淋雨是一种享受
也是一种对自己灵魂的洗礼

在草长莺飞的春天去淋雨
淋去的是春寒料峭的寒意
得到的是一粒粒种子破土发芽的欣喜

在炎热的夏天去淋雨
淋去的是酷暑中的燥热和劳累
得到的是神清气爽和精力充沛

在果实累累的秋天去淋雨
淋去的是无情的水涝和旱灾
得到的是无数的收获和丰收后那种无比喜悦的心情

在天寒地冻的冬天去淋雨
淋去的是懦弱和畏惧
得到的是坚强和不屈

高兴的时候去淋雨
淋去的是头脑发热和骄傲自满

得到的是沉着冷静、谦虚谨慎和头脑清醒

委屈的时候去淋雨
淋去的是不痛快和不顺心
得到的是快乐和顽强的毅力

站在山巅去淋雨
你会觉得豪气冲天、壮心不已

站在海边去淋雨
你会觉得心胸宽广、热血沸腾

站在草原去淋雨
你会觉得空气清新、心旷神怡

站在桥上去淋雨
你会觉得撑起巨大彩虹的那个人一定就是你自己

你在淋雨
淋得开心、淋得畅快、淋得忘乎所以
你在淋雨
淋得忘情、淋得陶醉、淋得彻彻底底
你在淋雨
别人在淋着雨看你
你就成了天底下那一个最美、最亮、最酷的人

乐志君*作品

发现美的眼睛

那日与二姐、二嫂约好去大姐家串门，说好一起到我家聚齐了再让大姐夫过来接。一早我便将家里稍稍收拾了一下，煮好稀饭和鸡蛋，包子、油条也都买了一些。正当我准备再次出门想要买些水果时，敲门声响起，看来客人已经到了。

我打开门果然看见二姐牵着外甥女站在门口，后面跟着二嫂。我忙将客人迎进来，先张罗大家吃早餐，安顿好后我抽空出去买水果。

我挑了时下应季的两样水果：黑提和冬枣。黑提是葡萄类中最好吃的一种，冬枣也是脆爽且甜的。这是我平时最爱吃的水果，我想她们必定也喜欢。

我将两样水果拿回家洗好装盘：洗好的黑提黑中透红，颗颗晶莹剔透，盛在一个白玉瓷盘中；冬枣个大饱满，青黄中泛着一点红晕，用一个红色果盘装着。因为水果与所盛果盘的颜色对比鲜明，水果上又还泛着水光，相衬之下显得分外好看。

等我忙完这些，几个客人已用完早餐，坐到客厅闲谈，我便端着还没吃完的早餐过来陪坐。

小外甥女三四岁，聪明伶俐，长得娇俏可爱。她平时很少到我家来，却不认生，只见她一个人在那里玩得不亦乐乎，不一会儿看着水果盘装着的水果说道："哇！这水果好漂亮呀！"我忙说："不只漂亮，还好吃呢，来尝尝。"

可她却并不怎么理会我，又自顾自地拿起身边的放大镜说："哇！好神奇呀！"然后用放大镜把每样东西看一遍，又拿开，嘴里不停地嚷嚷着："变大了，变小了……"随后又戴起我的太阳帽，一会儿仰起脸，一会儿低下头道："白了，黑了……好神奇呀……"

我平时喜欢收集一些小巧的玩意儿，通常买回来随手摆在茶几上、案头边。

---

* 作者简介：乐志君，女，生于 1974 年，籍贯江西省抚州市东乡区，初中文化。

我曾在一家小店买下一个玉色、莲花状的烟灰缸，非常精致漂亮，一直舍不得拿来装烟灰，就放在茶几上，有时装些瓜子、糖果什么的。我随手放了些糖果进去，小外甥女瞧见了又是一声赞叹。

总之，从小外甥女进屋来，她的眼睛一直就没闲着，嘴巴也没有停过，一直说着赞叹的话。乍一听，人家还以为我家的摆设有多么高端，其实都是普通的必需品。从前也有不少小孩来过我家，从来没有像她这样，看到一样就夸一样。更让人奇怪的是，尽管她一直在夸赞着，却没有吵着要任何一样东西。

也许是因为小外甥女特别可爱，说出来的话又很好听，所以特别引人注意，之后我的目光就一直追随着她。从我家出来到去大姐家的路上，她的嘴巴一直就没停过，那黑葡萄似的眼睛也因为不断发现美好的东西而时刻闪烁着兴奋的光芒。

后来在大姐家也是如此，哪怕是一样很小的东西她都能即刻发现它的优点。她随时都能发现美好的事物，然后发出那带着惊叹的赞美声："哇！好美呀！""哇！好好玩呀！"而我们也不断通过她的赞叹，从她的视角发现了不少美好的东西，一直都在如沐春风般的感觉中度过。

从前看过很多小孩，看到自己喜欢的东西就吵着要，而且是要不到手誓不罢休，像小外甥女这样的小孩倒是很少见。我想并不是小外甥女很幸运，遇到的都是美好的事物，而是她有一双发现美的眼睛。

因为她时时刻刻都能发现美好，随时都在感受美好，就算那些东西并不属于她，但她已经享受到它们的美好，又何必将它们据为己有呢？

再看在日常生活中，其实每一样事物都有双面性，有好的一面，也有坏的一面，有的人每天都在享受生活带给他的美好，有的人却在不停地抱怨。在同一件事情里，在同一个环境下，不同的人却是不同的感受。其实那些感受并不来自事物的本身，而是来自看待事物的心情。你想它是好的，它就是好的；你想它是坏的，它就怎么都好不了了。

在生活中，如果我们每个人都拥有一双发现美的眼睛，每个人看到的都是事情好的一面，那么我们随时随地听到的都是赞叹而不是抱怨，我们的世界将会多么美好。

吉和塔赏雪

"昨晚不是下了一夜吗？怎么只有这么一点儿厚呀！天气预报不是说有大雪吗？"看着外面只有屋顶、墙角积着一层薄薄的积雪的儿子，坐在窗边失望地说道。

看着无精打采的儿子，我心里一动："想看雪景吗？想看的话，准备一下，我带你去一个地方，保证让你看到满意的雪景。"

"真的，可别骗我！"儿子的眼睛一下亮了起来。

吃完早餐，一切准备就绪，我们穿得暖暖和和，一人拿上一把雨伞出发了。

"妈，这是要去哪呀？这儿到处看上去都是很薄的雪呀，怎么会有很厚的雪景呢？"

"跟我走就是，不会让你失望的。"我有点神秘兮兮地说着，继续往前走。

"妈，看你这方向应该是去佛岭山的吉和塔吧？"

"嗯。我儿子果然不笨，就别再问东问西了，注意看风景吧。"

此时的路上没有什么行人，天空下着小雪，没有什么风，就那样密密麻麻，忽而直行，忽而转个弯，恣意地往下掉。四周灰蒙蒙的，路边上、田野里覆盖着一层薄薄的积雪，有点斑驳，并不好看。路两旁种植的樱花树、玉兰树早已是光秃秃的，枝条上压着的积雪好像往上镶上了一道白边，下面挂着晶莹剔透的冰凌，用玉树琼枝来形容恰到好处。唯有那稍低的茶树，叶子仍然郁郁葱葱，被团团的积雪压着，就像开着一朵朵雪白的茶花，姿态愈显婆娑，露出的叶子已呈黛色，我想这就是所谓的"粉黛玉妆"吧。

我们继续南行，雪逐渐大了起来，一片片的像一只只翩然的玉蝶飞舞着。偶尔钻进你的伞里，停在你的肩头，立在你的发梢。

大约半小时后，我们来到佛岭水库。此时的水库边静静的，山是静的，水是静的，屏住呼吸可以听到雪花飘落的声音。远处黛色的群山有点灰蒙蒙的，倒映在毫无波澜的水面上，仿佛置身于一幅水墨画中。而此时的我们，就像是那独钓寒江的老者，特意赶过来装点这幅画卷。

我们穿过栖隐寺，来到佛岭山山脚下。放眼望去，树枝上、草丛中仍然是薄薄的一层积雪，上山的台阶上除了两旁有不少的积雪，中间倒也干净，上山不是什么难事。

我们拾级而上，树上的积雪渐渐地厚起来，及至半山腰，四周已是白茫茫一片。草丛里、树枝上都是厚厚的一层，很多树枝都被压弯了，唯有那青松依然挺立在那里，松针裹着白雪，形成它那独有的扇状。

路越走越难，稍有不慎就脚下一滑，于是我们手牵手小心翼翼地往上走着，眼睛却忙里偷闲，时不时地看着，手里忙着把这些美景拍摄下来，生怕漏下一处留下遗憾。

不久，我们来到了山顶，这里是一片小树林，路两旁是各种低矮的灌木，白雪挂在枝头、挂在树梢，形状各异，一簇簇，一团团，分外美丽。稍远处是那笔直冲天的乔木，枝叶在小径的上空相互交错，遮天蔽日，枝条上挂着雪花、冰凌，仰头望去格外耀眼，仿佛置身于一个粉雕玉砌的童话世界。而此时的我们又幻化成那雪中精灵，偶尔一句话语、一串笑声，直惊得那枝头雪花簌簌落下。

看着忙拍照的儿子，我不禁暗自庆幸，如果我今天没来，那就会错过这么好的雪景了。随着全球变暖，我们南方越来越少下雪了，在不久的将来，即使在这样的山上也会很难看到这样的雪景吧。

穿过小树林，就到吉和塔了。仰头看去，平日高高耸立的塔身在纷飞的大雪中朦朦胧胧，仿佛只是一个幻影，看不真切。

穿过小树林就是吉和塔脚下。仰头望去，只见纷飞的大雪中平时高耸的塔身此时只有一个影像，仿佛只是一个幻影。许是听到我们的声音，只听得"吱呀"一声，循声望去，只见吉和塔底部的殿堂门已打开，一位老者站在门口。原来是住持师父，看我们望他，忙高声道："施主，外面寒冷，进来吃些东西吧。"经师父这么一提，才惊觉已是近午时分，肚子居然也不合时宜地叫唤起来。

于是我们跟着他进了殿堂，"坐吧，先喝杯热茶，斋饭马上就好"。说话间，师父已为我们端上来两杯热茶，居然是姜糖水，我心里一片感动。

"师父，这里风景好美哦！"儿子插了一句。

"呵呵，非常人走非常路，非常路上非常景啊，像这样的天气是很少有人来的，所以这样的美景也很少有人看得到，你们是幸运的。"师父笑着说。

谈笑间已有小童端上饭菜，我们边吃边聊着，虽是简单的斋饭，却也吃得可口。

吃罢饭，因怕风雪加大，山路不好走，于是提早向师父告别，所幸风雪已停，我们便一路游玩着往回走。

一路上耳边一直响起师父的话："非常人走非常路，非常路上非常景。"是啊，人生的路何尝不是如此，如果总是贪图生活的安逸，又怎么会有额外的收获呢？

老友记——老胡

老胡可不是个爷们，而是个比爷们还爷们的娘们。她是个河南人，在外打工时与她老公相识相恋，后来嫁到我们这边。她有着北方人的豪爽与大气。因为姓胡，我们都亲切地叫她"老胡"。

记得第一次看到她时，正值我们厂招学徒。她当时穿着一件陈旧的深蓝色外套，里面随意搭了件已看不出本色的 T 恤，脸色蜡黄，一头未经整理、乱糟糟的头发用橡皮筋绑着，随意地耷拉在脑后。小而薄的嘴巴微张着，上嘴唇往前突，两颗稀疏、细长的门牙顽皮地探出头来。牵在手上的那粉雕玉琢的女儿怎么看都像拐来的。

当时我们就想：她老公是怎么了，居然跑到外省去娶这样的一个女人回来。

老胡的到来给我们带来很多的乐趣，她操着一口浓重河南口音外带"漏风"的普通话，经常让我们听得云里雾里。

记得有一次，我们说起关于属相的事情，老胡突然蹦出一句："我是属'sai'的。"我们大家都被她说得愣住了："sai"是个什么东西？最后她解释了半天，我们才知道她原本的意思是：她是属蛇的。

还有一次，她的女儿对我们说："我们一家人早上一起'发芽'。"一开始我们以为是她们一家人一起做某种游戏，后来才知道说的是"一家人一起刷牙"。天呐，连她的女儿都被她的口音"荼毒"了。

诸如此类让人忍俊不禁的笑话经常发生，我们都把这样的笑话叫作"胡氏笑话"，她所说的普通话被称为"胡氏普通话"。我们经常会拿这些笑话来调侃她，而她总是笑笑，不以为意。

老胡还是一个很热心的人。记得她来我们厂的第二天，我们有个同事要返工，她居然说："我来帮你返。"把我们大家都给逗笑了。她居然没有想到我们师傅都没做好，她一个刚学的人怎么做得好？

那时候的水电费在网上还交不了，差不多整个厂的水电费都是她帮着交的，我们经常看到她拿着大把的水电票挨个儿发。当她要去超市时更是会大声宣扬，回来时又是大包小包的，两手提得满满当当，就没见过这么不怕麻烦的人。

河南人做面食很在行，老胡经常在家做好很多的饺子、煎饼等拿来和我们分享，我们都开玩笑叫她去开面食店。

慢慢地，我们都觉得老胡其实没那么难看了，而她的穿着在我们的潜移默化下也有了很多的改变，她那两颗门牙看着还有点可爱呢！

前年的某一天，老胡的老公因工作事故受伤，原来的工作已不能胜任，再找一份合适的工作也是个难题。养家的重担一下全落到了老胡的身上。我们不禁为她着急起来了，老胡却说："没事，总会有办法的。"

不久，老胡家的面食店开张了，由于她做的面食味道好、分量足，她那热情、开朗、乐于助人的性格，也让她的人缘极好，小店被她经营得红红火火，里面经常响起她的"胡氏普通话"和被她逗起来的笑声。而她的老公也有"用武之地"了，一家人一起努力着，其乐融融。

终于，我们觉得老胡的老公娶了她赚太多了。

最是那一壶水的温暖

我和先生刚结婚那年，随着表妹一起到温州娄桥镇打工，为了节省开支，我们在离工作地几公里外的小镇边缘地带，租了间房安顿下来。

房子是那种低矮的瓦房，并排三间，房东住两间，一间租给了我们。房对面隔着水泥地，是一栋老式楼房，房东的儿子一家居住，屋后就是稻田了。每晚我们都在一片蛙声与各种昆虫的和鸣声中入睡，很有一番田园风味。

靠房东那边的空地上有房东儿子开的一家小型铸铁厂，说是厂，其实就是在一个简易毡棚下挖了一个熔铁地窖，由于工作时间错开的关系，从没看到有人在那里工作，只是每天晚上回家时，远远地就看到在家的方向有火光闪烁，映红了一片天。

房东是一对老夫妻，均已年逾八旬，老阿公瘦瘦的，头发花白却精神矍铄；阿婆稍胖，雪白头发，面色红润，一天到晚乐呵呵的。两位老人都信佛，他们每天在家抄写经文，阿公用毛笔蘸着墨汁，写着端正的小楷，一笔一画，一点一钩都是那么认真；阿婆在一旁用红笔或点、或画、或勾。两人都不说话，就那样配合着，静谧而和谐，他们不停地抄写着，一张张，一摞摞，时光就在那淡淡的墨香中静静地流淌着，安静而祥和。我们并不知道那些经文有什么用，但看着他们认真的模样，不由得从心里生出一股敬意。

为了节省开支，我们尽量不买东西，房里的摆设全无，用砖垒两个垛，上面放块木板就是床，放块石板就是桌，一套被褥，两套洗漱用具，几个塑料脸盆和桶，一个煤油炉，一套锅具，几副碗筷就组成了我们简简单单的家。

我们每天早上六七点出门，晚上十一点才回家，平时除节假日外，一日三餐都在外吃，所以我们平时与房东也很少碰面。

两位老人待人极好，从不因我们是外地人而看轻我们，遇到节假日就会为我们送来他们自己种的蔬菜，每次看到我们有客人时，知道我们东西不全，不等我们开口，就给我们送来椅子、凳子和碗筷等必需品。

我们在家时，如果老人刚好有空，他们就会搬个小板凳坐过来与我们唠嗑，他们说着地道难懂的温州话，我们讲着不太标准的普通话，通常都是一边说一边打着手势，一句话要解释很久，双方直急得抓耳挠腮，突然灵光一闪，一下子懂了，然后就是一顿爆笑。

最让我们感动的是，从入秋开始，直到整个冬天结束，老人每天都会帮我们烧好一大壶滚烫的热水，他们每天掐准时间，早早地注好一壶水，放到熔铁口加热，一听到我们这边有动静，就拎着水给我们送过来。

那时候的冬天很冷，特别是半夜的气温通常都是零下几度，先生骑着车，我坐在后面冻得直打哆嗦，不过每次远远地看到家的方向有一团火光，就会心生温暖。还不等我们走到家门口，就听得"吱呀"一声，房东的门打开了，走出一个蹒跚的身影，向着那团火光走去，提上水壶，又折回来，映着火光一边挥着手，一边蹒跚地向我们走来，嘴里还嘟囔着温州话。

瞬间老人已幻化成一尊佛，他身后的火光就是那耀眼的佛光，那难懂的温州话亦变成那美妙的梵音，浑厚、悠远而暖心。

因为这壶水，才让我们那年的冬天不再寒冷，也因为老人的关心和陪伴，才使得那段最艰难的岁月倍感温馨，处处充满了生活的乐趣。

时光如梭，世事变幻，转眼二十年过去了，当年的老人不知道还在不在，小屋不知有没有被拆。只是每当想起那段时光，眼前总会闪现出那火光映衬下提着水壶的蹒跚身影，仍有一股温暖盈满心间，正是这温暖，让我们在之后的诸多困难面前能够获得力量，继续前行！

栗艺菲*作品

女人如花

　　女人如花，心中有一朵莲花，圣洁净土。女人如画，心中有一道阳光，光芒万丈。女人如书，心中有一缕才气，智慧聪明。女人如酒，心中有一壶浓烈，醇厚刺激。女人如茶，心中有一股清雅，平凡纯朴。岁月穿梭于青年、中年、暮年，褪去的容颜。内心深处微笑，魅力，从容，淡定。心灵永驻灿烂童真，真善美，真性情。岁月布满了沧桑脸庞，灵魂依然如故，接纳，生命的自信、自爱、自重、自省、自悟。清的即便在污泥中也依然保持清澈剔透，不被沾染，源于思想高贵。绿的即便不绽放也依然保持本色、本心、本真，原本该有的模样，不被诱惑，影响。

　　热爱那份极简心田，注入喜悦、情怀、情愫、情感、执着。喜爱那份恬静状态，融入自然，活着，珍重、珍惜、珍贵遇见。钟爱那种柏拉图式，流入浪漫、快乐、轻松、勇气、美好相见。世界里都在温柔以待，生命里都在敬畏对待，生活里都在精彩看待。

莲　花

　　心中有一朵莲花，一直深深珍藏。心中有一棵纯莲，一直刻骨铭心。心中有一种爱莲，一直陪伴身边。对着苍天，仰望星空，眺望远方，举杯畅饮。愿你凯旋，等你归来如少年。愿你褪去桀骜不驯，回归潇洒，风度翩翩本色，王

---

　　* 作者简介：本名栗丽，艺名艺菲，1980 年 3 月生于东北，现居上海。自幼喜欢读书，热爱中国传统文化国学经典及文学哲学。

子等你归来如王者！愿你枭雄一生英名，回归祖国，留有一世之尊英雄。等你归来如一杯酒，对饮豪气冲，留有一份醇香，浓烈。愿你留有一生清名，留有胡须又清爽，卸去尘世烟火，洒脱。愿你留有一份温柔，留有温存又微笑，褪去面具温润，亲切。愿你留有一身衣装，留有原本味道，卸去你行装，温存，暖心。愿你留有一首歌曲，留给女子清唱，聆听你声音，唱出空灵，天籁，情长。

思　君

冬雪入夜眠，蝴蝶兰休闲。竹叶倚窗帘，望君千里远。君奔江湖畔，君思政务愁。女子念无眠，君系情意浓。回望女子眼，君牵女子念。女子念玫瑰，懂君如知己。理解君贤苦，君成古圣贤。牺牲儿女情，女子无怨叹。千古留名传，君贤慎独夜。初雪落窗印，寒风刺骨髓。君日奔波苦，常年不得闲。君莫贪雪寒，添衣加厚衫。女子祈盼归，君系走天涯。携带女心恋，残荷败叶落。雪覆盖枝梢，秋菊尽欢颜。

牵　挂

夜来了，风不吹了。雨静止了，树叶不摇了。风铃响了，门口开了。有位女子，夜雨蒙蒙，等风声树摆，灯火阑珊处，燃起灯烛，绘画一幅莲花，心里与君一起在江湖。夜空中最亮的星星，眺望远方，那是吹动了一声声默默祝福，安抚君贤疲惫的身体，那是生命的慈悲，温柔的问候，灵魂陪伴，最体贴关爱。透过那一朵儿微笑的莲花蕊，笔墨带着轻轻莲心蕊画过祈祷。跨过千山万水携陪伴重重叠叠，透过那一道儿情怀尽情地诉说。化作平凡的守候与问候，透过那一世间尘世美景与回首。夜寒冷了，有你的手暖心窝。雨静止了，有你的臂挡风雨。风不摇了，有你的思念传播。树不吹了，有你的心在牵挂。春夏秋冬轮回，生生世世转回，最多不过人生一场。爱恨情仇缘来，今生来世缘分，最多不过梦一场。不必眷恋，不必伤心。那是缘了，那是缘尽，那是缘分。不必执着，不必言语，不必纠缠，一切根源都是自然。

茶　缘

茶儿煮沁闻香气，茶具风观清雅气。茶沸腾入喉润气，茶渐变渐浓茶气。茶儿入心，带入浓浓思念。茶儿入喉，带入苦涩滋味。茶儿入肺，带入生活淡雅。茶儿入灵魂，带入生命血液。茶儿品尝着人生，过眼云烟已忽略。茶儿品味着生命，苦涩艰辛无畏惧。望茶儿，嫩色茶叶，如勿忘初心少女，放下尘世间烦扰。闻茶儿，青春茶叶，如潇洒俊俏少年，放下桀骜不驯浮躁。饮茶儿，成熟茶叶，如一尊女神，放下年轮四季，穿梭春夏秋冬，优雅，知性，才情，魅力。喝茶儿，迟暮茶叶，如一尊佛像，放空一切，清透，干净。茶性悟人性，茶道悟人生，茶具悟人心。清了思虑，理了情绪，静了心灵，透了灵魂。茶品过味留有余生品味。茶如君子之交淡如水，儒雅，风度，豁达。茶如人生，拿得起，放得下，沉浮生活不再有宠辱不惊，茶以醉心以静，回归灵魂陪伴。余生不过一杯清茶，清茶不过一朵莲花。

罗瑞鸣*作品

守　望

安徽，东至。

县城经过多年建设已是比较发达，干道车水马龙，支线人气鼎盛，店连店，铺连铺，商业氛围煞是浓郁。一个名为"许记鞋庄"的小店就开在这些店铺之间，虽然不太出众，也少有顾客光顾，但是店里的鞋还是琳琅满目，各种各样款式应有尽有。若有人问生意怎么样？店主许德正就会感叹：不怎么样，清淡，每月收入也就够个房租。

许德正快要六十岁了，他身体健朗，精神还好，每天早上八点从家里过来开门，晚上九店打烊回去，老板是他，伙计也是他，从早到晚十三个小时，时间真是难熬。许德正四十年前曾在海军浙江路桥机场高炮九连当过五年兵，有许多战友，而且战友遍及全国十来个省市，也算是"朋友遍天下了"。但是，自1981年年底退伍后，许德正三十多年来与各地战友基本没有联系，他不知道战友们的情况，曾经试图寻找却是无从着手。一年又一年平淡寂寞的日子就这么过去了，再聚战友的念想也已渐渐淡去。不料，两个月前一位许德正的老乡战友告诉他，连队战友有个微信群！哈，真是踏破铁鞋无觅处，得来全不费功夫，许德正进入九连战友群。

这是一个温暖的集体，充满着春天的气息，群里每天都有许多问候，每天都有许多个"你好""谢谢"，一个个熟识的名字就是一个个年轻的故事，一个个最新的消息就是一场场友谊的延续。许德正不会写字交流，他用语音发信息，几乎天天在线。现在，许德正慢条斯理的语音已经让每位战友耳熟能详，大家公认他是战友群里的积极分子。可以想象，在鲜有顾客的店堂里，许德正坐在柜台前摆弄着手机，他时时刻刻盼望有战友的信息出现在手机屏幕上。只要手

---

* 罗瑞鸣，男，1958年1月生于上海，大专学历，退役军人，先后在事业单位和股份制企业从事管理工作，现为上海某房屋拆迁公司经理。爱好散文、随笔和评论，笔耕不辍。

机一有动静，许德正就会立刻送上他的问候，与战友互动，让战友感受九连群里的不寂寞。

他会问候群里的战友：晚饭吃了吗？你们那里天气怎么样？工作忙不忙？他会祝福群里的战友：身体健康，工作顺利，玩得开心！他见到当年一个班里的战友，总会很兴奋，亲切感油然而生；他见到曾经同在九连的战友都会热情问候；他见到群里出现未曾谋面的"前辈"或"后生"战友也会友情招呼。

这是一个友善的人，一个热情的人，一个怀旧的人。九连战友群已经有了七十多位成员，热闹情况因时而异，有时这一拨人在聊，有时那一拨人在聊，各有各的活跃。当群里长时间没有动静时，许德正就会发一张高炮射击图，配文是：群里太静了，用炮轰一下。

店堂还是这样的店堂，客流还是这样的客流，店主许德正天天在店铺里，心境与以前相比已经大不一样了。他给战友群送去了热情，战友群也给他带来了快乐。他念战友情，一再邀请战友们有空到他那地方走走，他说："东至地方不大，但是过来玩玩还可以"。

东至县，位于安徽省南部长江中下游南岸，面积 3200 多平方公里，户籍人口近 55 万。东至县历史悠久，相传舜帝躬耕于此，尧帝闻其贤德，千里来访，素有"尧舜之乡"的美誉。

明天和意外

我很讨厌这句话："明天和意外不知道哪一个先来"，客气一点说，这是一句正确的废话，不客气地说，这是一句恶毒的诅咒。

人类社会数千年，防患于未然早已是生活常识和行为准则，不需要常常唠叨意外发生的可能性。个人储蓄就有预防意外的目的，国家储备更是为了丰年补歉年。但是，储蓄和储备并不是生活的意义，人们不是为了预防意外而活着，对美好生活的向往才是最终追求。终日在"意外"阴影笼罩下，还谈什么人生目标，定什么工作计划？

"明天和意外"源自日本作家野坂昭如的《萤烛之墓》，这是作品人物的感叹，也只是作品里的一句话，这本是无可厚非还很出彩的句子，但是，人们在生活中常常引用就使这句话变得太过悲观，太不吉利。鲁迅先生曾经写过一篇著名的文章，文章大意是，小孩满月，亲朋好友前来祝贺，这个说小孩会长命百岁，那个说小孩很富贵会当官，东家听了高兴，其实，这些都是不一定的事情。这时，有人说了一句"很一定"但让东家十分愤怒的话，他说小孩将来会死的，这就是分寸方面的问题。人们需要被鼓舞，需要被祝福，需要正能量，尽管被"祝福"的事情并不一定能够如愿，但人们也不愿时时生活在对"意外"的提防和恐惧中。其实，人们经过长期的社会实践已经积累了丰富的经验，制定了许多规章，只要照章办事，意外的事情，诸如工伤等已很少发生，何必常将"意外"挂在嘴上呢？

"明天和意外"将百分之九十九以上会到来的明天和不到百分之一才有可能发生的意外并列着来说，既不科学也不公平。它的意思是，当意外来临时，你可能连明天都活不到，这不是诅咒是什么？生活不需要这样的语言！

我看到如今有许多文字都在说着"明天和意外"，这实属不该。

外面的世界更精彩？

一位北京战友今天在朋友圈晒了一组照片，都是关于上海历史的，其中一张是他在上海市历史博物馆门前的留影。

我予点赞。

我更自嘲，因为我虽为上海人，却是没有去过那个地方。

上海人真是很奇怪，你可以在世界各地看到上海人的踪影，看到他们在参观，在摄影，在听讲解，但他们对自己的家乡却并不关注，甚至可以说，去过上海市历史博物馆的上海人一定是寥寥无几的。面对上海日新月异的变化，上海人也是待在家里居多，很少有人去实地感受自己所在的这个国际大都市的魅力。我曾在上海战友群建议搞个一日游，沿苏州河由西往东走，自河南路桥开始，走向黄浦江外滩；再往东，到浦东的浦东公园旧址，一路寻找小时候玩耍的痕迹，一路感受上海新变化。只可惜我的建议没有得到任何响应，上海人那不关心上海"事体"的秉性可见一斑。

我们上海战友住在苏州河黄浦江交汇处，拆迁以后，大都不再"故地重游"。小时候，苏州河的水黑臭浑浊，现如今，据说已是清澈见鱼；小时候，浦江两岸一边是都市，一边是乡下，过江靠轮渡，没有桥梁，现如今，多桥飞架东西，据说大桥已有十二座；小时候，黄浦江沿岸的杨浦区段、虹口区段都是仓库和工厂，现如今，据说那里已是东外滩和北外滩，景观好得不得了。唉！近在咫尺却都是"据说"，恍如在听他国故事，就是不去"眼见为实"，这身在上海的上海人啊！

我也想去上海市历史博物馆，那里有上海印记；去上海博物馆，那里有青铜器；去上海自然博物馆，那里有恐龙化石；去更多富有历史厚重的地方，因为那样很充实。当然，我更要去东外滩、南外滩、北外滩、外滩源，去滨江大道，去苏州河畔，因为那是现实生活。上海有深厚的历史积淀，上海属于世界一流城市，难道，外面的世界更精彩？

离队即景

【题记】春夏秋冬，年复一年，四十多年过去了，在部队历经的四次"送老迎新"却仿佛就在眼前，不能也无法忘记。

那些年老兵退伍的时刻，总是在冬季，在黎明前的黑暗中，总是那么的伤感。

夜空里，各个班灯火通明，睡了会儿的老战士，已经卸下了领章帽徽，整理好了自己的行装，或坐着，或站着，或走着，再把自己的东西整理整理，再与战友唠叨唠叨，再去连队四周溜达溜达，谁都无法消停。是啊，青春年华留在了这里，无奈那"铁打的营盘流水的兵"！此时此刻，留队的干部战士也和他们一样难以安宁，大家互动着，都在平复那复杂的心情，都在营造那伤感的气场，都在等候那接人的汽车。

来了，接送退伍老兵的卡车打着远光灯出现在机耕道上，从远处驶来，驶进连队，车灯与营房透出的灯火一起，把连队照耀得异常通亮，夜色聚光衬托氛围的凝重。

分别的时候到了，成群的人离队，也有成群的人送行，交叉着握别，互道着珍重，还有拥抱的，也有哭泣的，多数人的眼眶是湿的，眼睛是红的，场景感人，深情难忘。任何人都知道，此次一别，对许多人来说就是永别，因为那个时候没有手机无从留号，来自五湖四海的兵大多家在农村，谁敢想象大家此生还能再会！说实在的，平日里兵与兵之间并非都是"好朋友"，有些人因为岗位离得远而接触不多，有些人因为性格合不来而少有交往，有些人因为彼此有意见还闹过矛盾，不过，大多数人是相处不错的，是"无冤无仇"的，是互相帮助的。在这分别的时刻，人们的情感都交织在一起，不分谁谁谁，谁都用真情实感来告别所有广义上的亲爱的战友。因此，大家此刻表现出的难舍难分是真情流露，是经过部队锻炼后的精神升华，是用青春和汗水换来的战友情结，饱含着高尚、无私、纯洁！

回家的老兵登上卡车，纷纷站在栏板边，再握战友的手，再嘱战友珍重，车动了，车上车下挥手致意，高声呼喊："再见，再见，再见！"渐行渐远，汽车带着刚刚到来的远光，载着战友的深情，在阵阵呼唤中向着来时的远方，远方……

同一屋檐，同一锅饭，同受教育，同忙练兵，多少个日日夜夜，月月年年！

屈大军[*]作品

厕所里的革命

厕所是专门解决大小便的地方，是人类进入文明社会的一个标志。

其实很多爱干净的动物也不会把大小便排泄到自己的洞穴和窠巢中，只是人类更聪明一些，专门修建厕所不仅卫生，还能把粪便集中当作肥料使用。

小时候回爷爷奶奶家，村里是没有公厕的，几乎是一家一户一个厕所，当然那个厕所相当简陋，就地挖一个坑，坑上搭一个草棚子，脱裤子不走光，大小便也不走光就行了。有的农户会在坑里放一个大陶缸，我们当地称之为"茅缸"，也就是茅厕里的缸。因为厕所是茅草屋，所以也叫茅厕。

那时候人的平均身高比现在矮，我上中学身高超过一米七之后，再回村里进入那个茅厕就感觉相当的不方便，再后来我又长高了一点，回村里就要找高一点的厕所了。

爷爷奶奶看见了，会说我几句，因为上别人家的茅厕会被认为不规矩，而且那些肥料也就是人家的了。

我说一会儿我去用粪勺子把大粪掏回来不就行了，爷爷奶奶说那可不行，那不就成偷人家的肥料了。

后来，爸爸知道这件事情，回村里把爷爷奶奶的茅厕加高了，而且还用砖头砌了起来，成了当时村里最好的厕所，这个厕所可以不叫茅厕了，因为它是用砖头堆砌的。

但是麻烦出现了，一些个头高、爱干净的村民都去爷爷奶奶家的厕所，那个茅缸里的粪便居然溢出来了，最后爷爷奶奶只好在厕所上安装一个简易的木门，而且还上了锁，这样就能有效控制茅缸粪便外溢的问题了。

在上小学时，学校是有公厕的，是个土坯房，但是很简易，味道很大，蹲

---

* 作者简介：屈大军，男，安徽霍邱人，1971 年 7 月 11 日出生，2021 年参加全国网络诗词大赛，担任百年临池艺术网名誉副主席，网上发表文章上千篇，诗歌上百首。

位十分紧张，经常需要排队。

到上中学时，学校也是有公厕的，是个砖瓦房，味道也很大，蹲位也十分紧张，还是要经常排队。

来军校上学时，室内有公厕，是带隔间的，虽然很干净，但是蹲位依然紧张，卫生是我们自己打扫，经常堵，我们都动手掏过下水道。

后来有了住房公积金，我也买了属于自己的第一套房，厕所在房间里，我们也不叫它厕所了，统称"卫生间"。

第一次装修，经验不足，我家的卫生间也就是将就着能够在夏天洗个澡，而且使用的墙面砖和地面砖也不耐脏，为这个事情，爱人经常唠叨我，说这个卫生间的确太重要了，你看谁谁家的卫生间比咱家的厨房都干净。

再后来，我们通过努力又有了第二套房子，我特意买了有两个卫生间的房子，装修的时候其他地方都能省，唯独这个卫生间的钱不能省。

房子装修好了之后，老婆和孩子们都很满意，有两个卫生间，一大早起床也不用排队，由于使用了档次高一点的卫浴器材和装修材料，我们冬天也能在家里洗澡了，卫生间也不是那么容易脏了。

一个家庭，只要卫生间是干净的，其他地方的卫生好像也跟着干净起来了，所以说，家庭卫生间是衡量一个家庭干净与否最重要的地方。

"厕所革命"提出来有好几年了，我的理解是公共厕所的革命，尤其是村里公共厕所的革命，村里的厕所干净卫生了，其他地方的卫生问题也就迎刃而解了，家庭是这样，每个村庄也应该是这样。

十几年前，我去市公安局办事，突然内急，想去厕所，但是我口袋里居然没有手纸，我想去附近商店买一小包面巾纸临时应急，可是很严重的问题出现了，市公安局附近根本看不见商店。

我真的忍耐不住了，先去厕所再说吧，遇见局里的同志让他们给我找点手纸吧，只有这样了，什么都能等，这个事情不能等。

进了厕所之后，我惊讶地发现，厕所里面有免费供应的手纸，那一次，市公安局给我留下的印象太好了，我也是第一次使用到免费的手纸。

现在，我们全国的乡镇，很多基层的厕所里也有免费的手纸了，卫生也有专人打扫了。

从茅厕到大公共厕所，从大公共厕所到隔间厕所，从厕所到卫生间，从到处寻找手纸到免费手纸，我们经历着一次又一次的进步。

厕所里的革命，不仅仅是人类进入文明社会的一个标志，也是需要不断更新迭代的一次次革命，没有最好只有更好。

城里能用上的厕所，村里也应该一样能用上。机关能用上的厕所，基层也一样应该能用上。家里能用上的厕所，公共场合也一样应该能用上，这就是我理解的厕所革命。

冬　歌

韶乐追至高
诗文求最好
听歌在三冬
做梦公主抱

诗词文章大赛

御马须常骑
善歌不离曲
诗词与好文
谁能摘第一

我是谁

听音自闻之
察言辨廉耻
耳聪知是非
目明晓得失

中国冬天

漠河冬天凉
三亚夏天长
极夜南海鱼
孤岛游艇上

陈定方*作品

那年，我喜欢一个姑娘

　　20 世纪 80 年代初，党中央提出了加强干部队伍"四化"建设的要求。我们铁路系统积极响应党中央的号召，决定对全路未达到高中文化的在职干部，分期分批安排他们到大中专院校学习，以提高全路干部的文化素质。我们铁路是一个超大型国有企业，职工人数最多时高达三百多万人，铁路自己有大学十所，中专学校几十所，幼儿园、小学、中学、技校几百所。

　　1981 年我被安排到吉林铁路运输经济学校学习。吉铁经校主要专业是财会、计统、英语。我是计统专业（干部班）。开学后，我们和普通中专生一样上课、晨跑、做操、晚自习。只是食堂为我们专门开设了干部窗口，不用和近千名学生一起排队。当年干部班有两个班，一个计统，一个财会，两班总共 90 人，分别来自全路 20 个铁路局。

　　学校每天上午十点的广播体操是雷打不动的。我们干部计统班和英语班是紧挨着做操的两个班。英语班是清一色的女生。因为我是班长做操时要求站在前排，和我并排的英语班的一个女生很是抢眼。她不高不矮，不胖不瘦，皮肤白净，留运动头，脸上没什么表情，一副冰美人的模样。偶尔听她和同学交谈，一口很好听的东北话。英语班五六十个女生，个个如花似玉，青春靓丽，我唯独对这个女生印象深刻。

　　情感这个东西真是说不清道不明。只因在人群中多看了她一眼，就再也放不下。喜欢一个人不需要任何理由看来是对的。我和那女生素不相识，连话都没有说过一句，不知道她是哪里人，也不知道她姓甚名谁，就莫名其妙地喜欢。以后每天在做操时见到她成了我的一种期盼，如果那一天她没来，我就会胡思乱想，莫名其妙为她担忧，心情也不好。直到第二天见到她心情才会好起来。每天上午 15 分钟的广播体操，成了我最幸福的时刻。见到她的样子，她的一举一动，一颦一笑都令我开心，我也不知道为什么。这是一种奇妙的感觉，无法

　　* 作者简介：陈定方，铁路退休员工，中共党员，爱好文学与音乐。

用语言来形容的感觉。在那短短几秒钟你会感觉有一股非常微妙的电流在你大脑与心脏之间来回游走，酥酥的麻麻的……我和她之间充其量只是一种（单向）喜欢，她像一件精美的艺术品供我欣赏。她根本就不知道我是谁，更不知道我喜欢她，甚至都没看过我一眼。用心和眼睛去爱一个人，我觉得还比较高尚。其实我们班女生占一半以上，美女也很多，但我对她们却从没有那种感觉。

有一次，她穿着白色运动装，和同学一起去往食堂，我加快脚步紧跟在她身后，近距离地欣赏，听她悦耳的东北腔和银铃般的笑声。她当然不知道有一个喜欢她的人就在她身后。40多年过去了，她当年的模样在我脑海里还是那样清晰，还是那样端庄漂亮，当年的冰美人如今你在何方？十八加四十应该快六十了。爱本身是无罪的，它来了你都无法阻挡。人之所以感到幸福，是因为有爱，人间之所以美好，是因为人间充满爱。男人之所以拼命奋斗，创造出一个又一个奇迹，因为他心里除了祖国还有一个心爱的她。

应该感谢那个姑娘，在我远离故乡，远离亲人，一个人孤单地在外求学，过着枯燥无味的学习生活时，是她陪我度过了两年学习时光。说是陪伴其实是我的遐想。即使那个姑娘今天看到我的文章，她绝对想不到我说的就是她。因为她从来就不知道我是谁，对我没有丝毫印象。我曾经喜欢过的姑娘，祝你晚年幸福，美丽如当初。

2022年3月31日写于宜昌

感恩那个年代，感谢那群人

我睡眠质量极好，母亲在世时曾多次指着我说："你呀，这觉咋睡得这么死，好在你是小子，要是丫头，非得让人抬走卖了。"我嘿嘿一笑，心想，吃得香，睡得着有什么不好，别人想睡那么好还做不到呢，谁知就因为我一直引以为自豪的睡眠质量，差点出了意外。

1981年3月初的一天，半夜时分，离预产期还有十多天的我的爱人突然出现少量出血的状况，我和爱人都没经历过，很紧张。我立刻跑到附近的铁路卫生所问值班医生，值班医生告诉我卫生所不具备生产条件，建议我赶紧送铁路医院。我们单位在郊区，离铁路医院有九公里，我找到值班领导，他立刻派车将我的爱人送到了铁路医院。

送到医院后，直接推进了妇产科病房，医生检查后说没事，少量出血也停止了。此后几天，我的爱人在妇产科待产，我回单位上班，每天下班后坐一站火车去医院陪爱人，晚十点左右坐最后一趟火车回家睡觉。第二天正常上班。

一个星期过去了，我的爱人风平浪静，什么感觉都没有，天天吃完饭就在病房和医院走道溜达。大约是住院后的第 8 天晚上 12 点，我的爱人开始腹痛并伴有出血，医生进行相关检查后发现是前置胎盘（脐带缠在小孩脖子上），必须马上做剖宫产手术。

做手术必须有家属签字，医院一边做手术前准备，一边用电话与我们单位联系，让单位通知我立刻去签字。那时候通信比较落后，不像现在人人有手机，家里也没有固定的程控电话。我们单位有一个派班室，专门安排火车司机出乘的，派班室配有叫班员，24 小时在岗，火车司机出乘两小时前，叫班员要到火车司机家里通知。医院通知我们单位后，值班领导让叫班员去我家通知我。

由于我连续白天上班，晚上去医院，回家后快十一点了，因此，倒在床上就睡着了。因为刚从医院回来，爱人一切正常，所以放心睡觉。叫班员找到我家后，使劲敲门，高喊我的名字，不见回音就返回派班室去了。医院这边，一切手术前的准备工作已做完，我的爱人已被推进了手术室，主刀医生和护士穿好了工作服。万事俱备，只等我去签字。这时我还在家里呼呼大睡，医院每隔十分钟打一下电话催我赶快去，据说叫班员去我家敲了三次门，一次比一次敲得重，喊得响，整栋楼都被敲醒了，唯独我不醒。

医院在等了近两个小时后，眼看我的爱人情况越来越不好，再等下去大人小孩都有生命危险。人命关天，当晚医院值班领导果断决定立刻手术，由他代我在家属签字处签了字。大约半小时后我儿子就出生了，母子平安。试想当初医院值班领导不冒着风险代我签字，后果不堪设想。第二天出门上班时，邻居们见到我都很惊讶，他们说你在家呀，昨天半夜敲了几次门，你都没听到？我说我不知道啊。当我请假后赶到医院时，我的爱人还没有醒过来，床头上挂着一瓶鲜血正在输血，可能是昨晚失血太多。主刀医生见到我后告诉我儿子七斤四两，是一个大胖小子。接着就是一顿埋怨，她说在手术室等了两个小时不见你来，要不是医院值班领导代你签字，你今天哭都来不及了。我只有竖着耳朵听，向主刀医生道歉并表示感谢。

几年后我被任命为这家铁路医院的后勤副院长，更详细地了解到当时我儿子出生前后的经过。当晚替我签字的是医院保健科田和平科长，他向我详细地介绍了当时的情况，他说虽然代你签字可能有风险，但我必须那样做。田科长和爱人都是从部队转业的军医，老革命，老党员。他那种敢担风险，勇于担责的精神令人感动。我有机会当面向他表示衷心感谢，也算了了我一桩心事。

这件事已过去了 41 年，我孙子马上要上小学了，回想起来还是感慨万千，当年我的爱人做完剖宫产手术后，身体虚弱，在医院住了十多天，在我因工作忙碌分身乏术的情况下，我的爱人得到了医生护士及同病房病友无微不至的关照。对此，我一直身怀感激，感恩那个值得怀念的年代，感谢那群值得珍惜一生的人。

我的弹匠生涯

大约是 1967 年秋，我们村来了一批弹棉花的浙江人，他们说话像鸟叫，谁也听不懂。那个年代每家每户盖的和垫的被子都是人工弹出来的，把棉花弹成被絮的人叫弹匠。弹匠们身背一张弓，腰上挂一块模板，手上拿着一个顶头带孔的竹条（牵网线专用），走村串户吆喝谁家弹被絮。

那年在我们村弹了十多天，哪家需要弹被絮，就在哪家吃饭和住宿。他们两人一组，因为牵网线需要两人才能完成，一天可弹两床，一床被子的加工费是两元五角，一天收入五元，两人平分。那一年我 14 岁，学校恰好停课，我在家玩。我母亲想让我跟他们学艺，怎么说弹匠也是一门手艺，长大后可谋生，总比种田强。于是，我拜他们当中一位年长者（25 岁）为师，开始了为期三个多月的弹匠生涯。

我每天随他们走村串户，用地道的乡音招揽生意。乡亲们一看我是当地人，增加了信任感和亲切感，都愿意和我交谈，我也尽力推销，说他们技术怎么怎么好，我家弹了好几床。在我们村弹了十多天，我成了他们的翻译和"托儿"。由于我的加入，他们生意很好。一个村一个村转着弹，一般一个村能弹七八天。主要在我们村周围 30 公里内活动。我师傅姓金，浙江金华人，自从收了我这个徒弟，我们两个人为一组，一天收入五元全归他，比他的同伴多了一倍。师傅对我很好，很少让我背弓弹棉花，背弓时也只是教我一些要领，主要是帮他牵网线和放模板。弹棉花是个力气活，14 岁的我身单力薄根本弹不动。为了调动我的积极性，每天给我一角钱当劳务费。头两个月给了我六元钱，我用一个塑料钱包装着，放在棉衣口袋里。这是我人生的第一桶金。当时六元钱能买很多东西，在郝穴一碗米丸子只要五分钱，可买 120 碗。有一天在郝穴附近弹被絮的我们正好休息，我一个人走到街上去玩，顺便买点东西，等我选好东西准备付钱时，打开钱包一看是空的，我的六元纸币不翼而飞了。为此，我难过了好几天。至于我的钱怎么没有了，只有一种可能，就是晚上睡觉时被人拿走了，因为我们好几个人挤在一张床上睡，谁拿了就不得而知了。

快过年时，他们一行人回浙江去了，我师傅把一套弹被絮的工具留给了我。不过我再也没有摸过那些工具。我没有如母亲所愿成为弹匠，却在三年后成了一名铁路工人。

在我们乡下，老人们常说手艺人是不能得罪的。因为得罪手艺人会受到惩罚。有一个传说，说是一个有钱的大户人家请木匠师傅给儿子做婚床，中午吃饭时，雇主给师傅倒了一杯茶水，自己却倒一杯酒喝。师傅觉得受到羞辱，心里就想戏弄他一下，婚床快做好时，他在床板背面画了两只小乌龟，并使用了巫语（师傅会巫术）："主人喝酒我喝茶，画两只乌龟两头爬。"传说新婚当晚，新郎和新娘两头来回爬了一晚上。传说当然不可信。

我做了几个月弹匠，也知道了一些不能得罪手艺人的奥秘。绝大多数雇主都是善待师傅们的，他们把家里最好吃的拿出来做给师傅们，好酒、好烟、好茶招待，开口闭口叫师傅，把师傅当客人。师傅们觉得受到了尊重，在弹棉花时特别卖力，把棉花弹泡到最佳为止，网上线后放模板时也十分认真，直到把稻谷撒上去能用刷子刷下来。这样的被子盖几十年都不会变成"两张皮"（棉花和网线分离）。也有极个别雇主十分抠门，明明家里条件很好，却买几分钱一包的劣质烟给师傅抽，用很差的食物招待师傅，对师傅说话也很难听，觉得花钱雇人弹被絮，就得听他的。遇到这样不尊重人、指手画脚的雇主，师傅们也会治他。在弹棉花时把两面的弹泡，中间的棉花根本就没弹，网上线后随便弹几下就完了。这样的被子盖不了多久就成了"两张皮"，等发现问题时，也找不到人了，只有自认倒霉。

几个月的弹匠生涯，我明白了一个道理，做人要真诚，待人要有礼貌，人敬我一尺，我敬人一丈。尊重别人，也是尊重自己。按照这个原则行事，我受益匪浅。后来进铁路当学徒工修理火车头（蒸汽机车），我对师傅们和同事们十分尊重，深得师傅们的厚爱和同事们的喜欢，进步很快，不到20岁就成为中国共产党党员，后来又被提拔成为中层管理干部。

尊重他人，善待他人，终将成就自己。我的成长经历就是最好的诠释。

我的入党经历

明年"七一"我将获得党中央颁发的"光荣在党 50 年"纪念章。一转眼入党都快 50 年了，回想起当年入党的经历，还颇有点传奇，要不是中间发生一点小波折，我今年就不能获得纪念章了。

我是 1973 年"七一"加入中国共产党的。

1970 年我参加了焦枝铁路的修建，然后招工到铁路工作，分配到襄樊铁分局襄阳机务段工作。由于从小受党的教育，对中国共产党有深厚的感情，对"共产党员"这个神圣的称号十分向往，做梦都想成为一名共产党员。当时真有一种为了党的事业甘愿洒热血、写春秋的豪情壮志，把入党当成第二生命。在上班两年后我向党组织递交了入党申请书。党支部按程序首先要对入党对象进行政审，当时政审比较严格，尤其是家庭出身，要派两名共产党员到入党对象所在生产大队（街道）进行实地调查，取得当地党支部的书面证明材料，简称"外调"材料。

到我们大队进行"外调"的同志回来后，党委组织干事找我谈话，神情十分严肃。他首先肯定了我要求入党的积极性和工作表现。突然话锋一转说："你对党组织不够忠诚老实，隐瞒了真实出身，你的家庭成分是上中农，你说是下中农。"面对组织干事的严厉批评，我有口难辩。于是解释说："我没有刻意隐瞒家庭成分，也不会欺骗组织，我们家真是下中农，要不我写信回家再问问。"组织干事看我态度诚恳，同意了我的要求。

我立刻给父亲写信，父亲回信说我们家就是下中农。我把父亲的回信拿给组织干事看，他看后说："我们会再派人'外调'。"过了一个多月，组织干事再次找我谈话，一进门他就握住我的手，又是让座又是倒茶，和上次谈话氛围截然不同，搞得我丈二和尚摸不着头脑。坐下后他笑着对我说："小陈啊，你还是对组织有所隐瞒。"听他这么一说，我的心情又紧张起来，心想我又隐瞒了什么呢？他接着说："你爷爷是烈士，你是烈士后代，为什么不向组织讲清楚？这是好事吗。通过再次'外调'，不仅确认了你的家庭成分是下中农，还知道了你是烈士后代，你是根红苗正的好青年，我将提请党委在适当的时候讨论你的入党问题。"1973 年"七一"前夕我被批准成为中国共产党党员。当时我还不满 20 周岁。

第一次"外调"为什么把我们家的成分写成上中农，是故意还是搞错了，我不得而知。第二次"外调"说我是烈士后代是真的。只是我们家没有烈士证书，所以对外一般不提。小时候我听老人们讲过，当年贺龙在洪湖一带闹革命，我们家离洪湖只有几十千米，我爷爷也参加了革命。后来在贺龙部队撤离洪湖后不久，我爷爷被国民党的保安队杀害了，时年29岁。家里人将他的尸体运回来安葬在村里一条小河沟边，爷爷被杀后，丢下奶奶和三个小孩，我父亲是最小的，当时不到两岁，上面有一个哥哥和一个姐姐。奶奶因经受不住丧夫之痛，不久也病逝了。我爷爷弟兄五个，他是老五。后来他的三哥收养了他的三个小孩。

中华人民共和国成立后，我们家享受了一段时间的烈士待遇。当时春节前，大队干部带几个人到军烈属家送春联，有时有少量慰问品。"文化大革命"期间因各种原因中断了。因为当时烈属并没有什么特殊待遇，我父亲和我伯父也没有当回事。他们一辈子没出过远门，也不知道该找什么部门申办烈士证书。直到我入党政审时才重提此事。当时大队干部对我爷爷是烈士是认可的，因为当时年龄稍大的大队干部在我爷爷牺牲时已经懂事了，有着深刻印象。所以才在我入党"外调"材料上写了我爷爷是烈士。在旧中国有多少仁人志士为了中华人民共和国流血牺牲，献出了宝贵的生命，又有多少无名烈士长眠地下不被人所知。今天的幸福生活是无数革命先烈用鲜血和生命换来的，我辈唯有不忘初心、牢记使命，砥砺前行，为祖国繁荣富强贡献力量，方能让长眠在地下的先烈们含笑九泉。

当年为国被砍头
鲜血换来山河绣
子孙后代享太平
红色江山万古流

故　乡

我生长在江陵
养老来到宜昌

要问哪里是故乡
年少时父母在的地方是故乡

年老时子女在的地方也是故乡
我的故乡不论排位
都绕不开长江
江的这头是故乡
江的那头也是故乡
喝着长江的水长大
长大后爱上长江
日见江水涨涨落落
夜听江水惊涛骇浪
不变的是涛声依旧
变的是后浪推前浪
从小爱看江里的轮船
听见汽笛就欣喜若狂
有时跟着轮船奔跑
它在江中央

我在岸边上
如今住在江景房
在家就能看到
一江春水向东流
万里长江万里浪
观百舸争游
看船来船往
离开的是故乡
漂泊的是他乡
只是漂泊久了
他乡也变成了故乡
我爱我的故乡
也爱美丽的宜昌
更爱波涛汹涌的长江

2021 年 5 月 18 日

别了，花坪

别了，花坪
天热时我们来了
酷暑已经走远
时光进入秋天
我们也该走了
挥一挥衣袖
道一声再见
不带走半片云彩

带着愉悦心情回到家园
山里故事精彩又浪漫
山里的人们够我留恋
吸足了山里的氧气
能缓解一年的思恋
期待着
期待着明年的夏天

注：花坪是建始县的一个镇，避暑胜地。

2021 年 8 月 23 日

蔡长青 * 作品

枫的慷慨

我家楼下有两棵树。一棵是枫树，另一棵也是枫树。春天的时候，它每天早晨总是展示着嫩嫩的红色，像裹着羞晕，更是萌发着春的气息。它以自己的颜色向人们昭告着春天的婀娜，春天的妩媚，悄悄地坚定不移地目送着我走过。中午依然灿烂地向我微笑，叶子更是多了几分丽色。它与众不同，以红示姿，以姿鸣春。每天，我都从它身边匆匆而过。季节使它分外丰腴，它无法改变颜色赋予人们的一种赤忱，只能在季节里彰显着自己的本性。如果你熟视无睹，它自始至终含笑着每天的寂寞。它从不打诳语，也无争宠别样的绿而做着自己的秀。它，昂立在那迎着春，欢呼着夏。唯独对于秋，它使出浑身力气，争霸一方，突出着彤彤的红，彤彤的艳，绯红着脸给秋天拥抱着成熟的红。它在秋天最好看，一袭红衫，映红着太阳，红过早霞，胜过晚露。殊不知，这是它季节里最后一次的礼赞。它享受秋的耀眼，也告诉我秋季的慷慨。随着秋风的乐声，它抖落用血染红的叶子，把大地浸得殷红。然后赤裸着自己，接受着冬季风雪的洗礼。

要有种爱好

作为一个人，一生中一定要有一种爱好。否则，今生则不是孤独与寂寞，而是行尸走肉，裹着一副皮囊郁郁寡欢，且每天碌碌无为、十分落魄。我曾说

* 作者简介：蔡长青，男，1957 年 10 月生。1976 年高中毕业。1977 年 4 月进工厂工作至 2017 年退休。20 世纪 80 年代末曾是北京《剧本》杂志电视剧创作中心固定创作员。

过，一定要有一种爱好，琴棋书画，要略懂些。这并不是要你真的放纵自己，也不是真的要你成为什么人物，而是要你选择一种生活方式，它能不受任何时间、环境的禁锢，闲暇时能有一种独处的兴趣。它可以给你带来愉悦而不是一种煎熬的孤单。它是在自由自在的环境空间里活得充盈。

我选择去读书，不限任何书，因为开卷有益。有的朋友经常问我，你每天干什么？你也不钓鱼，也不打牌。还有的人问我，一天的时间太漫长了，你会不会无聊？尤其退休后，空闲的时间确实多了许多。是的，这无可厚非。"你今天去钓鱼了吗？"我曾经问过一位挚友，他便打开了话匣子："我每天早上大约五点，骑半小时的车，到野外找条小河，钓两小时的鱼，不管有没有钓到鱼。刮风下雨就不去了。"他钓的鱼从不吃，而是分给邻居们去享用。"不去钓鱼了，你干什么？"他呷了口茶说："看看电视。你呢？""赏赏花，家中养了几株不名贵的花。钓鱼我不会。""这位朋友，你不抽烟、不喝酒、不打牌，是位地地道道的好人。可以再学点其他的东西，能更好地打发时间里的空白呀！"我们之间虽没有共同的爱好，但很舒服地聊了一下午，也很开心。

记得另一位老朋友，他是我的高中同学，一见面，简直可以说是惺惺相惜，寒暄后，相互一问，最近干什么。我们十分了解，他每天早中晚各散步走路一小时，剩下的时间，吹奏萨克斯，有个乐队。他侃侃而谈，脸上洋溢着一种开心与快感。在学校时他就会拉小提琴，给我的印象很深。在学工学农时，他常常在空闲的时候，吹吹口琴，十分喜欢音乐。"你呢？""看看书打发时间。"闲聊了片刻，我们又匆匆地分别了。

过了些日子，我又偶遇了另一位朋友，他明显发福了很多，不是他先招呼，我可能会错过。"最近干什么？""打牌，打麻将！""天天如此吗？""我们不赌，玩玩而已！""要注意身体。""不打牌，你说怎么打发时间？"他是从体制内退休的，以前总是忙得不亦乐乎。打发时间？对的！无论做什么，都要有一种爱好。

爱好要因人而异，但应该异曲同工，就是在空闲的时间里珍惜生命的鲜活。如果有适宜的时间和空当，一定要建立一个"唯我可乐"的爱好。找一个适合自己的喜好，把时间利用到闲而不枯，乐而无暇。有位异性朋友，她长得一般，但很有活力，最近我们又在一个茶社约见。像之前每次一样，对面端坐着注视着对方，一番问候以后，便滔滔不绝、无话不说地谈笑着，无拘无束，她说："早上做完瑜伽，送外甥女上学，买菜做饭，下午重复着上午的任务。晚上看看电视、刷刷抖音，朋友间互相问候、打打招呼。天天忙死了。""有忙的事情是很幸福的，我很充实。""您是个知足常乐的人。"我肯定了她一句，"你最近看什么书？"她又轻声细语地回答道："看些中医书。"接着我又问了一句："你不是最喜欢看名著吗？""哪有时间呀！""还是抽空看一看名著吧。这是你的最爱。"我补充说。"还是你最了解我。"她恬静而缓缓地说了一句。

爱好能占有心灵空间的不是什么永恒，而是时间沉淀里的积累。爱好也不是一成不变的，而是随着时间的推移演化。人一生中要有一种爱好，它可以使你快乐而不疲惫，使生活忙碌而不无聊。适合自己的爱好，就像脚穿合适尺码的鞋而享受走路时的坦然。不要望梅止渴，也不要削足适履。最不该的是荒废时间老人的馈赠。应该感谢在有限生命里对时间的敬畏。为有朝霞的今天而高兴，为昨天逝去的时间而无怨，为将来临的明天而期待。

人一定要有一种爱好。不可以让生命枯萎在时间的牢笼里，凋谢着自己有限的生命。天之大，人之多，爱好无限。人一定要选择自己喜欢的一种爱好，享受着流逝的生命，这样才能活得不卑微也不枉然。岁月不是让人好好地活着，而是叫人好好地生活。否则，有的人真的活着却死了，而不是死了却活着。人生的真谛是什么？要有一种纯朴的态度，骨子里朴素地享受着生活。人不但要在熙熙攘攘中生，更要在潇潇洒洒中活。

人一定要有一种爱好，不枉时间的来，匆匆忙忙地去。它无贵贱拘泥，却使人闲着有爱，好中有趣。爱好对于每个人都是平等的，童叟无欺，男女不分，得失自知。只不过，每个人的爱好各不相同，相同的爱好都很相似，不同的爱好却各有各的不同。你有爱好吗？

涧边的独处

我漫无目的地坐在潺潺流水的涧边，看着自上而下的涓涓细流，不由得想到水的渗透性，它不顾自己的任性，一直向前奔着，有的跳进小坑与其他先到达的水融为一体，而自己的影子却不见了；有的太冲动跳出了溪流，润湿了涧边上的植被；有的以迅雷不及掩耳之势洒在了沙砾上，留下了一丁点儿影子。最有力量的，"随波逐流"而下，跳下了一个又一个潭穴，稍稍喘息一下，又涌入了下一个征程。当我的目光回到了原点，涧里面的水不多不少清澈透明，多了许多的晶莹涟漪，仿佛酝酿着欣赏岸边的我，给你一个透明的窥视，我的倒影中有你，你的倒影中有我。我们相互凝视，又互相交流着，我没有说话，聆听着它们的回流声，忽然我发现了崖边的树和无名的小草，也是如此安静，好像在默许着什么。它们默默无语，又相互珍视着，也不说春的料峭，夏的燥闷，秋的凋谢，冬的雪白。也不谈清晨的清爽，晌午的炙热，晚上的惬意，只是泰然而无我地聆听，关注那重复的水韵声。瞅着小凹槽里的清水，见底沉睡着的草叶，哗啦哗啦没有虫鸣的涧谷，远处偶尔有一两声不知名的鸟叫。看着身旁那棵倾伏着，欲亲吻着水潭的小杂草，似渴非渴的倾注，我情不自禁地对涧水有了些期许。它虽近在咫尺，却无缘沐浴，细细观察，那涧边漂动着许多纤细的根系。怪不得，它生长得那么茂盛且翠绿。身旁拥挤着许多说不出名的同伴。不远处屹立着一棵乔木，乔木的身上爬满了许多络石藤的藤蔓。灌木丛生，一处巨大呈褐色的岩石，茅草茂密且高挑，仔细盯着微风吹动的草丛，发现了一朵摇曳着的紫色小花，这是我认识的又十分想见却好久没有见到的——桔梗使者。她在茂密的杂草里显得十分另类，而且天然俊朗且突出。目光久久地注视着她孤傲的姿色，留恋着微风下摆动着的草影，她看着我，我注视着她，不知过了多久，目光才渐渐收回，闭目静静地倾听着流水声。山谷里很静，静得可以听见自己的心跳，潺潺流水沁人心脾，悦耳的风声旋律抚慰着心灵。忽然想起来，这山上的每块石头，每株植被，每粒沙子，每条涧谷，每个有生命或者无生命的东西，它们都在顺其自然，用自己独处的方式领悟着世间的冷暖，享受着季节岁月的更迭，独处看山，看水，阅尽一草一木。唯独涧水流淌的声韵久久奔腾不息，看的风景最多，归宿也最绚丽多彩。因为它从天上来，它奔放，它虽偶有落入沉潭之地，独处时静得没有波澜，但它有着一种独处的智慧，分享大地。我的额头微微渗出了些汗珠，看着西斜的太阳，还有些时间，再独处一会儿？

爱 妻

睡觉啦！这似乎成了我每天标配的告知。掀开被子，钻进被窝，进入了睡眠模式。这种模式已经延续五六年了。因为她有失眠的毛病，我入睡较好，只是起夜多些，易造成她入睡的困扰。

再则，我们结婚四十多年了，老夫老妻的，各自安静，分床自眠倒也十分适宜。清晨时候，掀开被子下床，洗漱完毕后，自个儿去晨练了。晨复一晨，日复一日，周而复始。早饭时，她先剥好一个鸡蛋，推至我面前："吃吧！"她自个儿吃着馒头就着咸菜。我从不问她要不要吃个鸡蛋。她的所作所为，显得十分平常，甚至让我有些熟视无睹。

最近，我让儿子买了台脱水机，因为她说她手腕有些疼。但她拖地依然蹲着或跪着，衣服还是手洗。家里拖把、扫地机器人、自动洗衣机应有尽有。她却仍然"我行我素"。

说实在的，我曾主动帮些忙，但每次都适得其反。总说我碗刷得不净，衣服洗得不行。岳母大人在的时候，又常说我成了甩手掌柜。我内心也十分无奈。其实我是家中长子，干什么活都不在话下，可自从娶了她，我真的成了"游手好闲"了。

她就是这么一个人，我常说，她是个忙碌的命。她爱干净，家中整理得井井有条，室内一尘不染。她的记忆力非常好，家中放在哪里的东西，只要无意间移动了一下，她都能觉察。

她对吃的从不讲究，东西只要煮熟了能吃饱就行。至于做菜，儿子只要吃第一口，他就知道是妈妈的厨艺。奇怪的是，她面食手艺特棒。按理说，她是她家里最小的一位。上有四位哥哥和一个姐姐，应该什么都不会，她又是最受宠的。反而她做面食出类拔萃，水晶包、蒸饺子、葱油饼、豆腐卷、饺子、馄饨……任何馅料隔三岔五调换，是儿子孙子们的最爱。她用最好的面食吊着全家人的胃。

作为一位妻子，她平时很朴素，唯独对家的溺爱，在她身上体现得淋漓尽致。记得有一件事，大约在我四十岁的时候，初春，我穿着一件对襟毛衣，同事不相信毛衣出自妻子之手，非要看毛衣的商标。最后大家都惊叹，她的手真的太巧了。

家有贤妻真是一种福利。但也十分困顿，凡事皆有可能，但她凡事皆要完美。每次换衣服，她都拿到我面前说，就这件。我却成了孩子似的。也正如此，我养成了个习惯——三天洗澡换衣服。她容不得衣着破损，而且必须得干净。有一次换袜子时，她隐约发现了有些脚趾外露。"脱下，让我补好。"她迅速地扔给我另一双袜子。"怎么没发现呢？"她边补边缝地嘟囔着。好像千不该万不该似的。她常说，男人的穿着担着女人的手。她就是这样事无巨细地操持着家里的一切，以至于她那仿佛画的眉，稀疏了许多，脸上出现了岁月的痕迹。

虽然如此，但我怎么看都还是那位充满着吸引力的妻子。虽然没有了少女时的羞涩，却更多了些女人的韵味。

因为她每天精力充沛，我无怨无悔地消磨着爱的时光。她没有穿着打扮的奢侈，也从不涂脂抹粉。她永远都是她，朴实无华，但也不孤芳自赏，清洁着自己的家，给予着婚姻里的爱，从不打折。留给自己的东西少之又少。

金铭 * 作品

在渐渐冷却的生命里，寻一剂求生的良药

如果生命所剩无几，努力地活着才是王道。

大雪，是进入冬季的第三个节气。这一天，北京虽然没有迎来降雪，但是阴冷的天气和灰蒙蒙的天，让刚刚走出家门的我，不由得打了个冷战。

本来去肿瘤医院这件事，已经让我的心情多多少少有一点儿晦暗，加上同样的天色，让这短短半个小时的路程，显得有点儿漫长、有点儿慌乱。

今年刚刚过了 80 岁生日的老妈，疾病也一个接一个不合时宜地找上门来，在前一段住院期间，老妈做常规 CT 的时候，查出了肺部有一个结节，从此老妈就执着地走向了求医之路。

"活着多好啊，我还想活到一百岁呢！"这是老妈经常挂在嘴边的一句话，早已经成了她的口头禅。

其实我们都这样认为，不过就是个结节，连癌都不沾边，老妈未免有点儿大惊小怪了，但是依然选择陪在她身边，奔走在求医的路上。

走在熙熙攘攘的人群里，我们永远不知道与自己擦肩而过的人，他们的身上有多少病痛和秘密。但是当我走进肿瘤医院的时候，才真正意识到，生死攸关这个词，原来都躲在这些人们回避着不愿提及的地方。

谈癌色变，应该说大多数人都有这种心理吧。癌症其实没什么了不起，怕的是这个等待并走向死亡的过程，期望与失望的交替，从求生到绝望的放弃，癌症患者饱受摧残，身心疲惫，陪伴的亲人由最初的小心翼翼，变成最后无望地放弃却还要强装欢笑。面对最终都要离去的人，对他们更是对自己，说着毫无意义的话：没事儿没事儿，都会好的。

---

* 作者简介：金铭，一个将近三十年没有工作经验和社会阅历的女人，做着做不完的家务，拿着最底层的退休金。在生活越来越无趣的年纪拿起了笔，在失望的时候也终于看到了希望。

　　和其他医院里的病人相比，肿瘤医院乍一看也没有什么两样。但是坐下来等候的时候，抬眼望去，目之所及，原来很多人手背上的留置针才是这里与众不同的地方。

　　独来独往的人真的很少，每一个病人身边都有一个重要的人在陪着，需要与被需要，在这里得到了很好的诠释。这个世界上，没有谁比谁更坚强，也没有谁比谁更勇敢，有的是相互的陪伴和取暖。他们尽力所做的，都是为了告诉彼此，不管以后的路还剩多远，现在的一切都是为了不留遗憾。

　　人的一辈子其实真的不长，如果足够幸运就可以和家人相伴到老，很多时候无病无灾是一种奢望，不要等到被宣判死亡来临的那一天，才想起对亲人的不够好，才想起没有共同实现的承诺和目标。

　　坐在 CT 室等候的时候，和一个 50 多岁胃癌晚期病人的家属聊了几句。原本可以选择微创手术的他们，坚定地选择了开腹。因为他们认为，只有这样才能把肿瘤彻底地切除不留后患。选择更大的痛苦来换取生命的时长，等待自己重生的到来，该是多么艰难的一件事情。

　　深陷病痛的折磨，生命的继续是该坚持还是该放弃，真的是一道无法选择的难题。当一个人仅仅只剩下残喘的躯壳的时候，生命的质量和尊严就已经不在他的掌控范围之内了。

　　求生的本能，是我们想要活着，重新接受这个世界的阳光、空气和美好，为的是在渐渐冷却的生命里，寻一剂即使苟延残喘也要活下去的良药。

　　还有什么比活着更令人羡慕和快乐的事情呢？然而并不是所有的人都那么幸运。生和死原本就不是独立存在的个体，人从出生的那天起，就是在向死而生的路上了，只不过这条路有长有短，不分男女老少，无关长幼尊卑，何时到达终点，我们自己说了不算。

　　连 80 岁的老人都想好好地活一个世纪，被宣判等待死亡的病人都有极强的求生欲，我们还有什么理由不选择认真地活下去。如果你的生命所剩无几，请用一己之力，为身边所爱的人努力地活下去，即使终有一别，这份美好也会存在彼此的生命里，一个是无憾，一个是无悔。

分离，是为了更美的相遇

电影演员王琳，曾经在一次访谈节目中说过这样一段话："真心希望有一个爱我和爱他（儿子）的男人，能够给我们一个完整的家，但是这个男人到底在哪儿，他又会在哪一个路口等着我呢……"

王琳，在经历过两次失败的婚姻之后，选择独自一人带大自己的儿子。她也曾经有过令自己怦然心动的爱情，也曾经感受过扣人心弦的激情。但是她的理性让她拥有了面对一份感情的冷静。

"自己都 50 岁了，干吗不把时间留给我的孩子，我不是不相信爱情，只不过它实在是令人捉摸不定。"

长期以来这样的心态，让王琳的人生一直风平浪静。

其实，离过婚的女人，该不该抓住重新降临的爱情，该不该留住稍纵即逝的幸福，又该不该过属于自己的人生？

那么今天我们就来聊一聊，分离，是为了更美的相遇。

一、迎接再次降临的爱情，需要的是勇气

小敏每天最放松的那一刻，就是晚上搂着两岁多的儿子躺下的时候，不该放下的全部卸下了伪装，不该想起的也都在梦中被惊醒。

孩子一岁多的时候，小敏的丈夫提出了离婚，理由是她为孩子辞去工作而失去了自我。老公选择了净身出户，心中不再有你的男人永远留不住，离婚后没多久，他就再婚了。

对于这段婚姻，伤心过后小敏并没有太多的遗憾，因为她知道，相爱永远是两个人的事，不爱更是。用别人的错误来惩罚自己，是最愚蠢的行为。

小敏一个人带着孩子，接下来的生活，是忙里偷闲的苦中作乐，也是如人饮水般的自得其乐。孩子带给她的快乐，让小敏渐渐忘记了婚姻带给她的伤害，或者是说，她刻意选择了遗忘。

孩子八岁的那一年，在一次朋友举办的线下读书会上，小敏遇到了她生命中最重要的人。他是那种读过万卷书，走了万里路，脸上却没有一点沧桑的男人，有的只是眼中传递给小敏的一见如故。

两个人虽然过了一见钟情的年纪，但却给了对方一见钟情的勇气。

相遇需要的是时间，而相爱只需要一瞬间。

失去过婚姻的女人，你可以对爱情胆怯甚至产生怀疑，但一定不能望而却步。小敏相信，上天让一个不爱你的人离去，一定是为了眷顾你，重新安排一个满眼都是你的人与你相遇。

每一个女人，无论你曾经经历的婚姻是多么失败，它又让你陷入多么自卑与尴尬的境地，只要你有面对过去的勇敢，只要你有相信爱情的勇气，那么当一份感情再次悄悄降临的时候，才会有能力与他相遇。

二、暂时的放手也是对爱的一种承诺

小敏的儿子很快到了上初中的年纪，孩子似乎不再需要这个叔叔的呵护，眼中的冷漠和抗拒，逐渐代替了最初对他的崇拜和依赖。越懂事就越害怕失去，所以会把妈妈的爱紧紧地攥在手里，不希望与任何人分享。

其实，爱情永远不是两个人的事，更不是单单靠勇气就能够继续。

小敏怎么能不知道儿子的变化，看在眼里，她的心底是说不出来的恐惧。这么多年，两个人并没有选择婚姻，虽然深爱着对方，但是孩子终究是他们的牵绊和顾虑。他们放弃了一纸婚书的承诺，只等着来日方长。

然而心里惧怕的东西，不会因为你的害怕而放慢它的脚步。这是在所有重新获得的爱情里，永远都无法回避与逃避的问题，因为很多时候来日并不方长。

小敏和这个男人，从孩子的眼里，同时看到了不是你死就是我活的抗争，这种细微但决绝的眼神，让小敏感受到了绝望，也让这个男人重新审视了这份爱。

他读过的书就是他的教养，他走过的路就是他的人品。懂得取舍的男人，知道这个世界上所有的爱都可以等待，唯有母爱不可以。

那么只有选择理解与面对，接纳并放手，这是他对这个孩子力所能及的尊重，也是对这个孩子最大的善意。

这个男人与小敏最后一次的见面，也是漫长等待的开始。

"我们暂时放开彼此的手吧，虽然不再相见，但我会一直默默陪着你，这是我对你最大的承诺。"

这一次的分离并不是放弃，而是一个等待的开始。他们用理性与清醒做出的决定，不会让彼此的爱有一分一毫的怠慢；相守更是一生最坚定的承诺，那是为了等待牵手相伴，重新相逢的那一天。

三、最美的相遇应该就是重逢

小敏与这个男人真的就没有再见过面。这个世界很大，大到有些人一旦分开就再也没有机会相见；这个世界很小，小到同一座城市如果特意地回避，那么见面就是零的概率。

但是他们之间的问候一直都在，每一天的早安与晚安，从来都没有间断；问候、关心、爱与惦念，透过手机屏幕传递着彼此的温暖。坚守的意义在于，我认定的爱情会一直坚持下去。因为这样的爱也是一种浪漫，更是一种成全。不是只有在身边的厮守才叫陪伴，相守才是。

时间总是在不经意间慢慢地教会孩子长大，小敏那上了高中的儿子，也到了懂爱的年纪。

儿子总是有意无意地在妈妈面前提起这个叔叔，很多话欲言又止却不知从何说起。高考填报的所有志愿，都与自己的城市无关，他选择了远离这个城市。

这样做，除了有对妈妈这么多年独自一人照顾他的愧疚之外，更多的是想让她找回属于自己的幸福。妈妈把所有的爱给了他，他也要尽其所能地去弥补对妈妈的亏欠。

临行前一周，他们三个人重新坐到了一起。小敏与这个男人，一如多年前第一次的相遇，再如当初的一见如故，更如现在久别的重逢。唯有不同的是，两个人的脸上都有了沧桑的痕迹。

"叔叔，我为自己这么多年的无理跟您道歉，现在我把妈妈还给您，希望还不晚。"

其实，放弃与坚持，都在人的一念之间。经历过失败婚姻的女人，对于失而复得的爱情，坚持就更难了。

如果这个世界上，有这么一个人，体谅你的难处并护你周全，不管两个人的距离有多远，遇到了只有坚定地走向对方，才会有重逢的那一天。

女人的一生，不过就是分离与相遇。结婚的那一天与父母的分离；离婚的时候，与曾经爱过的人分离；孩子羽翼丰满时与孩子的分离……然后，才能与对的人有一场更美的相遇，晚一点没关系，只要相信那个人和你一样，慢慢地在向你靠近。

失去过婚姻的女人，如果在经历了欺骗与背叛，伤害与孤单之后，重新拥有一份懂你的爱情，该是多么来之不易。

这样的爱，不是天长地久和信誓旦旦，也不是地老天荒和海枯石烂，而是在两个人逐渐老去的那一天，一份真心的相守与陪伴，一份生死相依、不离不弃的依赖和安全感。

如果有幸与这样的爱情相遇，那么就用你的勇气、坚持与相守，为自己争取一份良缘。希望所有失去过爱又失而复得的女人，能把这份真心的相伴当作一生不离不弃的誓言。

希望所有的错过，不都是遗憾

睡醒的时候已经是 12 月 22 日的凌晨一点多了，心里着实懊恼了好一阵子。冬至，我错过了和孩子们相互之间的祝福和问候，怎么竟然忘记了设定闹铃！

因为下午去医院拔了牙，麻药劲儿过了之后有一些疼痛，所以晚上迷迷糊糊地想躺一会儿，打算晚一点儿再联系远在国外求学的孩子们，没想到一睁眼错过了时间。

都说冬至大于年，是漫漫冬日里黑夜最长的一天，也是九九寒冬开始的第一天，最让人惦记的温暖和问候，只有等待来年。

一手带大的两个孩子，从来没有离开过我的身边。春去秋来、寒来暑往，过去的十八年，每一个大大小小的节日，我们彼此之间相互的祝福，从幼稚的只言片语开始，到成熟的每一封信件，一次都没有缺席过。然而今年冬至，这个祝愿就这样错过了……

这一年是我们家最特殊的一年，离别和伤感充斥着生活里的每一天。

年初我结束了没有任何意义的婚姻，年末送孩子去了美国上学，单这两件事，足以让我的生活失去重心和寄托。

关于我的婚姻，虽然有一点儿小作，有一点儿难过，但却没有遗憾。连基础感情都没有了的婚姻，爱恨也不再左右自己的情绪，那么彼此之间的分开才是最好的选择。好在有两个孩子陪在身边，弥补了我那一段时间的焦躁不安。

当生活慢慢平静下来的时候，我一直纠结的孩子们出国的事儿，也终于尘埃落定了。打了疫苗，办了签证，订了机票，说走就走的行程让我终于如梦初醒，原来分离就在眼前。

孩子们走后的每一天，只要有空闲下来的时间，我都会发一条微信给他们："孩子们，聊一聊天可以吗？"

但是可恶的时差拉长了我们的距离，牵挂他们的心似乎也变得有一点儿自作多情和一厢情愿。所以在为数不多的节假日，都是我抓住他们的最好机会，然而这个冬至，我们还是错过了……

稍纵即逝的陪伴和问候，有多少人可以留住这美好的瞬间。时间和空间让有的错过可以等来明天，等到明年，而有的却是一辈子也等不回来的遗憾。

2021年11月9日下午，美国芝加哥大学一名24岁的四川留学生郑少雄被劫匪枪杀。他的妈妈在他的追思会上说："这是妈妈生平第一次出国，不是旅游，不是参加你的毕业典礼和婚礼，而是参加你的葬礼。"

郑少雄在此之前，已经两年没有回国去见妈妈了，本想新冠肺炎疫情快点结束和家人团聚，结果却是天人永隔，错过了母子之间"你陪我长大，我陪你变老"的这一份承诺。

每一次错过也许可以有补救的机会，但却抵挡不住命运的无情和安排。当明天和意外不知道哪一个先来的时候，错过就真的会变成一场人间悲剧，成为永不相见的遗憾。

希望我们彼此错过的时光，人生都给我们重新来过的机会，希望自己走错的路程，不是一辈子都回不去的曾经。

在我二十岁的时候，人生第一次的选择，就是放弃了一段萌芽中的感情，这个错过让我与缘分失之交臂，直至如今想起来的时候，依然感到错过的不是一个人，而是自己以后人生的每一步路。

我与他的第一次相见，是那一年的初夏，在酒店大堂的收银台前，那天是我报到上岗的第一天。刚刚参加工作，生性胆小怯懦的我，当时的恐惧我至今记忆犹新、不可言说。从他的手里拿起交接班记录本的时候，我一直在发抖的手引起了他的注意。

"新来的吧，从来没有见过你，不用怕啊，会有人带你的，过不了几天就熟悉了"，他穿着雪白的衬衫微笑着拍了拍我的肩膀。从那以后的若干年，白色的衬衫成了我心底不愿意触碰的，没有一点儿瑕疵的，干净的记忆。

我的手虽然还在发抖，但是心稍微定了下来。

再次见到他的时候，是一个星期以后了。后知后觉的我，从来没有想过，为什么之后的每一天我们都能够见到面。他是带班主管，排班的特权让我们每一次的见面都成了自然而然。

一起下班一起走，是那个时候最开心也是说话最多的时间，每一次骑车下班他都会送我，但奇怪的是，他每次都没有送我到过家，这样子持续了一段时间之后，他很难为情地告诉了我，他的家在郊区，因为家很远，所以不能送我太久。

郊区，也就是所谓的城乡接合部，我心里开始有了一点点的纠结，那个时候大家对于城市户口其实都很在意，所以慢慢地我开始疏远了他。而这细微的小心思和小变化，似乎也被他捕捉到了，就像当初我们的见面自然而然一样，从此我们再也没见，也是那么自然而然。

在懵懂的年纪做了草率的选择，直到很多年以后回头想想这段无疾而终的恋情，如果说这算是恋情的话，错过的遗憾远远超过了对他的想念。

后来听说他应聘到了另一家酒店做了前台经理，而我对此一无所知，甚至听到这个消息的时候我竟然没有一点儿的不舍和留恋。

再一次也是最后一次见到他的时候，是几个月以后了，他从我们收银台前走过。他居然没有看我一眼，只是雪白的衬衫依旧那么耀眼。还是听别人说，这一次，有一个女孩子陪在他的身边……

他把我对他的无情，用另一种方式还给了我……

应该怎样形容那一段时光呢？用错过两个字再合适不过了。还没有感受到彼此的爱意就草率地结束了，这一段感情没有谁对谁错，只能为自己的鲁莽独自买单。

最喜欢张爱玲说过的一句话："想做什么立刻去做，也许一迟就来不及了。"我们错过一顿饭可以下一顿再吃，错过一班飞机可以改签，但是错过一个人，也许这一辈子就再也没有相见的机会了。

如果人生的错过有重新开始的可能，你还会做当初的那个选择吗？谁也不可能给自己一个肯定的答案，因为那只是一个如果。

如果可以选择，我希望下一辈子可以重新过一遍与自己失之交臂的人生，但是对于从前，我选择不后悔，也不抱怨。

希望我们现在的生活，对得起我们曾经错过的遗憾，希望错过的遗憾有可以弥补的机会，让我们以后的日子有温暖相伴。

一杯奶茶

也许是外面下着大雨的缘故吧，监狱的会见室空无一人。但是沈老师还是来了，今天是宝儿入狱之后的第一次探视，两个人约好的，他怎么能不来。

本来平时就少言寡语的宝儿，见到了这个深爱她的男人后变得更加沉默。

不是无话可说，而是不知道说些什么。

"很久没有喝奶茶了吧，我给你带来了，知道你平时不加糖，但是这一次，我加了。"沈老师的一句话，宝儿哭了，35岁的宝儿，哭起来永远像个委屈的孩子。

与各自心中的千言万语比起来，会面的时间真是少得可怜。隔着会见室的玻璃，两个人的手放在了一起，算是道别。虽然感受不到彼此的温度，但是传递的爱与惦念已经足够温暖。

"相信我，以后的每一次探视我都会来，都会带一杯奶茶给你；更要相信，我既然把你送了进来，就一定会拉着你的手带你出去。"这个男人是在坚定地告诉宝儿，她以后的路一直都会有他的牵手和陪伴。之所以在奶茶里加了糖，也是想让她知道，她以后的人生，会像这加了糖的奶茶，微苦却甜。

在宝儿18岁的那一年，妈妈患病去世了，相依为命的爸爸在她22岁的时候，也因为一场突如其来的疾病离开了她。好在大学毕业之后她有了一份不错的工作，守着爸爸妈妈单位租住的房子，独自一个人开始了无波无澜的生活。朋友们看她孤单，介绍她认识了一个男人，两个人没有什么特别的感觉，只是相互的好感就误以为可以携手相伴。

宝儿从小性格内向又毫无主见，在不懂爱的年纪失去了妈妈，又在需要爱的时候失去了爸爸。没有人为她分析并权衡婚姻的利弊，也没有人告诉她，什么样的男人值得托付终身。生活和情感上的无依无靠，让她觉得应该有一个属于自己的家。于是稀里糊涂地嫁给了那个男人，仓促得连一场婚礼都没有。

这种不知所措毫无安全感的婚姻，相信很多人都经历过或正在经历着。当爱与被爱都还没有完全搞懂的时候，体无完肤的背叛让宝儿遍体鳞伤了。在没有任何感情基础的婚姻里面，年轻就是碾压一切的资本，谁占了上风谁就赢。

除了离婚证和爸爸妈妈留下的房子属于自己，宝儿什么都没有了。原本就是独自一人，又何惧生命里的无爱无恨和无牵无挂，宝儿也就无奈地接受了生活的"馈赠"，重回原点，抗争不过就握手言和，因为日子还要过下去。

宝儿工作的单位是中央企业，她在一个部门做出纳。工作这么多年，从来没有跟任何人提过自己的感情生活，低头守着自己的小情调，独来独往着。其实她是一个很孩子气的女人，虽然内向，但是喜怒都会挂在脸上。百无聊赖的日子里，唯一有点色彩的，是在单位中午休息的时候，出去买一杯不加糖的奶茶，外加各式各样的饼干和薯片，这是她生活中的老三样，似乎也成了她的乐趣和寄托。

宝儿每次买奶茶回来，在办公室门口碰到次数最多的人，就是隔壁审计部门的沈老师。每次看到她买回来奶茶，沈老师都会认真地说一句："奶茶不要多喝，会伤身体的。"偶尔宝儿有不开心的时候，他也会给她送去花花绿绿的零食，从不多待，放下就走。

沈老师是一个审计师，大家都称他为老师，宝儿也这样叫他。虽然他有过一段失败的婚姻，但是生活中看不出一点儿的沮丧和颓废。略有一点儿高冷，但对宝儿却总是阳光明媚。其实，所有人都看得出来，沈老师喜欢她。

宝儿又不傻，感受到了沈老师的情义，但她却一直在刻意地回避，也从未想过要去接受和索取。受过伤害的女人，怎么会有重新开始的勇气。两个人很默契地相处着，宝儿似乎很享受这种微妙的感情，不温不火、细水长流。

日子平淡地过着，两个人都不善言辞，但是心有灵犀的默契让他们在向彼此渐渐靠近。

其实宝儿一直是一个无欲无求的人，对于衣食住行从没有过分的追求。但是一时的贪念却改变了她的生活轨迹，让她的人生变成了黑白色系。爸爸留下的房子需要购买产权了，如果不买，宝儿就要交回房子，自己也许就会居无定所。从来对钱不在意的她，陷入了慌乱之中。

她不愿意去借钱，因为她无处可借。自己的积蓄都花在了第一段婚姻里，对于宝儿来说，想凑够二十多万元，简直是比登天还难。她不想失去这个家，因为这个家里有曾经的欢笑和眼泪，有曾经的爸爸和妈妈。

在房子缴款的前两天，宝儿挪用了部门的工程预付款缴了钱。她暗自想着，用自己以后两年多的工资，来填补这个漏洞。拿到房产本的那天，宝儿并没有期望中的欣喜，反而是一天比一天的恐惧。她没有了上班的兴趣，也没有了每天一杯奶茶的心情，躲避着每一个人的目光，战战兢兢地开始了度日如年的日子。

沈老师把宝儿的变化看在了眼里，凭着自己这么多年阅人无数的经历，知道自己爱着的女人遇到了无法解决的难题。他破天荒地给宝儿买了一杯奶茶，破天荒地拉了一把椅子坐了下来，轻声但坚定地说："有什么事情一定要告诉我，我会陪着你，一直在你身边。"宝儿的眼泪再也没有止住，为自己不能言说的无助，也为对沈老师深情的辜负。有的时候，错误一旦过了承认和改正的时间，等待你的会是万劫不复和一生的耻辱。

提心吊胆地过了几个月，公司年底审计查账开始了，宝儿这才恍然想起，原来还有年底审计这回事，转而绝望代替了慌乱和恐惧，她开始请假并且幼稚地躲在了家里。都说人在身处绝境的时候第一个想到的人可以救命，这个走投无路的女人，终于意识到，只有沈老师可以帮她。

　　两个人见面的时候，宝儿冷静了许多。沈老师买给她的热奶茶，让她感受到了暖意。但是她也比谁都清楚地知道，今天过后，也许她与沈老师的这份情义，将会随着自己的解脱而消失殆尽。所以，当沈老师握住她的手时，宝儿竟然回应了他。

　　其实，沈老师早在几天前就知晓了事情的全部，问题很严重。当如释重负的宝儿把自己所做的一切全部说出之后，沈老师也知道，无论怎么努力，宝儿犯下的错误已经无力挽回，因为错误已经铸成大错。

　　沈老师一直握着她的手，依然是轻轻但很坚定地说："无论发生了什么，你一定要相信我。既然一切都无法弥补，你现在最该做的，是要为自己的过错去承担后果。你最大的错，就是明知道不可为却为之，做了之后又错失了改正的机会和时间。那么现在你知道该怎样做了吗？"

　　"我去公司说清楚，然后去自首，但是会不会坐牢？"宝儿最怕的其实就是这个。

　　"我陪着你去自首，不管最后的结果是什么，我都会一直陪着你，牵着你的手永远不会松开，因为你是我会用一辈子去爱的人。"

　　每一个女人，都可能会有一段不为人知的过去，或是不堪，或是难言。谁不希望有一双温暖的手，不顾你的狼狈，不顾自己的尊严，义无反顾地把你从地狱里拉出来，一直到有光亮的地方依然不放弃。宝儿知道，她会跟着沈老师一直走下去，以后的路也许会更难，但是有她的沈老师在，这条路就能越走越远。

　　被挪用的二十多万元，沈老师并没有帮着宝儿还上。他是想让这个女人懂得，不是所有的错误说了一句对不起就会被原谅，也不是所有的人都可以被依赖和指望。爱你的人可以拉着你一起走，但自己闯下的祸要背在自己的肩上。哪怕深陷泥潭也要相信，只要有人心甘情愿地拉着你走，就一定能走出困境。

　　宝儿被开除了，并判服刑两年。因为她这么多年在公司没有出过任何差错，一念之差做出来的蠢事，总该有那么一点儿被谅解的地方。公司并没有落井下石难为她，破天荒地允许宝儿在出狱后慢慢补上挪用的钱，最大限度地给了她应有的尊严。

　　不得不说，很多人在经历了一些事之后，性格也就改变了吧。原本有些木讷，有问才有答的宝儿，慢慢变得有些爱笑，也成了话痨。相反，每一次的探视，沈老师坐在那里，都是默默地看着她，微笑着听着她说。而宝儿每次必说的，是在探视结束之前，如祈祷般的喃喃自语，这是可以让她的沈老师开怀大笑的一段话："谢谢我亲爱的老师，在我最无助的时候能够低下头拉起我的手，让如此卑微的我有了盼头，我的过去是自己的，我的未来是你给的，我就是翻不出你手掌心的孙猴子……"

两年的时间不过就是四季的两次相遇，盛夏来临的时候，带着微笑和期盼，减刑的宝儿迈出了监狱的大门。

她的沈老师早就等在了外面，眼尖的宝儿一眼就看到了沈老师手里的奶茶。

"我可不可以先喝奶茶再来拥抱你?"沈老师笑着点了点头，说了两个字："甜的。"

久别重逢的拥抱也是甜的……

"沈老师，要不要回头看一眼我待了快两年的地方，这是我一辈子难以启齿，永远不能忘记的地方。"

沈老师拉起宝儿的手，自己回头看了一下说："既然走出来了就别回头了，你的未来在前面，既然是我给你的，那就一直跟着我走下去吧……"

李开运 * 作品

我的大学

那是 1985 年的秋天。我的家里来了一位公司电话接线员。她骑着自行车，匆匆忙忙地催促我和父母赶快到公司总经理办公室等长途电话。我的高中学校驻广州招生办，龚校长亲自蹲守，帮助自己的学生推荐进入好的大学。

龚校长常常在学校训话中说："我人生最自豪的是，我的学生能够名满天下。我的学生一定要出几个清华大学与北京大学的。"

我们一家人赶到离家 5 公里的总经理办公室。不一会儿，电话铃声响起，总机把电话转过来了。学校老师从广州打长途电话找我的父母，一开始是我父亲接的电话。我父亲激动得说不清楚话，电话又被我母亲抢过来接。

我父亲第一句话是，只要有书读有工作安排，什么学校什么专业都同意。

我母亲一边接电话，一边把电话里听到的内容重复说一遍。

她说："龚校长说，孩子分数上了重点本科线，但因为有色盲，所有理工科大学都不录取色盲学生。"

我父亲特别紧张，说："那是不是没书读?"

我母亲说："龚校长说，'有一所普通大学本科经济系招收一半理科生，我已经与这个学校招生科主任说好，学校同意录取。但我还是想看看有没有更知名的学校有空余名额，如中山大学、华南理工学院等。现在这两所学校已经录取了我校文科班一名学生，理科班一名学生'。"

我父亲又想从我母亲手上抢电话听。

我父亲说："现在家里就靠我一个月 106 元的工资养活三个子女，这个大儿子要尽快读完书，早点工作，否则家里就揭不开锅了。"

---

* 作者简介：李开运，男，57 岁，广东韶关市人，大学本科，曾在四川华西都市报发表作品。业余时间喜欢把自己看到、听到、触摸到、想到的，结合自己人生经历创作成文字。抒发感情与观点，在自娱自乐中，领悟人生的真谛！

我母亲一边接电话，一边说："龚校长，我们什么也不懂，一切拜托您。老师如父、校长如母，你帮我们做主，帮孩子找一个好学校。"

我母亲挂断电话。大家约好，下午 5 点广州招生办录取现场结束前，再打电话通知最后录取结果。

在等待电话的那一个小时里，我们一家人都很紧张，公司总机电话接线人也很紧张，公司总经理更紧张。大家都在等待一个最好的结果。

公司彭总经理说："我们公司虽然穷，但子弟还是争气。前两年，公司一名开推土机的职工，大儿子考上了清华大学，去年二儿子也考上了清华大学。老李，你教子有方，到底是我树立起来的全国劳动模范，也为我争了光。"

5 点整，龚校长的长途电话打来。只听到我母亲一边接电话，一边眼含热泪地说："感谢龚校长，感谢龚校长，我的儿子终于有书读了。"

拿到录取通知书后，我母亲与我一起去派出所迁户口，花费了 2 元。派出所所长说："国家对大学生真好，我手上办的农转非迁户口都要 400 元一个人。"除了到校报到交了 7 元书本费外，学校还给我发了 21.5 元生活费，而且学费全免。

今天，又是一个高考日，我的女儿也在努力冲刺名校，我祝愿她考出好成绩，实现自己的人生梦想，超越她的父亲。

入 川

1999 年年末，那一年，天特别冷，北风呼呼地刮着，冻得我全身直打哆嗦。我接到广东必达实业有限公司营销蔡总监命令，最后一个被分配到西南成都去开拓西部市场。

我去找"自认管家刘"借差旅费，刘板着脸对我说："公司给你买了张去成都的火车票，好像你进来工厂半年多还没领过工资，扣掉保险、服装及证件费还有 1000 多元。"台湾作家柏杨有本书叫《丑陋的中国人》。我觉得我就是那个丑陋的中国人：心胸狭窄、多疑、自卑、耿耿于怀。

我从财务办公室出来，拿着 2000 多元现金，心想，钱用完了我怎么回广东？人都说，"穷家富路"。我要准备好一笔钱才敢去那个遥远未知的地方。我去拜访顺德籍的几个大学同学，表面上是感谢他们本地人对我的照顾及帮助，实际上我心里明白，我是去向他们借钱。当找到最后一个同学时，他和同事正在办公室里"赌牛牛"。桌面上有一堆钱，估计有十几万元，这堆钱不停地转换位置，100元现金叠码在几个赌友桌前突厚突薄。盯着钱，我的眼圈有些红，心情很失落。心想，同样是一起读书的同学，张同学如此成功，而我却落魄到吃饭都成问题的地步。在广州经商不仅把赚到手的100万元赔光，还反欠银行及亲戚朋友20多万元。别人都到广东打工谋发展，而我要远赴经济相对落后的西部去求生存。散场时，张同学兴高采烈地说："阿运，总算把一个星期输的十万元又赢回来了。"我知道我是来向他借钱的，必须要放下面子，丢掉尊严，开口借到钱。拜访第一位欧同学时，欧同学还专门问我有没有困难，我明明是来借钱的，还嘴硬说没有困难，真是死要面子活受罪。我心情郁闷地告诉张同学说："明天我要去成都了，身上没有多少钱，不知什么时候能回广东。"我的嘴努力张了好几次，心里也鼓足了勇气，告诉自己，一定要开口借到钱，没有钱，将来如果我钱花完了怎么回广东？张同学不知是没听懂我话中的意思，还是故意装糊涂，只是说赢了钱，请我吃夜宵，把话题岔开。

在成功的同学面前，可能是自傲，可能是自卑，也可能是认为自己还有2000多元能挺一个月。我最终没敢开口借钱。从此，我牢牢地告诫自己，到成都后一定要努力挣钱，将来好回家乡。

初到成都。第二天，我在新二村租下了一套旧房子。搬进去时，花去了我1500多元。在地摊前，为了一元钱一个喝水的玻璃杯，我反复徘徊了好几次，一直纠结是用碗喝水还是用玻璃杯喝水，最终还是心疼那一元钱。

到成都一个星期后，我在西门博美建材市场结识了成都锁王老林。我心里知道，此时，我口袋里仅剩不到几十元钱，我必须要拉下面子，借钱渡过生存难关。老林知道我的窘境后，帮我出主意说："你不是有30把样品锁吗？我帮你联系三家店铺，每家店铺收押金3000元钱。"

当我手里拿着9000元现金时，我无限感激，成都老林真是我的贵人。

第二天，由浙江小伙董建明提供四川省正在装修酒店的信息，我包下了一辆出租车，500元每天，跑7小时。出租车司机叫袁丽丽，她每天载着我们奔波于成都市各大建材市场及客户办公室。在我到成都的第十五天，老林帮我签下了第一份合同：遂宁市吉祥大酒店智能门锁供货合同。记得在付款谈判时，我坚持少收5000元钱，但必须要现款且马上付。那个搞建筑的老板，我永远都记得他：个子矮，方脸庞，络腮胡，大眼睛，粗壮结实，皮肤黝黑，说话大声豪爽。他说："老林的铺子跑不了，几万元钱也不多，迟早要付，少5000元，划得着。"他旁边跟着一位漂亮的女会计，女会计嘴巴不停地嘀咕，但我听不懂她说什么。此时,我的心怦怦直跳,当女会计从包里拿出厚厚一叠现金时,我表面上装得很平静,推让着要老林点钞票,但心却激动得差点蹦出来!这笔钱对我有多么的重要!待矮个子老板回遂宁后,那一晚,由我做东,老林主持,在成都春熙路最古老的"蜀风园川菜馆"招待留下继续采购材料的漂亮女会计及老林的所有员工。这一餐,我喝得满脸通红,心潮起伏!只感觉,酒楼一排排红红的大灯笼专为我一人而挂。

天无绝人之路!从那笔合同起,我在四川站住了脚跟。陆续签了很多合同:九寨沟喜来登国际大酒店、锦江宾馆、五粮液大酒店、巴中江北宾馆、达州宾馆……成都真是个好地方!

天路:醉美雅西高速

雪在空中零零散散地飘,这是今年成都平原的第一场雪,也是多年难得一见的一场大雪。大人小孩都高兴得手舞足蹈,互相问候:下雪了吗?雪有多厚?可以打雪仗吗?瑞雪兆丰年啊!

车在成都平原成雅高速上狂奔,雨刮片不停地刮着散落的雪花,我看着汽车温度计显示车外是零下 1 摄氏度。车窗外,川西平原上田埂、树枝、草坪已堆积了薄薄的一层雪花,大地换上了白色冬装。开车一小时即到达雅安。雅安是成雅高速的终点,也是雅西高速的起点。

车一过西康大桥,就真正从成都平原走向了大山深处。车在山脚缓慢爬坡扭动,越往上爬,山就越来越陡峭,高架桥越来越高大,雪也越下越猛。雾裹着鹅毛大雪把高速两旁的山顶、河谷、森林覆盖上了厚厚的一层白戎装。高速两旁的树木树枝,冰晶玉澈,玲珑剔透,好一派北国风光。此时,无论大车、小车还是高速公路管理公司都是小心翼翼,谨慎有加。但汽车一穿越 10 千米长的泥巴山隧道洞口,顿时阳光明媚,艳阳高照,汽车温度计显示车外 11 摄氏度,真是冰火两重天。仅仅一座海拔 4000 多米的泥巴山,就把川西高原与成都平原划分得清清楚楚、明明白白,也把彝族、藏族、羌族、汉族不同文化与习俗在这里分割开来。

车顺着大渡河峡谷一直缓慢前进。行驶在高速公路上有时在悬崖峭壁边缘掘石飞檐,有时在汉源湖泊中央穿行,有时在两座大山大渡河的河水中央架桥而过，有时在大山肚子中间开膛破肚。蓝蓝的天空白云朵朵，镶嵌在大山上一簇簇、一群群白色川西的民居建筑，山顶上未融化的皑皑雪峰，为雅西高速增添无限魅力。

石棉县城，是一个红军长征纪念之城。1935年，蒋介石调集薛岳国民党中央军主力部队追击红军，地方军阀刘文辉派重兵在大渡河沿线上游渡口堵截红军。抢滩大渡河，飞夺泸定桥，成为传颂红军长征胜利的百年佳话。大渡河渡口今日成了重要的旅游景点。而在同一个渡口，太平天国石达开率领的农民起义军却在这里全军覆没。

汽车一过石棉县城，要从海拔1000多米的高速公路爬到海拔3000多米的山顶高速公路，翻越乌拖山。连续近百里的爬坡车道，汽车在高速公路上沿着大山盘旋而上，高速公路两旁的植物随着海拔高度的上升，由绿转黄、由黄转褐、由褐转灰。高架公路，盘踞着大山架起一层、两层、三层……一直架到乌拖山山顶。车爬到最高峰菩萨岗服务区。风几乎能把人吹倒，呼呼的冷风，冻得人瑟瑟发抖，直打寒战。

从菩萨岗服务区一路下坡，就是彝海。这里曾经发生过一个动人的故事。刘伯承率领的红军长征先遣部队到达这里，彝族人首领小叶丹在这里与刘伯承歃血结盟，结为异族异姓兄弟。彝族，云巅上的民族。西汉汉武帝时期，任命司马相如管理彝族人。司马相如上书汉武大帝："夷地，不宜武力征服，而需安抚感召。"三国时代，诸葛亮七擒七放孟获，无不显示出诸葛亮的智慧与心胸。正因为中华大地有这些英雄传奇人物，才让这个云巅上的民族将自己的文字、语言、穿着等风俗民情传承了千年。精准扶贫政策让这片荒蛮土地上的人们，家家住上新房，人人有稳定收入。如今的彝海结盟之地变成了著名的旅游景点。站在彝海结盟湖边，天蓝蓝，水蓝蓝，青山松柏苍翠繁茂，天空一尘不染，这里是度假放松心情的最佳去处。

汽车一过彝海就是四川第二大平原——安宁河谷平原，海拔高度1600米左右。此时，汽车温度计车外温度显示17摄氏度。这里是凉山彝族自治州彝族同胞聚集区。首府西昌是雅西高速的终点。西昌因航天城享誉全国，中国第一颗人造地球卫星在这里发射，航天城为国家航天事业的发展做出了巨大贡献。车一到西昌，我们就开始热得脱衣服。车进入城区，穿城而过，来到邛海湖边。这是中国最大的淡水高原湖泊，为万里迁徙过冬的西伯利亚海鸥提供最佳的栖息环境；水鸭不停地在邛海里翻腾，嬉戏游人。碧波荡漾的湖水，温暖舒适的温度，蔚蓝天空中的丝丝云彩，苍穹之下的隐隐远山，洁净清新的空气，让西昌成了全国最佳康养度假养老天堂，也成了成都最大的后花园。

　　成都到西昌 450 千米，高速公路运行时间约 5 小时。因为雅西高速的开通，你能亲自感受从海拔 600 米到 1500 米，成都平原到安宁河谷平原一天时间内四季的变化。海拔的短距离高差，也可以让你领略到高速公路两旁秀美险峻的山川。民族文化风情的不同，还可以让你亲身体会语言、文字、美食、绘画、歌舞、服装等的差异变化。

　　雅西高速：最美天路。当之无愧！

马冰 *作品

铁肩担道义　妙手著文章

"不能因为今天你们绞死了我，就绞死了伟大的共产主义……""试看将来的环球必是赤旗的世界！"

说出上述这番气壮山河之言的人，注定不是一个平凡的人。和许许多多位革命壮烈牺牲的同志一样，他们是多么憧憬胜利的那一天，看到中华人民共和国的成立！他就是马克思主义以及俄国十月革命在中国最早的传播者，中国共产党的主要创始人之——李大钊。

河北省乐亭县以东约十五公里的大黑坨村，是一个普通得不能再普通的华北平原的小村庄，但因为出了一个响彻中华大地的名字而变得不再普通。1889年，李大钊出生在这里。如今这里最著名的便是李大钊故居，解说员为南来北往的人们讲述着他跌宕起伏的一生。这是一座典型的具有冀东乡村特色的建筑，分为前、中、后两进院落，并有东西厢房，以及北方普通农家常见的柴房、牲口棚等生活设施。

走进李大钊故居，映入眼帘的是院中一棵枝繁叶茂的丁香树。丁香是李大钊最喜欢的植物，说起来这棵具有百年历史的丁香树也非同一般，它是当年李大钊亲手种下的，如今看到这棵树仿佛看到了李大钊宁折不弯的挺拔身影。树下的石桌和石凳是幼年时的他读书识字的地方。为了追求清静、不受外界干扰，小时候的李大钊还经常会在远离人们视线的柴房读书。李家极为重视家教和私塾等文化教育，为年幼的李大钊日后成长过程形成的价值观、人生观和世界观奠定了坚定的基础。

大院里还有一座李大钊的半身雕像，炯然地向着远方，似乎正以悲天悯人

---

* 作者简介：马冰，男，回族，出生于内蒙古自治区赤峰市，毕业于赤峰学院，医疗专科。自幼热爱文学艺术领域的创作，喜欢音乐、舞蹈、体育、美术、登山、播音主持、诗词朗诵等。尤其喜欢旅游观光和摄影摄像，并记录一路走来的所思所想和所见所闻，注重观察身边人的生活状态和思想感情。

的情怀俯瞰着这多灾多难的祖国和人民，但坚毅的表情却明白无误地告诉我们："路漫漫其修远兮，吾将上下而求索！"雕像下面的生卒年月（1889 年 10 月—1927 年 4 月）将他年轻的生命永远定格在了 38 岁。

走进正房，里面的木头衣柜、桌椅由于年代的久远已经显得破旧，大炕上的炕席和围墙都已经泛黄，屋内摆设很是简朴，但也干净整洁，正应了那句话：简约而不简单。在李大钊的卧室有一个并不起眼的藤椅，是他的夫人赵纫兰特意从北京搬回李大钊故居的，这个小小的藤椅见证了他光辉灿烂的人生道路，他对人生的很多思考，以及对青年人的忠告和革命著作都是在这个简陋的藤椅上面执笔完成的。也许藤椅在无数个不眠的夜晚，伴随着昏黄的油灯和身边的《新青年》杂志，看到过著名的《英法革命之比较》以及《庶民的胜利》是如何诞生的。

1927 年 4 月 6 日，奉系军阀张作霖的军警包围了北京东交民巷苏联大使馆，逮捕了在这里避难的李大钊等同志。虽在狱中经受了常人无法忍受的酷刑折磨，但李大钊始终坚贞不屈，表现了一个革命者坚定的共产主义信仰和为之付出一切的牺牲精神。4 月 28 日，步履从容的李大钊在敌人的绞刑架下英勇就义。

我们犹记得，1916 年，27 岁的李大钊写下《青春》这篇文章，他鼓励中国青年不要怀念过去的旧时代，不要做封建社会的"遗少"。以"青春之我"创建"青春之国家、青春之民族"，坚信中国的青春即将到来。

我们更不会忘记，1926 年，震惊中外的"三一八惨案"发生后，37 岁的李大钊在北京领导广大进步青年和爱国群众举行声势浩大的反帝、反军阀的民主运动。他站在游行队伍的最前方，面对人山人海，仿佛咆哮奔腾的波涛冲击顽固丑陋的礁石的人们，发出了对黑暗的北洋军阀政府义愤填膺的怒吼……

一个雄厚而有力的声音，回响在九州中华和世界各地："英特纳雄耐尔，就一定要实现！"

我和祖国在一起之桃花岛

"蓉儿不懂什么家国情怀，但只要是靖哥哥做的，蓉儿就知道是对的！靖哥哥到哪里，蓉儿就到哪里，靖哥哥要报国，蓉儿和你一起死守！"

这是襄阳城破之际，面对蜂拥而至的敌军，黄蓉对郭靖最后说过的话。

　　每当感念于此，我总想去看看这个金庸先生笔下的奇女子出生和长大的地方，那里究竟有何不同，竟能石破天惊般地出现这样一个古灵精怪的俏黄蓉。

　　从舟山本岛的墩头码头出发，这是去往桃花岛的唯一一条轮渡航线，面对波涛汹涌的东海，我的眼前却总是浮现出翁美玲扮演的黄蓉的模样，这样看来浑浊咆哮的大海也不觉得无趣了。

　　大概航行了四十分钟就来到了桃花岛的茅草屋码头，磨盘大的巨石上有金庸先生的朱笔手书"桃花岛"。金庸先生在桃花岛题写了很多书法作品，随着具有历史连续性的香港经典电视剧《射雕英雄传》和《神雕侠侣》的热播，金庸和桃花岛可谓结下了不解之缘。

　　既然来到了桃花岛，那黄老邪的黄药师山庄必是非看不可的了。山庄就在桃花寨之中，这是一个名胜古迹极多，且风景如画的美丽之地。更为重要的是，它与郭靖和黄蓉以及后来的晚辈杨过等人都有着千丝万缕的联系，因此不可不看。

　　桃花寨的沿海地带让人如同置身画中，对岸大海就是著名的景点狮子伏海，海浪拍打着礁石，远处的亭台楼榭倒映在海面，形成一幅优美的画面。顺着曲径幽深的林荫栈道，我来到了向往已久的黄药师山庄，左右两侧各有一段细细的小路可通山上，能让人产生无限的遐想，也许当年黄药师就曾在此密林深处采药炼丹。不容多想，我一步一个脚印沿着陡峭的盘山石阶向上攀登，费尽千辛万苦终于来到顶峰试剑亭，遥想当年黄药师在这里和各路武林高手切磋功夫一决高下。俗话说，"上山容易下山难"，但在山下还有桃花潭、神雕石以及怡乐园让人流连忘返。在这里还有一个有趣的现象，那就是岳不群也曾在弹指峰的悬崖绝壁上写下了"君子剑"三个大字，实在让人忍俊不禁。也许有人会有疑问，岳不群和郭靖、黄蓉以及杨过等人也不是一起的啊，其实也很好理解，岳不群也可以来桃花岛啊！当然作为一个超凡脱俗的人物，他是不大可能亲手书写的，很有可能是金庸先生托名而写。

　　桃花岛和黄蓉的故事是说不完道不尽的，它还会继续流传后世。黄蓉是不存在的，所以桃花岛也不会是她的故乡。但她如此受人们喜爱，桃花岛才会这样真实地存在。

　　遥想当年襄阳，即将慷慨赴死的黄蓉，她的心里最想的不会是自己，甚至也不是一生挚爱的靖哥哥，她最思念的一定是那个永远也回不去了的桃花岛……

我和祖国在一起之大理

大理三月好风光，蝴蝶泉边洗衣裳。

如果要把云南做一个功能的划分，代表云南最先进的科技和生产力的无疑是省会昆明，但承载它厚重历史和文化的则是大理，这是不可争辩的。

历史上的云南曾经建立过两个极具代表性的地方政权，分别是唐朝时期的南诏和宋朝时期的大理。大理的苍山洱海见证了南诏的兴衰起伏，而大理古城则目睹了敌军如水银泻地般汹涌而至。

洱海并不是海，但它却像极了海，它有波涛，有沙滩，也有海的性格和脾气。苍山脚下，溪水潺潺汇入古城城区。极具民族特色的白族园星罗棋布地分布在苍山之麓，如同温柔美丽的白族姑娘向世人展示着它的柔美和端庄。白族是接受了很多中原文化的一个云南少数民族，自从白族的先民进入中原地区，接触到中原文明，就被中原文化的博大精深所吸引，进而将它们带回云南、带回大理，从此在云南这片神奇的土地上生根发芽。

大理古城具有一千多年的历史，在这片土地上发生了许多的历史事件，留下许多古迹。比如，这里有当年南诏王为设宴招待来往的贵宾所特意修建的五华楼，也有清末起义军领袖杜文秀攻占大理时所居住的大元帅府。这里当然少不了的就是云南的特产，来自缅甸的翡翠和至今为止受国家和政府保护的云南雪花银，很受人们喜欢。在大理古城有两家非常有名的品牌店铺，一家是销售银制品的寸四银饰，另一家是专门卖缅甸翡翠的及第翡翠，这两家店铺雇用了很多云南本地的白族姑娘，也就是我们所说的"金花"，来为顾客提供全方位的服务，也是非常用心了！

"众里寻他千百度，蓦然回首，那人却在灯火阑珊处。"在及第翡翠专卖店的精品厅，我偶然发现了芭芭拉·霍顿的简介。这是一个充满传奇色彩的女人，她的一生极尽奢华，她是美国著名零售业巨头的外孙女，早在 5 岁时就已经拥有了 2500 万美元的财产，随着年龄的增长，她的财富也越来越多。她的首饰珠宝中有法国波旁王朝的末代王后玛丽的珍珠项链。而真正让人惋惜的是她一生经历了 7 次婚姻，所嫁的人是王子，但她的人生最终结局却是如此悲惨，唯一的儿子死于意外。而这样一个名利场上的名媛去世时身上却只有 3000 美元。

人们只是在芭芭拉·霍顿的照片中看到了她绝世的美貌，却没有人能真正看清她眼里的忧伤。大理又何尝不是如此呢！

我和祖国在一起之绍兴

"我翻开历史一查，这历史没有年代，歪歪斜斜的每页上都写着'仁义道德'几个字。我横竖睡不着，仔细看了半夜，才从字缝里看出来，满本都写着两个字：'吃人'！"

很多人都知道，这是鲁迅先生写的中国第一篇白话文作品《狂人日记》中的话。

我来到了浙江省绍兴市，绍兴的历史源远流长，据说三千多年前的周武王分封大禹后裔于此，从此在会稽山下繁衍生息。古老的名字会稽、山阴、越州不绝于耳，而绍兴这个固定下来的名字却是因宋高宗赵构而起，赵构偏安越地，随着金军北撤，他下旨改元为绍兴并把越州同样改为绍兴，这就是它的名字的由来。

绍兴这座历史名城，可谓星光璀璨。自越王勾践以来，有写出"少小离家老大回"的贺知章，在安庆起义中遇难的革命党人徐锡麟以及人称"鉴湖女侠"的秋瑾女士。最让人津津乐道的非开创一代新文化运动的主将之一鲁迅先生不可了。

今年是鲁迅诞辰一百四十周年，在这个特别的日子里，我有幸参观了鲁迅故居。鲁迅故居分为四个部分，分别是鲁迅祖居、三味书屋、鲁迅故居以及鲁迅纪念馆。

鲁迅祖居主要是介绍鲁迅家族的祖宅，以及周氏家族的渊源。从这座历经沧桑的老宅子，我们能够看出曾经整个家族的兴旺以及后来的日趋没落。人们常说"富不过三代"，祖先辛苦创业传之后代，而后世子孙耽于享乐不思进取而致家业败落。可这句话并不适用于周家，鲁迅家道中落，起源于他的祖父遭遇科举舞弊案连累至他的父亲被剥夺功名，从此父亲一病不起，不得不典当质押为父抓药治病，但毕竟入不敷出，不得不于1918年将祖屋卖给隔壁朱家。而我们今天看到的鲁迅故居才是此后他一直居住的，后人难免对此有所疑问，一个人怎么会有祖居和故居两个地方，原因就在于此。

从百草园到三味书屋，相信很多人都在课本里读到过。三味书屋是鲁迅读私塾启蒙的地方，那个戴着厚厚的圆片眼镜，留着花白的山羊胡，摇头晃脑、满口之乎者也的老先生，就是被以后的鲁迅称为"整个城里学问最渊博、为人最正直"的寿镜吾寿老先生。而给大家留下深刻印象的是鲁迅在课桌上刻的那个大大的"早"字，就在三味书屋的东北角落里。离开三味书屋，就来到了给鲁迅童年带来不少欢乐时光的百草园了，这是一个很大的菜园子，里面种了不少植物和蔬菜，童年的鲁迅经常在这里和小伙伴们玩耍、捉迷藏和挖蚯蚓以及斗蟋蟀。我们能够想象那样一幅其乐融融的景象，年少的鲁迅是那么的无忧无虑、自由自在。

最后来到鲁迅纪念馆，和大多数名人一样，这里当然少不了鲁迅的生平作品和照片以及生平经历。但有所不同的是，这里的墙上写的很多标语都是鲁迅说过的话和他书里的内容，发人深省！比如，周家失势，债台高筑，而鲁迅的父亲又生病在家，年幼的鲁迅整日奔波在当铺和药铺之间，和当铺的柜台一样高的瘦小的鲁迅忍受着他们的嘲讽，取了钱再一路小跑赶着去给父亲抓药，看完不禁令人心酸欲泪。他被送到亲戚家寄养时，因寄人篱下多次被人称为"乞食者"。在绍兴这个文风鼎盛的地方，居然连骂人都说得如此文雅，但给人带来的侮辱却是巨大的，为此鲁迅曾多次逃离这里。

离开鲁迅故居，我的心情久久不能平静。人们从全国各地赶来鲁迅的故乡，甚至拖儿带女不辞辛苦也要参观，为的就是想要孩子们从中受到教育，从鲁迅先生的身上得到启发，学习鲁迅先生的精神。我多么希望，能够听到一个，哪怕只有一个孩子大声疾呼"我想做鲁迅那样的人"，甚至只是喃喃自语也好，但我终究没有听到。

我们成不了鲁迅，但我们却能成为像鲁迅那样的人！

我和祖国在一起之南京

南朝四百八十寺，
多少楼台烟雨中。

在我的印象里，南京有一种诗情画意的意境，更有一种剪不断理还乱的乡恋。这里既有李后主所写的"凤阁龙楼连霄汉"，也有革命先烈抛头颅、洒热血的悲壮，南京大屠杀的悲惨历史更是让南京人甚至所有中国人民不能忘怀！

国庆假期，我来到了六朝古都南京，当天入住酒店后就急匆匆赶往了雨花台。在我的心目中雨花台更像是一道美丽的风景，高僧讲经天花纷纷坠落，觉得世代相传的名字不会和其他事情有所联系。可当我来到这里，我被深深地震惊了，这里不仅有古木参天，更有无数为追求真理和光明而慷慨就义的革命烈士。

走进雨花台烈士陵园展览厅，看着墙上烈士们那熟悉的名字，感受他们为推翻北洋军阀政府和国民党反动派的黑暗统治而不屈不挠的斗争精神，我相信所有人都会热泪盈眶。其中让我感动的就有杨开慧烈士，看到她的照片我不由得想起了她生前曾经说过的话："砍头只像风吹过……！"这是一种多么大无畏的牺牲精神。

在这种让人压抑的情绪里，我还亲眼见到了烈士们过去所穿过的衣服、用过的物品。当然也少不了参观敌人的牢房，在这里放置着一辆当年国民党军警抓捕共产党员和革命群众时所开的囚车，锈迹斑斑的铁笼狭小而封闭，人在里面只能蜷缩着身体，而且还会喘不过气来。这充分证明了国民党反动派的残暴，反而更加衬托了我们的烈士们崇高的革命精神，因为他们是一群有着坚定的共产主义信仰的人！

离开的时候，我在留言簿上写下了很简短的看似很平常的话：

为有牺牲多壮志，

敢教日月换新天！

因为我实在想不出用什么样的语言来表达对为国舍命、日月同光的烈士们的崇敬之情，因为任何的文字都无法真正形容烈士们的伟大人格。

最后，我记得老师曾经问过我们，你们心中最好的社会制度是什么？一个孩子回答：

让有权的人不违法，

让有钱的人不嚣张。

让有势的人不冷漠，

让勤劳的人有收获。

让守法的人受尊重，

让违法的人难免责！

革命先烈，你们可以安息了！因为在寄托着你们殷切期望的下一代孩子们的心目中，你们的理想社会已经实现了。我们伟大的祖国、伟大的党领导着英雄的中国人民，正在排除万难、矢志不渝地向着富强、民主、文明、和谐的道路前进。中华民族的伟大复兴终会实现，中华民族将傲然屹立于世界民族之林！

*王忠保*作品

美丽武汉

以放鹰台石斧石锛为凭，你从八千年前新石器时代诞生；以盘龙城遗址为证，你是商朝的方国宫城。你虽遭受周朝的攻城略地，但誓死不屈，以至于"不服周"成为口头语流传至今；你是楚文化的重要发祥地，其间，伯牙与子期的相遇，传颂了一段高山流水遇知音的千年佳话。

在时光变迁的长河里，你是西汉的江夏郡，你是东汉的却月城和夏口城。三国孙权瞭望塔的兴建，成就了黄鹤楼。而黄鹤楼成就了崔颢不朽的七律，让后人看到当时"晴川历历汉阳树，芳草萋萋鹦鹉洲"的美景。你也成就了岳飞《满江红》的"壮怀激烈"，告诫世人："莫等闲，白了少年头，空悲切。"

明末清初，你已是"天下四聚""四大名镇"之一，被称为"东方的芝加哥"。然而，清朝的腐败无能使你遭受屈辱。英租界、德租界应运而生。之后的洋务运动"湖北新政"使你成为中国重工业基地。汉阳铁厂、汉阳兵工厂等，形成蔚为壮观的"十里制造工业长廊"。

以武治国而昌，划时代意义的武昌起义，使封建帝制逐步走向灭亡，建立起亚洲第一个民主共和国。

抗日战争期间，武汉会战虽然失败，但遏制住了日军侵华的迅猛势头，使战争进入战略相持阶段。为了民族解放，为了人民幸福，涌现出无数英雄。他们抛头颅，洒热血。不需要去翻历史，只要看看纪念馆，听听以他们名字命名的街道就很清楚了。你经历了太多硝烟战火的洗礼，直至中华人民共和国成立！

我不想说你是九省通衢之枢纽；

不想说你是长江经济带的核心城市；

不想说中国光谷是打造具有全球影响力的创新创业中心；

不想说你是华中唯一直航五大洲的城市；

---

* 作者简介：王忠保，笔名依绿，文学爱好者。现从事显示屏光电广告工作。

也不想说你是全国重要的工业基地、科教基地和综合交通枢纽。

我只想去武汉大学，看看依山而砌的建筑，置身于繁花似锦、飞花满天的樱花世界。

我只想去东湖，领略碧波荡漾的喜悦；看看行吟阁和誉有"三绝"离骚碑；感受楚天台的气势；爬爬磨山：试问青春今安在？看我一步登山峦。

我只想去博物馆，倾听曾侯乙编钟的音律，赏识越王勾践剑上的鸟篆铭文，看看郧县人头骨化石。

我只想到黄鹤楼，鸟瞰"两江划地分三镇，龙王庙前清浊留。巨龙横卧龟蛇脚，长虹飞跨鹦鹉洲"。

我只想到楚河汉街，看看琳琅满目的商品，见识现代时尚品牌，参观世界顶级的演艺剧场。

我只想到汉口江滩，感受江风的灵动；欣赏高楼灯饰与江水相互辉映的美景；领略民众的吹、拉、弹、唱等十八般武艺。

我只想到欢乐谷，亲历野人谷的漂流，感受"凤舞九天"的心跳。

我只想到户部巷或者吉庆街，享受一下烟火气息。尝尝芝士味的臭豆腐、糯米包油条、老通城的三鲜豆皮、四季美的汤包、蔡林记的热干面……

我只想去昙华林，静坐在一间小咖啡店，慢慢品人生的苦与甜；细细看花园的各类鲜花，也许会情不自禁买回一盆放在自家的阳台上……

哦，我现在只想出去随便走走，看看新冠肺炎疫情后涅槃重生的武汉！

故乡的桑树林

每年的春节和清明节我都要回老家看看，这里不仅有令我牵挂的父母，还有我许多童年的回忆。《诗经》有云："维桑与梓，必恭敬止。"至此，桑梓就代表着故乡。柳宗元写有："乡禽何事亦来此，令我生心忆桑梓。"我家门前也恰巧曾经就有一片桑树林。

老家的村子前两百米左右的地方有个大鱼塘，有整个村子那么长，宽约三百米。不过从我家门前开始到西边的灌溉渠有个半岛占了鱼塘的位置，而且门前有条土坝连接着半岛，将鱼塘隔为两半了，半岛的那一小半鱼塘用于养莲藕。奇怪的是整个半岛比前面的田地高出很多，岛上生长着许多高大的桑树，使之成为一片桑树林。

很小的时候听大人们讲，桑树林里有野猪、狗獾、野兔、毒蛇等。只是后来一直都没看到野猪、狗獾了。也难怪，在我们湖区这些东西本来就少，也许林子里进出的人渐渐多了，它们就跑路了。林子里最多的应该是黄鼠狼，记得有次黄鼠狼半夜将家里的鸡咬住往外拖（记不清当时的门缝大还是土墙上有洞了），响声惊醒了父亲，父亲追赶黄鼠狼时差点追进了桑树林。天亮的时候说起这事，大家都觉得父亲胆子大。因为除野兽外，桑树林里尽是坟墓，还有一些坑。其实这个半岛，村里人叫作"乱葬岗"。中华人民共和国成立前，经常有饿死的、病死的人，如果没有亲人料理后事就被直接丢到坑里。那些大的坟墓估计是有钱人家去世的人。但好像都不清楚是哪一家的。

桑树林虽然说起来很恐怖，但白天我们都不害怕，因为很多大树都长在坟墓上，说明那坟很久远了。再则与灌溉渠相交处有生产队的队屋和打谷场，我们白天三五成群地经常在打谷场和林子里玩耍。

春天，林子里有许多从土里冒出的植株嫩茎，我们把有一种称作"莲蒿须"的采回来做菜吃。还有很多的荆棘嫩枝从植株根部长出来，又嫩又粗，我们掐了它们，直接将外皮剥去生吃，清甜可口。我们都叫它"沔阳红"，随采随吃。一边吃一边唱着儿歌："沔阳红，窜鸡笼……"继而又会有采不完的金银花，有的缠绕在一大丛的荆棘上，只能将镰刀绑在竹竿上钩拉。

夏天，我们除了采木耳，采桑叶喂蚕；还有抓蜻蜓、捉蝴蝶。另外，捕蝉也是一件有趣的事，捉住了公知了，用手划一下它的肚皮，它就会叫（母的腹部没有发声的盖板及膜）。徒手一般抓不到，我们就将竹竿前绑个铁丝做的口字形状的框，先将铁丝框绞上几层蜘蛛网再粘住它们。知了较重，翅膀扇的力也较大，常将网撕破，有时候就用涂抹桐油的竹竿粘它。大多情况是不用桐油粘的，因为用桐油捕的蝉黏糊糊的，需要清理。当然，在桑树林最主要的是摘桑葚，我们叫"桑枣"。

大的桑树有两三人合抱那么粗，小的也有腿粗。不管是大的还是小的，先观察一下树上的桑枣，选择大部分桑枣黑了的树再向上爬。桑枣最初是绿色的，一般没人尝；然后转红，红的酸；成熟后就是黑色的，黑的甜。伙伴们经常吃饱了再下树，嘴巴不吃黑都觉得是件丢脸的事。回家前还要比一比看谁的嘴巴更黑一些。也有造假的，吃的时候故意在嘴唇上用黑枣抹一下。不过看得出来，黑色超过了吃桑枣的范围。我们都会指着他齐声喊："假的，假的！"然后一哄而散。

细枝条上的桑枣摘不到，就用竹竿敲落。年纪小的伙伴或者胆小的女孩子在树下用脸盆接着，有的掉到地上也捡起来带回家，让大人们洗了再吃，经常可以装一大盆。其他生产队的一些孩子放学后或者礼拜天也到林子里摘桑枣，有时候大人们也参与进来，整个林子就活跃起来了。喊叫声、嬉笑声、吵闹声充满了整个林子。记得有个邻村的孩子，看到一根伸展到鱼塘的细枝条上挂满了成熟的桑枣，便忍不住爬过去，结果枝条断了。好的是下面有水，枝条还有些韧性，虽然断了，但还没有掉落下来，只是断的一瞬间那孩子被吓了一跳，最后他松了攥住枝条的手落到水里。那时候孩子们也个个会游泳。不过衣服都湿了，要回家换洗，桑枣是吃不了了。

夏天，除了吃桑枣，还有掏鸟窝、捅蜂窝。捅蜂窝，除了勇敢还要讲究方法：将外衣扣子解开，背弓一点，衣领拉起来，脖子缩着，头顶着衣服。捅后匍匐在地上，将脸埋在胳膊里，有点像电影里炮弹飞过来卧倒的样子。否则被蜂蜇了就会肿痛。自己被蜇过一次，没处理好，胳膊露在外面了。母亲拔掉皮肤表面的蜂针，找到村里有奶水的妇女将奶水挤在了伤口处，过几天就好了。有次大家想了个更好的办法，捅岸边的蜂窝时都跳到鱼塘里，将荷叶倒扣在头上。如果黄蜂飞来就蹲下来将荷叶与水面露出点缝隙，或者钻进水里。结果有次我掉到藕坑里，因紧张腿抽筋，喝了好几口脏水。觉得自己快不行的时候，一个大我几岁名叫张珍强的孩子把我救了起来。那是从我记事起做过的最危险的一件事。

秋天，林子里的黄鼠狼是大孩子们捕猎的对象。首先找到黄鼠狼洞，因其洞口有股骚味，很容易判别。然后将稻草点燃，用扇子将烟往里扇。在洞口手拿网子候着，只要黄鼠狼被熏出来就将其网住。如果有出洞，也会冒出点烟，安排人用网子罩住洞口。一部分人抓黄鼠狼，一部分人挖灶。挖灶，选取塘边壁陡直的地方。壁上挖个洞，顶上挖个坑，壁上洞与顶上坑打通一个小通道，然后将铺满坑的树枝稻草点燃，将剐好的黄鼠狼用桑枝穿过在上面烤。那时候我还小，没资格参与，只能观战。有次实在忍不住，拿了家里的火柴学着点稻草，结果将家里用于烧饭的大草垛子点着了。幸而大人发现得早，一声吆喝招来众人，大家都拎着一桶桶水将火扑灭了。自认为犯了大错，准备挨打，谁知外婆（我七岁前与外婆住在一起）将我抱住说："不要怕，不怕啊。"我正不知所措，外婆又对父亲说："火可能将娃吓着了。"外婆的话让我躲过一劫。

冬天下雪是抓野兔的时节，看雪地上的脚印就知道兔子在哪个方向。因为兔子前腿短，分别有五个脚趾；后腿长，每条腿有四个脚趾。前面的脚印比后面脚印宽，而且多一个瓣儿。兔子一般是前腿向前扑跳着走路的，所以前面脚印痕迹大一些，深一些。如果兔子是外出觅食还没回洞就好抓一些，顺着脚印就可以找到。兔子一般很敏感，稍有风吹草动就会躲起来。不过回洞的路一旦错过了，在雪地上它躲的地方就会隆起，痕迹很明显。当然隆起的地方不会在平坦的雪地，而在荆棘枝条或灌木枝条下面。伙伴们脱了外衣将其罩住并扑上去。有时候它也会从衣服里溜出来，灰色的毛与白雪形成鲜明对比，外围的伙伴们一下子就发现了，会一个个追赶扑腾，也不管衣服是否被荆棘、树枝刮破了。正所谓千人赶兔，一人吃肉。其实大家只是享受追赶的乐趣，并不是真想要吃什么肉。当然，烤好后，一人吃一口也是蛮香的。

二十世纪八十年代初，分田到户开始了。这片林子不属于田地，是计划外的。所以分完田后，就有人开始在这里占地方了。最开始是买队屋的人，先在外围开垦，然后锯树。那时，我已在外地工作了。每次回家都会看到桑树林在渐渐消失。几年后再也看不到桑树的身影了。二十世纪九十年代后，年轻力壮的人慢慢地开始离开村子。这些年，村里都是老人和小孩留守着。鱼塘像沼泽地，整个半岛已经矮了一大截，它南边的塘已经没有了，与前面的田连成了一片，完全分不清桑树林的范围了。我们的桑树林完完全全消失了。

近日听闻，离村三四十里的地方有桑葚采摘园，虽不是我理想中的那种，但毕竟桑树林又出现了。到时候如能约上昔日好友一展身手最好不过了。希望能与儿时的伙伴们再聚首，同忆儿时趣事，"把酒话桑麻"。期待着，不久的将来故乡旧貌换新颜。

家乡美

——灵秀湖北，美丽武汉

左挽长江，
右挎汉水；
眼收龟山，
背靠古镇。
随伯牙弹一曲高山流水，
与崔颢咏一首黄鹤远去。
踏屈原足迹，
泽畔行吟；

拜白光法师，
万灵归元。
乘长风，
瞰木兰草原；
破巨浪，
寻草船借箭。
晨见荆州旌旗招展，
暮闻随地侯乙钟曲。

闷时吼几声三峡号子，
兴时舞几路武当剑法。
蕲春山里是本草，
麻城遍野为杜鹃。
神农架疑野人笑，
珞珈山传读书声。

十八弯下藏峡谷，
龙船调里现土家。
赏月当饮白云边，
稻花香酒见丰年。
家乡风景美如画，
虔祈众亲勿涂鸦。

长沙、韶山之行

（一）橘子洲

倚红偎翠橘子洲，
湘江两旁百舸游。
凡夫立地思温饱，
唯有伟人问沉浮。

（二）岳麓山

南岳衡山一尾峰，
依江面市大不同。
枫谷泉上爱晚亭，
响鼓岭前云麓宫。
亭台轩榭书院中，
惟楚有材①作品盛世功。
辈出先贤毛为首，
实事求是千秋颂。

（三）韶山

山应韶乐凤和鸣，
八景留舜始得名。
横空出世石三伢，

地灵人杰通古今。
激扬文字气恢宏，
指点江山百万兵。
三皇五帝皆为己，
千古一人为人民。

---

① "惟楚有材"出自《左传》。原句为：
"虽楚有材，晋实用之。"

林天燕[*]**作品**

江南苍霞枇杷记

名由：华夏大地，八闽腹邑，东南之翼，有一斯地，雅称玉融，古称福唐万安，今日福清，城南门外，龙江中下，五马山脚，东南以西，有一千年古邨，始至固始，随王入闽，宋室南迁，人才涌现。古为仓下，下为霞，霞不为下，霞下相通。

中华近代，历经磨难，终迎光景，改革自强，国祚振奋，社稷固昌，万民归心，举世瞩目，一日万里，自力更生，开荒辟地，培植枇杷，缘树叶恰似古乐器枇杷故名之。

早钟红袍优先上市，明苏与解放（枇杷的品种）紧随其后；青口圆锥首屈一指，白玉贵妃高人一等。枇杷有史记载，已有两千余年，其前世今生历经千年传承，神州大地，多有发展，品类纷呈，然由诸邑气候土壤之异，成熟期皆有参差总趋早熟，想必与环境暖化息息相关，当下信息纷繁，仅供参考，不足以全采，应以实地实时为凭，时有发现晚绽之花，迟结之果，或不能成果，或成虫鸟之食，终不得归宿，亦无人恋之。

山荒之地，理成栽种之园，育苗成株，历经三五载风雨造化，阳光作用，初成规模，终始见数瓣花蕊，欲要绽放，零散果实，谓之小产，再历五春秋可达中产，最终年过十二可至盛产，可谓十年磨砺终得善果。

晚春初夏，气候多变，采摘枇杷，最忌雨天，然得天之眷顾，偶遇短暂之雾雨，反得清凉之自在，终得收获之喜悦，得脱筋骨之挠痒、思绪之烦恼。

黎明以先、鸡鸣之前，钟声响起，一日开启，朦胧里情愿酣多须臾，一念

---

* 作者简介：林天燕，男，40岁，字世翔，出生于福建，定居中国香港，现居福清苍霞。情笃文化，尤钟诗书文史、暇遣丝竹。著有《江南先生诗文集》、编有《古今苍霞人名录》。

间心甘肬少一刻，务必在天明前赶集于市，想必收成在望甜胜辛处，凡此种种不为甚，至糟莫过于轮胎瘪气带来不便，尤在人力年代路况车况皆逊与今，付出之辛劳倍增。

一心前往准备就绪，环顾零星涌动之人群，枇杷枇杷，好吃枇杷，一等二等三四等，好吃枇杷不用等，吃过会思念，不用嫌弃贵，来来来，街管上课之时，偶遇蜂拥之客，避之不及没称处置，后续借称方可续售，以至售罄。

当家多妇女，不免贪便宜，报价须还价，好吃要好看，三翻五炒不成样，先嫌后买还觉挺划算，还价还须折，好称再多把，为得明日天天来，赢尽良家心头好。

今品枇杷乃闽东融邑之品。品枇杷之果，尝人间之味。初熟之果，味酸如初恋之苹，譬如大红袍皮软质柔，口感细腻。成熟之果，味甜微酸似湖之静，好似贵妃，肉感微微带黄晕，唇齿间犹如妃子端坐宝座。大熟之果，味甜如蜜之醇厚，比如青口，皮坚质实，口感汁少，但令人神往。

果脯食用最近天然，直取养分，品尽人间酸甜两味；果脯熬膏，可成四季养生之佳品；果脯罐头，乃为夏天消暑解渴之良品；果脯制酒，亦是预防风感之奇品。本草有曰：可润肺通五脏、生津止渴，枇杷有诸多效用，可汁可叶可果实。然而世间万物皆有度，各人体验定有异同，不可一概而论、同等视之。

吾国吾邑吾家吾园吾心系情怀归处。春风化作雨露，汗水凝结心血；朝分福唐之福，夕享枇杷之甘。亦可悦琵琶之音，也可赏丝竹之乐也。

二〇二〇年初夏，枇杷季与父共历点滴，与母同协相助，颇得感慨，执笔撰记，以资为鉴为念，时刻自勉自励，感怀亲恩。

江南苍霞记

名由：江南即斯地所处之位置，龙江南，因笔者处地，古属新丰里桂林境内，故称此文，新桂江南苍霞赋，亦称江南新桂苍霞赋，时逢国盛固昌之际城化渐近终迎变迁，为纪念寄托情怀，遂作此文。

中华腹邑，东南闽地，玉融之南门外，有亦斯邨，是为苍霞也。原背靠后张山，二十一世纪初兴建福建铁轨，兹剩些许，毛蟹山已不复，西靠五马山脉之天炉峰，鸟仔山南接前兜山即官山仔与东南邨合成半圆圈，因邨环面靠山。

苍霞古称"仓下"，又可称"苍下"，"霞"通"下"。邨内有两座宗祠堂，分别为西祠即林氏宗祠，东祠即林氏祠堂，相隔五十余米。自宗室南迁，人才涌现，截至中华人民共和国成立前夕，有史册族谱可考者数十名，尽有特奏第一，文魁武魁出仕，然林石公误传为状元，相关事迹无从可考，不禁让人感慨，想必或因公过于刚正而受屈或因腐败而名灭或因及第而不仕或因突遭什么事件而受累或因故而故，唯天鉴昭，人语含息。

闻悉学生乃属东祠知言公子嗣，东祠建于一五五〇年，后迁融城后埔街，明代后期迁回祖地，族称后埔街支苍霞林氏。然历时纷扰，分支频繁，往复还来，谁言知甚微，人类本为一出，悠久时难疏，回眸孔儒之大同。

据二〇〇六年十一月四日福厦铁路施工现场又掘出一座千年古墓与十月三十日发掘出土青釉器等十九件如出一辙，可推唐初年代时距今一千三百年，两墓主身份相当，应属中产，而后历时未现更多史迹及其相关史料记载，尤可能历经沧桑变幻而不留存，直至闽王入闽总是南迁，新气呈现，人文复兴，现有遗存宋厝明屋，两座明制东西祠。邨坐北靠后张山为屏障，朝南邨中有条前溪，自西向东而去，蜿蜒数里汇入龙江下游。正当阡陌间，绿油满田野，一望到天边，老樵挑干柴，少儿提茶壶，少妇忙里外，大汉扛大麦，缕缕炊烟起，日日乾坤转，待到明春天，万树都开花。

天眷人世间，万物随其类，人衍亦非凡，生计窘迫者众，天生天养，每户几乎皆有十余口，各人各安天命，亦活着乐呵。悉闻父祖辈温饱皆成问题，衣裳轮流穿，不乏是补丁，劳苦挑重担，食不果腹。

兹哀叹今人物丰心却空，不知能足之，更无论去处，人从何处来，必往何处去，何处何处，苍霞是处，缘由苍可为被，霞亦可为衣依，吾家为苍霞，不知叶相来苍霞。

龙马江山赋

名释：龙即龙江；马即五马山。今夕文赋颓靡，重巧轻文，此乃大势所趋、时代使然，亦不必执着。兹作辞赋夹叙夹议带抒情，可谓今赋，遂以遣怀。

中华东南闽邑，东南之翼，有一斯地，名为玉融。古有"福唐万安"之称，今曰"福清"，乃为三福之地也，于城南门外，有条河名叫龙江，被称为"母亲河"。据传中华人民共和国成立前后有人目睹飞龙上天之异象，然此景此象较近而龙江之名，初曰"螺纹江"，宋人林粟易名今称，由然而知此江历时近千载，想必千百年来多有故事孕育而遂用至今，城北亦有龙山为佐可参。

斯地龙江眷养邑人，成就玉融儿女如同飞龙之精神：乡风勤俭爱拼搏，衣锦还乡起大厝，讨妻育儿遂成乡风。过半邑民漂洋出境，遍布四洋五洲百余国区，吾邑顺势借变法之契机造就今夕之福唐盛景，亦必再铸辉煌。

登高五马山巅，环顾龙江之气郭。江自东张坝下流出，蜿蜒二十余里，途经龙江世界非遗天宝陂，过玉融大桥出西门，沿南门柴桥头直至龙首桥，向东流经倪埔、里美等地，汇入海口福清湾，直至海西平潭海域，终向东北、东南两端分奔太平洋。

龙江，你似敦煌天女舞者飞天之舞带，灵动飘逸又似少女之娜姿轻盈，沧海蓝天丛林郁郁、峰峦轮廓相连一体，峰如屏风环绕呈圆形状，犹如古罗马斗兽场，又像城中蛎饼。城正中有条南北轴线即北玉融山至南五马山脉所构成之，将全城平分东、西两城，天宝陂上游由观音埔大桥南北横跨，造型状如船奔向海洋之雄姿，正喻城民漂洋过海重振家声之使命。

望及西巅诸山石竹最为雄岖奇崛，峰陡志自坚，傍山而就，千年飞梦之传统。石竹山下鲤鱼之湖，远眺极似聚宝盆，鲤鱼岛因似鲤鱼而得名。盆中之水负载福清农事之重任。

移目南边可眼及江阴半岛，货轮靠岸停泊离岸远航之繁景。转眼向东可及更广阔之兴化湾，向左移动可望见岚岛公铁两用大桥，呈直线南北相连，经长乐松下途经大小练岛进入平潭大岛，梦望即连台，日游不再梦。

虽五马主峰属霞楼境内，但主入口却在苍霞天炉峰脚下，上山之路更是盘旋十八弯，峰回路转，道旁林郁山径清幽，罕有人至。亭台曲流水，五角入云霄，予人休憩处，四柱满诗章，栅栏伊人依，手扇半遮脸，魂牵仙人间；神雀哺雏鸟，母雀正哺乳，繁忙树梢间，数日一时刻，往返千百回，海滩拾浅鱼，田间觅草虫，为乳己儿鸟，甘碌阡陌中，一见子初长，便得安慰里，鸟能如此，人岂不思量？

书林小筑处，幽静心旷、文墨扑鼻。乃明制三进两廊宫廷式格局，坐北朝南，山林环绕，五十一石，十步一碑，镌刻古今名家名作以供鉴赏，解凡尘之忧，安心灵之恼；赏龙马之雄美，品江山之妖娆。

枇杷果荣荣，恰时逢国昌，果农数载功，官家倡旅游，促业兴民生。

一票保游带吃带，唯吃不浪费，超榜需补码，诸君慎采撷，采必有方，学童欣若狂，蹭踮够不着，邀父增高不失策。

百亩油菜田，遍地是黄花，花在人中是群花，人在花中为花人，不知是人在花中还是花在人中，仿佛是一幅幅惟妙惟肖之风景画。

空中书院地处五马山巅福阁南侧，先进乡贤独资兴建，迄今为止乃至全球唯一一座集复古现代工艺铸成之长圆旋转式于一体的藏书楼阁建筑：内设全自动便利超市，自助餐馆，图书艺术馆，养心精舍，董事贵宾特许者方可预约，可谓非富即贵，寻常百姓者唯一入许之机会便是一年一度之诗文荐赛，夺得三甲者可获贵宾特许，方可享有馆邸设施之服务。届时分分钟可近距离与上流人士畅谈人生，品茶论道；亦可阅尽古今无数，品了悲喜二情。

天露心池乃集聚雨水之精华，自然循环过滤而成。每载举行一次清心季，抽签中者方可有机会洗涤一次，罕贵万金，并可清修一周，全身心卸重担与世近分离，规避尘世之纷扰，回归天人之合一。

江南佳人赋

名由：兹述东南融邑之江南，即龙江以南之伊人。

斯女生于斯、长于斯，年方二十，大而不长，小而不嫩。想必因时代不同而有所迥异，就论中华人民共和国成立前后，物质匮乏，温饱成问题更无论文化几何，女子芳十八适可而嫁，而更多乃基于父母之命、媒妁之言，时有过提亲者，往往害羞跑路，倘若至二十五六未出阁就着实让人心慌，而今女非昔女，受父母呵护备至，亦娇贵些许，可相加递减十载龄。话说斯女端庄娴静，谈吐中肯，蕙质兰心，浓黑秀发，中分发际，鼻梁中高而立。两眉间如柳絮，中圆瓜子脸庞，双耳平附，轮廓清晰，唇齿相依如花瓣。

斯女勤恳自勉，聪慧自立，于同龄人中备受众人所称颂，求学间专心致业，洁身自好不与多人为伍，谨守闺中而不逾矩，多次受奖致业顺畅。

初出茅庐已深谙人情世故、世间冷暖，故沉静修身性格，阅历且有原则处，不偏不倚，虽遭遇事业挫折，仍然矜持勤力为家减负重现光景。不禁浮想爱莲说之语，"出淤泥而不染，濯清涟而不妖"。然世情艰深、知心难觅，想必斯女格外慎重，静谧等待，但己身大事至今未能遂愿。

流年穿梭，时光荏苒。寄梦飞越于贞观年间太宗惜才、广开言路，寒门学子亦可凭借书法文采之能报名廷试，邑人凌振轩应试入举，回乡途中巧遇斯女于马辇里，顿时昏厥，为免舟车劳顿，于是安顿在客栈照料数日不见其亲属寻觅，顺带回府，对外声称天女。有云莫非是天上掉下一个妹妹或曰天子所赐之女。数日斯女苏醒过来欣与君相识，颇有相见恨晚之感，双亲见状至喜，顺促二人择日成亲结连理。

斯女自幼熟读古今诗词歌赋，暇同振轩相互吟唱对饮，时而小轩处，时而花园中；时而天朗，时而阴雨。夫唱妇随，相得益彰。正曰："只羡鸳鸯不羡仙。"

斯女温文尔雅，用膳时从不逾越庭训家规秩序，面对盘桌心存感恩之情，待长辈起筷子，依序用膳轻盈筷功如舞者至稳健，含咀慢嚼不动声色，亦不露齿果腹之后稍作小憩行礼离席，步履稳当，昂首平视前方，面祥从容，推掩门户，轻缓依椅，端庄姿势雅致，小散百步回书房阅读片刻，神情专注，思绪明晰，了然于目，了然于天地。

轩妻秀外慧中受太宗诰命为典范才女之美称，斯妻入世不拘一格，入堂执教，教必有方，是曰：有一学生天赋差异之甚，亦不轻视待之，不落学生之志，数载细心教导、耐心开导，生于五年级末，突然开朗生窍，顿时间变得灵光，备受家长赞许人称"四好先生"。

轩妻终有喜，待到生产日，却数日未见开门，隐忍作痛却又不能产出，面对如此情景，振轩心如刀绞却无济于事，万分焦急，向天下跪祈祷曰：天若有天，恳请听吾发愿，若使吾妻儿平安无虞，余凌振轩愿折十载阳寿而兑之，愿苍天垂怜倾听。顿时间轩妻顺利而产，喜得双子，轩得子激动万分感天涕零，悲喜交集。为纪念天恩便暗暗立志，日行一善。

婴啼呜啊、儿喊咿呀，时而笑、时而涕，熙熙攘攘，人来人往；一晃二十年余载；尝尽人间欢声笑语、悲愁垂涕；一代过去一代又来，凡此种种皆为付出与欣赏。

新桂大厝邸记

名释：新桂大厝邸乃玉融龙江苍霞邨大厝邸，古属新丰里桂林境内，故名之。

据考，大厝邸由明代七贤林二十四世支祖克诗公拾银三棺材而兴建之，属明嘉靖年间之风格三进三落两附廊，格局磅礴恢宏，极具皇家布局，门锁纯铜，榫卯结构，土木混合，门扇屋梁，有浮雕镂雕，琉璃瓦当垂檐顺水。天井东西为书房，后期移作厨房用途，廊沿台阶尽花岗，岩条石平铺堆砌而成，每栋后廊北侧，设有水池可调环境解暑消防，亦可种藕养鱼，怡情娱乐也。然历经沧海巨变：前两落已毁于火，不复存在，现房为后期起盖，唯存后落，即福清七贤林始祖襐公第二十一世孙临亭公由后埔街回迁苍霞，向克诗公或公孙手中购入作为定居之所，亦为笔者故居，亦因时光推移变迁颇大。兹提拙笔寄文于思，缅怀历祖之功绩。曾几度人才辈出，读书之风兴盛一度传为佳话，史称"十八把白扇"，素有"科甲世家"之誉。武魁、文魁、进士牌匾于"文化大革命"悉数尽毁，更有甚者被用来围堵豕圈，此乃大耻奇辱，逢时不济繁华落尽进萧条，感当时之盛况，叹今夕之凋靡。

蓝天气晴，飞梦重现：族人欣喜毕至，恭贺新居落成，前来相助筹办者众，热闹非凡简直门庭若市，张灯结彩红毯一线，盛况空前：七大姑八大姨洗刷刷，大伯叔子帮衬衬；长者撰喜联，少年贴对子；壮汉屠霍霍，豕羊声沸沸；少妇烧锅水，十欢奏雅乐，喜娘唱新歌。东家设诗对擂，胜者得银牌，乡才邑人蜂至，力争拔头筹，吾化一秀才，幸得此良机，不料正和遂东主，亲问何能至，称奇才人也。

感岁月无情，念人间有爱。斯邸重塑恐无期，诸事已湮灭，无理不睬理当顺其自然，待到囊中饱，适时皆可应昨日重现。

魏贵平*作品

儿时的鞭炮声

作为新春佳节使者的鞭炮不停地炸响，噼里啪啦地在街头巷尾连着天，也在孩童们的期待里点燃。还有那鲜红的对联，墨黑的大字，也在骚客们的笔下歌颂着幸福美满的中华大地。

儿时过大年，是刻在心里、烙印在脑海的难忘回忆。年关一到，众多的伙伴，先去打谷场找来成捆的秸秆，铺在院子里，这就是旺火的底火了。底火不许搭太高，需用齐整的大木头，四角里衬平了，留着四个通风的门，露出四个引火的口，到时候四面开花，同时点燃的旺火，再加上各家所有的烟花，那场面实在是壮观！

从第二层开始，就需要搭一个庞大的喜鹊窝了。这是一项绝活儿，先是父辈们的专利，后来被淘气的少年偷学到了技巧。于是，在四合院里，各家都拿出许多的糖果来，打赏这可人的旺火哥。像我这样粗笨的伙伴也有很多，大院里打一声呼哨，自带了干粮的伙伴们就三五成群地钻进了山林。山林里，枯死的松枝也有，采剩的香柏叶也有……都被成捆地背了回来。伯伯婶婶们早微笑着等候多时了，一个个提着满满的篓子；还有慈祥的爷爷，嘴里咬着老长的旱烟杆儿，双手端着好大的盘子，笑眯眯地往大院里一放，下了一道"圣旨"："亲爱的娃儿们，放开了肚子吃吧，管饱！"

虽说大家汗流浃背，大口地喘着粗气，心里却甜滋滋的。干炒的花生，油炸的麻花儿，还有供销社里用红纸包着的点心……这并不比旺火哥吃到得少！

老师布置的作业，我早忘记得一干二净了，却记得很多小人书，如《李逵闹东京》《三打白骨精》《董永与七仙女》等。我有很多小人书，每一本都比学堂里的教科书精彩。小人书都一本一本地摆放在供销社的拦柜里，看一眼封面

---

* 作者简介：魏贵平，45岁，现就职于山西焦煤霍州煤电正利煤业有限公司机电队。闲暇之余爱写一些诗歌、散文。

就垂涎三尺。实在想看得厉害，这也难不倒聪明的小伙伴们。大家你一分他两分地开始了收集工作，不一会儿就收集了一毛多。我是连一分钱也拿不出来的，却能最早地看到新书。因为供销社在七里外的地方，我没钱，只好被伙伴们指派去跑腿。我浑身上下没有一个完好的兜，只能把钱攥在两只拳头里，当一口气跑到供销社后，硬币像水泡过的一样。卖货的叔叔常常少收我两分钱，还要给我几块糖，后来我才知道，他与我远去的爹娘是朋友。

我是不敢拿着剩下的钱回村的，我可打不过伙伴中的任何一个人，就是吵上两句，他们的哥姐弟妹就都来了，想想那阵势就心惊。那时，我就会买二分钱四个的小鞭炮，问叔叔要一节吃剩的香烟，钻进山沟里燃放去了。我时不时地点一个，"呼"地一声，鞭炮炸开了，惊得那些小松鼠没命地逃，山雀们也丢了魂，"叽叽"地叫喊着躲进树丛中。

"呼"地又一声，遥遥地传到伙伴们的耳朵里，他们问起我缘故来，我说我看见老三叔了，他扛着装满火药的枪，打到了不少的野兔呢。居然没一个人不信，因为那炸响的声音，和老三叔的火药枪发出的动静，实在是太相似了。

我自小就懂得了一个道理：勤劳是财富和幸福的根。所以，我心甘情愿跑这七里的山路，独自钻进山沟里，吃着甜甜的糖，一页一页地翻看着手提板斧的李逵。现在回忆起来，不禁认为这是最美好的时光了。那时的我虽然对书里有的字不认识，但其实无所谓，因为这小人书画得太好了！

一、过年前的准备

新年主日贴对联是孩子们的事，而写对联是秀才爷爷一个人的事。家家都把红纸送到秀才爷爷的屋里，秀才爷爷的这一天收获颇多，有人送来糖果，有人送来香烟，把个炕头都摆满了。孩子们都成了飞毛腿，有人端着糨糊盆子，早早地把糨糊涂在了猪圈、羊圈的栏杆上，村口的大树上，还有各家的大门上。秀才爷爷刚写好一副对联，孩子们就争相着飞也似地出发了。童年的我们就学会了合作，整个村子里被我们贴得满满的，喜气、吉祥、快乐、幸福洋溢在这个平凡的小山村中。

我羡慕秀才爷爷手里挥洒自如的笔，更崇拜那红纸上入木三分的字，恨不得把写好的"春光无限"这四个大字贴到秀才爷爷的脑门上去。

年夜是不睡觉的，母亲们都做了菜，包好了饺子，炉火烧得旺旺的，守着油灯穿针引线。父亲们却显得清闲了，他们约了七八个人，围了一圈儿坐定在炕头上，把各家的马灯都拴在四个墙角里，当头也吊上几个，满屋子就亮如白昼了。大家摸着用硬纸做的牌，一晚上就玩开了，玩到天快放晓，才依依不舍地收摊，因为要点旺火了。

旺火是一院轮着一院点的，全村的老少爷们、姑姑婶婶、大姐小妹们，都穿着崭新的衣服，围在冲天的大火四周。先是由有经验的爷爷，燃放一个铁制的火炮，众人都捂着耳朵，小伙伴们早就躲到厕所里去了，待那声石破天惊的巨响一过。姑姑婶婶们开始跳舞，烟花与火光映红了天，欢笑声、掌声连成一片，各家都把最好吃的东西搬出来。有山鸡肉做的干脯肉，有野兔和土豆一起炖的大铁锅，还有用自家的玉米和高粱酿成的酒。大家连坛子也抬到了院子里，你一碗、他一碗地舀着喝，一个大院的旺火烧过了劲，就吆喝着再到另一个大院里去，大家一直闹到天亮才散。

我的小伙伴们也不闲着，一声铁炮声响过，就蜂拥般地都出现了。我们要开始给大人们磕头了，祝福的话早已经背得滚瓜烂熟了。挨家挨户地拜年，伙伴们在一夜之间成了"土豪"。瓜子、冰糖等各种好吃的，收获颇丰啊！

二、破五

大年过后的余响，就显得零零星星了。

初二、初三是走亲访友的日子。外甥得备一份厚礼看望舅舅去；女婿也得备一份大礼去拜丈人。出发前需在大门口点一支二踢脚，这是有讲究的：若响一声，今年则一定顺利，若响两声，则连着下年也顺利。这不是迷信，而是山民祖辈的土地文化。从祖先那里传承，又为下一辈播撒下文明的种子，这是对幸福的追求，是对安乐的向往。

若有亲戚上门了，也必须燃一串鞭炮。这时候，早就有一群小伙伴们在守候了，等鞭炮响过，大家便蜂拥般地冲向浓烟里，拾起那些未响的小鞭炮，然后就是分成两组开战去。

学着课文里的样子，小伙伴们分成两组，一组是八路军，一组是反动派或是"鬼子"。总之，战斗结束后，打死的敌人才能站起来。这游戏也是秀才爷爷教我们的，他还用木头给我们刻了好多的枪。我们把枪管掏空了，塞小鞭炮进去，点燃后指着对面的阵地就行了。"呼"地一声响过，"鬼子"或者反动派就倒下了。我常常扮成"鬼子"，因为只有这样，他们才肯让我加入游戏。后来村里架了电线，有了电视机，我们看到那些抗日片后，便不能不佩服秀才爷爷的智慧，因为电视机里也是这样子演的。

初五的早晨是别想睡懒觉的，黎明时分就有铁炮炸响了。大人们都很早地起来了，把大年过后的所有的垃圾都装了筐，或担着，或用独轮车推着，一股脑地倒在村外的壕沟里去。随后还得点一支二踢脚，这就是破五的开俗——送穷土。

我的姐姐大我八岁，懂得自然也就比我多。她给我讲解过送穷土，那是迎接灶王爷的故事，但我愣是将其当作耳旁风了。

三、过十五

已经好几天没有听到鞭炮声了，小伙伴都在睡梦里嬉戏。大家沉浸在幸福中，享受着春节带来的喜悦。睡梦里也是冲天通红的旺火，睡梦里也是噼里啪啦的鞭炮声，睡梦里也在上演着打"鬼子"的戏码，睡梦里也在翻看着手提板斧的李逵……

忽然间，又有铁炮发出巨响，接着就是接二连三的鞭炮声。啊，正月十五到了，乡亲们又开始闹红火了。

我们乡里有三十个村，也就有三十支闹红火的队伍。大家都到乡政府闹腾去，那里人山人海，锣鼓喧天，鞭炮齐鸣。只有到太阳落山时，才各回各村去。

秀才爷爷自然是队伍的领头。一面面旗帜迎风招展，旗上大字醒目，有的写着"风调雨顺"，有的写着"政通人和"，还有的写着"最听党的话"。

小伙伴们也是成群结队的，为了去抢那没有炸响的鞭炮。各村都由一个父辈管理，我们都管他叫叔叔，因为小伙伴们性格顽劣，时常是一伙一伙地打成一片。于是，叔叔怒目圆睁，他说："没办法管了是吧，叫派出所的警察来抓你们吧。"他的话还真管用，小伙伴们都一个个乖乖地听话了，生怕被警察真抓了去，真是丢人又败兴，只为那些心爱的鞭炮。我们后来才知道，警察叔叔拿我们是没办法的。

红火就是红火，红火极了。有抬铁棍的，有跑旱船的，还有演猪八戒背媳妇的，各色各样的节目彰显着我们红红火火的日子！

四、尽正月

正月尽了二月来，与鞭炮声说再见！

父辈们又开始忙碌了起来：整猪圈，垫羊圈，还有许多的猪粪、羊粪要挑到田地里去。

小伙伴们也惶恐了起来，因为马上要见老师，作业却还没有做完。大家都开始了挑灯夜战，废寝忘食。

最难以忘怀的，还是那噼里啪啦的鞭炮声。大家争相到村口放鞭炮，每个家长都发给孩子们许多的鞭炮，这也是大人们的热情与希望。

但现在也只有想想的份儿了，那最幸福的时光成了最遥远的回忆了。

爱情简谱

爱由心生
而眼是心灵的窗户
所以
在你映入眼帘的那一瞬间
别人
就永远被关到窗外了
从此
你偏落户到了我的心里
随着我的脉搏
游走在我的全身
荡漾在我的心田
这就是爱
融入了血液
烙印在心头
随着你的喜怒哀乐
触碰着我的
每一根神经

情
相识后的相处
日久必定生情

所以
我的世界有你
你的世界有我
直到
两个世界合并
一个巨大的情国诞生了
爱情
爱有多深?
情有多重?
就让我们沸腾的血液作答吧!
长江，黄河
就是相爱后的脉搏
奔流不息
这就是彼此的情感
大海就是情感汇流后
聚集的无限感情!
爱无边
情无疆
所以
爱情
伟大

张和强 *作品

乌　鸦

　　我能长时间、高频次、近距离地看乌鸦，是因为住进了飞禽的乐园地带。这里经常是：蓝天下百鸟翱翔，绿林中群鸟鸣唱，草地上鸟儿觅食，不在乎行人靠近它身旁⋯⋯在这些鸟儿中，我能叫得出名字的，只有鸽子、鹦鹉、斑鸠、喜鹊和乌鸦。

　　乌鸦在群鸟中是王者一般的存在。它全身羽毛黝黑锃亮，双眼像是镶嵌在黑玉石上的小珍珠，十分醒目；它嘴喙尖壮，个头儿大，最大的可能有两斤重。据说，乌鸦是鸟类中嗅觉最灵敏、智商最高的鸟。你看它总是站在最高处栖息，在房顶上，在树梢上，在电线杆上，就那样从容静默地矗立着，如铁塑一般的凝重。它在起飞之前，常常会"呱——呱——"地鸣叫两声，似乎在向它眼中的行人招呼问候一样。

　　正是因为乌鸦的一身黝黑和叫声涩哑，多少年来它没有给人们留下好的印象。例如，有"天下乌鸦一般黑"俗语，把天下坏人都是一样坏的共识与乌鸦类比，让人"恨恶及乌"；乌鸦的叫声，在很多文学、影视作品中，被描绘成荒塚野坟里的阴森怪鸣，让人感到凄楚惊悚；有人自己走霉运或做事不顺利时，也要骂上他人几句"乌鸦嘴"——说福不灵说祸灵；更有人说，垂危之人若是见到乌鸦或是听到它的叫声就会死去——说成不吉利之鸟⋯⋯尽管小学课本上有《乌鸦喝水》的聪明故事，有曹操笔下"月明星稀，乌鹊南飞。绕树三匝，何枝可依?"的忧思形象，可还是没能改变蒙附在乌鸦身上的世俗成见。

　　有一天下午，我突发奇想，把宰鸡剖鱼后的肉杂碎，拿去放在门前花圃角落的草坪上，然后回房去隔窗观望。刚坐下两三分钟，就见一只乌鸦飞降到碎肉边，它没有马上啄食，而是转头察看，随后引颈"呱——呱——"地鸣叫了

---

　　* 作者简介：张和强，退休之前，有涉及财政、金融、投资等领域的论文，散见于报刊。

两声，才去啄食碎肉，可它只吞下一块肉就飞走了……我以为乌鸦不喜欢吃这些碎肉，或者是它发现窗后的我而被惊扰。正在疑虑时，忽然又飞来了三只乌鸦，它们都没有去抢食碎肉，而是在东张西望，接着它们一起扬脖子鸣叫，一起围拢碎肉啄食。不一会儿，它们吃完了那堆碎肉，拍拍翅膀，伴随着一阵鸣叫声飞走了。此刻我就在想，这第一只乌鸦发现食物后，它没有独食，而是回去唤来两只同伴或是"家人"一起分享，还真有一点"大公无私"的精神！再看这三只乌鸦，它们餐前招呼、餐中客气、餐后告别的"优雅吃相"，如同绅士一般彬彬有礼。特别是它们在离去时的鸣叫声，分明是在向投食人告别致谢呢。不管这些猜想是否荒诞，但我对乌鸦已心生好感！

随之而来的，在小区的房前屋后或树上路边，只要我看见了乌鸦，都会下意识地多看两眼，看着它们与我对视的灵动眼神，看着它们轻灵地跳跃的步姿，看着它们不在乎我靠近时的些许后退……这些都会使我心情愉悦。我不禁自嘲起来，是不是自己在与这等生灵酝酿着心灵感应？

这是一个天气晴朗的上午，我在家后院小草地旁边的房间里一边喝茶，一边看手机资讯。忽然，一只乌鸦飞落在木板栅栏上，接着就是一阵"呱——呱——"的叫声，听那声调好像是在通报房主人——"我来了"。见它从栅栏上优雅地落在食盒的不远处，昂起脖子环视，踱着重步寻觅……这是乌鸦第一次飞临我们小院，但它看见了我，也没停步，而是向着食盒走去，见它吞下两块面包，衔起一块就急匆匆地飞走了。原来乌鸦也吃面包呀？这一场景，让我发现了乌鸦不是一见食物就要贪吃干净的"好吃嘴"，难道它又要去呼朋唤友一起来？乌鸦的意外造访，让我格外高兴，因为我拍下了它入户寻食的稀有照片。

过了一会儿，乌鸦又飞来了，它还是落在栅栏上"呱——呱——"地叫了两声，听那声调好像是在告诉我——"别烦它"。这次它从栅栏上直接飞降在食盒前，吞下两口面包之后，就啄起一块面包，脖子再向上一伸，又啄起一块，一次衔着两块面包急匆匆地飞走了……我心里赞叹道："真是聪明的乌鸦！"并赶快查看手机里的照片，见拍摄角度不满意，于是我就将食盒从凉棚下的角落处移动到草地中间的小凳子上，期待着它再次飞临，毕竟它也知道食盒里面包未尽呀。

果然，它惦记着面包，我也不失所望，乌鸦又落在栅栏上，也是对着我一阵"呱——呱——"地鸣叫，听那声调好像是在对我说："我们是老朋友啦。"它从栅栏上直接飞降在草地中间，诧异地看着食盒和小凳，又扭头瞧瞧我，似乎在询问"老朋友"为什么要挪动食盒呀，我断定它是会站在小凳子上啄食的，这样就能拍下它侧面进食的最佳姿势。只见它围着小凳子转着圈，突然伸长脖子，一嘴就将盒子从小凳上拖将下来，而且还没有拖翻盒子，紧接着就旁若无人一般，埋头"哆哆哆"地一阵猛啄。这一次它吃得很反常，不一会儿又见它两次扬起脖子，衔起两块大的面包就急匆匆地飞走了。我走近食盒一看，心里十分惊讶：原来乌鸦把食盒里所有的小渣块都吃干净了，故意留下两块大的在飞离时带走。它这一走，就不会再来小院了，我没能拍下它站在小凳上的最佳姿势照片，心有遗憾。

我刚回房里，忽然听到房外上空传来"呱呱，呱——，呱呱，呱——"的长鸣声，这声音比之前的叫声还要响亮！我赶紧出门望向天空，见蓝天下一只黑色的生灵，它一边在振翅翱翔，盘旋飞舞；一边在振声鸣叫，如歌如诉。虽然它没有"绕房三匝"，但那声调分明是在向我这位"老朋友"告别的。我终于明白，它独来独往三次共衔去5块面包，或许它"养家"完毕，或许它在僻静处自己吃掉，或许它三次与我作别时都未来得及吱声，这会儿才专程返回来向我致礼鸣谢。如是想象着，我竟有些小激动，感叹这不被待见的生灵有如此"情义"！于是，我就更相信关于它"智义双全"的动人传说了：衔着坚果放在停在红灯前的汽车轮下，等待车行碾破坚果之后才去啄食；它会衔着细枝去捅刺树皮缝隙里的虫子，直到把虫子捅出来吃掉……从而，让我觉得乌鸦原来是这么的可爱！

当我们把尚未认知的动物行为描绘成悲情角色的时候，实在是自己在折腾自己，而今科学解释的事实真相是：垂危之人的身体会散发出一种特殊气味，乌鸦因嗅觉特别灵敏就会寻味飞来。这哪是见到了乌鸦就要死人呀！

是的，乌鸦是黑色的，可人们赋予它会变成彩凤凰的传说；青鸟是黑色的，可人们赋予它爱情使者的美好愿景。——是的，乌鸦也是黑色的，为什么不把它的寻味飞临，看作它对弥留病人的"临终关怀"？看作它在向即将逝去的生命鸣空致哀？看作它在表达一种凄美之友爱？我们要给予动物多一点理解和善待，没有理由把某种动物蒙附上不吉祥的色彩！

昔缘二首

其一

那年同学相无猜，
那年同事互出彩。
更喜师长处处有，
天缘大幸惜中来。

其二

人过花甲思重逢，
寸金光阴露晚红。
若将重逢当永别，
除却憾事净心空。

青门引·晚景

又见夕阳坠。
云彩诱人约会。
今生际遇乐同行，
你诚我善，
举酒共祥瑞。

相知倍感重逢贵。
看那松竹翠。
最堪聚首常在，
永别以后神难碎。

北　望

风凉雨冷霜雪醒，
禽躲兽藏草木衰。
天涯孤心邀月叙，
海角只身同地哀。
寄怀秋思绵绵去，
纾忧春计款款开。
但愿归期明朝至，
乡愁无缘今夜来。

南瓜花谢时

快到过年的时候
带着小孙女在门前草地的角落边
种上几枚南瓜籽
一起施底肥、浇清水、笑开颜

春寒料峭，春雨绵绵
小瓜苗顽强破土而不恋春眠
从幼儿园放学回家的小孙女
提着玩具花洒浇水，还冷红了小脸

有一天小孙女突然伤感
小瓜苗只剩下一棵了十分孤单
当过知青的我

把当年农民伯伯的说教讲述了一遍

仲夏时节，瓜苗儿开枝散叶
它们在草地上自由舒展、蜿蜒藤迁
浅黄色的南瓜花开起来了
小孙女高兴得在花前翩翩起舞

"红米饭，南瓜汤，秋茄子，味好香……"
姥爷儿时课本上的歌谣小孙女也会唱
虽没听懂井冈山红军反封锁的故事
却盼着早早地吃上红米饭、南瓜汤

南瓜花儿明艳多姿，渐次开放
小瓜蕾在几根扇形藤蔓上竞相生长
出门前的小孙女都要去数一数
不再哭喊着上幼儿园还可以扮萌相

那天小孙女好奇地问我
怎么有小南瓜瓜蕾变黑了
我笑答说，是它没有好好吃饭喝水
不挑食的小南瓜才会长大、长高

南瓜渐渐地长大，也开始变黄了
小孙女要和南瓜拍一张合影
想给幼儿园的小朋友看一看
这乖乖吃饭的小南瓜宝宝长成了大宝宝

我们真做了一餐红米饭、南瓜汤
小孙女吃得很乖、很香
花儿谢了，瓜儿摘了，藤蔓枯了
小孙女吃饭也不再挑食浪费了

薄国新*作品

我的奶奶

2004 年是一个非常的年份。

我的奶奶在离世的时候，却没吃上我送的最后一顿饭，为此我恼恨不已。那天，阳光灿烂，看不出有一点悲伤。我由于起得晚，送饭的时候九点多了。我们家住在六层，上面有一个独户的阁楼是分开走的，就算七层吧，我奶奶就住在七层阁楼上。当我推开门的时候，里面一点儿动静也没有，急忙进去，我看到奶奶有气无力地斜躺着，眼睛微闭，没有一点光芒，气流断断续续地从咽喉里冒出，奶奶怎么了，我的心越加慌乱。

阁楼的环境条件并不好，墙虽是水泥的，但光线采光稍差，整个空间给人的感觉不是那么明朗。墙没有涂抹，显得越加暗色。当时家里经济条件稍差，没来得及装修粉饰，只能临时把奶奶安置在这里。

我端着饭碗站在那里不知所措，奶奶离世的时候已是七十多岁的老人，放在现在年龄是不算大的。平时身上穿着带大衣襟的蓝灰色衣服，是 20 世纪五六十年代很常见的那种，奶奶却不舍得丢掉，补了又缝，一到秋天凉的时候就穿在身上，奶奶说这样舒服，习惯了。一身单调的暗灰蓝色衣着，显得异常朴素，没有一点华丽的生气，散乱的银发打着勾卷儿，两只眼瘦的深凹，腮帮上的皱纹条条清晰分明，身体纤瘦孤单，一看就是一个历经磨难风雪的沧桑老人。

我奶奶是在去年的这个时候接来的，了却了父亲多年的心愿，也放下了我自己的心结。接来的日子里父亲的眼睛里流露着喜悦，记得到村庄接奶奶的时候，是我和父亲一起去的，路上父亲一直沉默，他想些什么，我不清楚，看上去平静如水，他是一个少言寡语、什么事都留在心里不愿表达的人。白发早已悄悄爬上了他的鬓角，岁月的痕迹挂在他的脸上，而我也不再是那个意气风发

---

　* 作者简介：薄国新，男，籍贯山东省枣庄市薛城区。生活于微山湖之边，挚爱和崇尚文学天地，相信所有成功，都是每个坎坷累积的结果。

的少年。多少年朝思暮想的故乡啊，我终于回来了。二十六年前，六七岁的我还没有上学，我便随父母离开故乡的村庄，至今从未回来过。

进村庄的路，还是那条老路的样子，没什么改变。只是路两旁的树更加苍绿，树冠大了许多，小时候给我印象最深的就是这些充满生机的绿色的大树，在阳光的照射下闪烁着无限希望，如今历经风雨依然屹立如初。村里的房屋既陌生又熟悉，熟悉的是用泥堆砌的围墙，残留着儿时的味道，小时候和伙伴翻邻居家的墙去打闹嬉戏，爬上墙头去摘那些风中摆动的牵牛花，那日子天真无邪，烂漫如诗一般，纯净的像蓝色的天空。

好像到了村子的中央，父亲的脚步慢了下来，路是南北的，父亲向左拐走了大约四五分钟，眼前所谓的村中河，稍微有些熟悉，是儿时经常去玩耍的地方，看小鱼浅游，泥鳅吐花，莲叶水珠随风打转。如今已干涸见底，掩去了当年的生机情趣。东西路的南侧有一处砖瓦房，房下依附着一间泥砌的见方不大的茅草屋，和四周的砖房显得格格不入，看上去好像分离的两个世界，什么叫天壤之别，也许这一刻是最好的见证。

父亲走过去，脸色凝重地端详着，而我远远地立在那里，面对着茅草屋有惊讶和悲伤，还有痛苦和悔恨。这么多年了，我竟然一次也没有回乡看望我的奶奶，这里发生了什么，住在破旧漏雨的茅草屋，一个老人是如何生活的。只想起父亲一有空闲便回乡看奶奶，我们家兄妹四人，父亲虽然是工人，但家境还是困难不堪，经常听父母商议着给奶奶送钱去，买些油盐酱醋，也知道父母因此事吵过架，孩子们要上学、吃穿，我们非常理解父母，父亲一直想把奶奶接来城里住。

此时，奶奶正从茅草屋走出来，还是那一身蓝灰色的衣服，父亲上个月给买的衣服也没穿。脚腿上裹着黑色绷带，旧社会里裹脚的那种，走起路来给人一种不稳的感觉。银发苍苍而不凌乱，衣着简单干净朴素，身影依旧瘦弱无力，只是手上多了一根拐棍。父亲走过来也没有进屋，和奶奶说了很久，奶奶有点不情愿的样子。后来听说奶奶是不愿来的，多年来一个人习惯了，住不惯水泥高楼，而且在这里可以自由地看花看草，晚间摇扇夜空下。一双起皱粗纹爬茧的老手，一根拐棍不知陪伴了奶奶多少年。

童年时我是和奶奶一起住的，并且在这个不起眼的村庄出生长大。我的记忆中从没见过我的爷爷，更不用说长什么样，仅有一次见，还是我很小的时候。我头上生疮，母亲带我去看中医，听说是我的爷爷给看的，他在镇上有些名气，是出了名的中医。只有这一次，要不是母亲无意间谈起，我不会记得。奶奶孤苦伶仃一个人生活，当年奶奶和爷爷之间发生了什么，无人知晓。其中的滋味只有老人家自己才能体会和感受。

小时候，我是在奶奶家度过的，那日子称得上无忧无虑。过年时和村子里的孩子一同捡鞭炮；到柿子熟的季节去村东最大的一棵树上围打，吃起来香甜如美梦般。

棉花地里追花蝶扑青头，脚丫满地，棉花飞絮变雪，奶奶总是唠叨。帮奶奶扶起歪倒的竹筐，有时帮她推车上坡，落日回家，夕阳挂上梢头，迎面微风暖心。奶奶家院里有一棵两人抱不过来的皂角树，每当树上硕果累累，奶奶便摘下用来洗衣服，这也是奶奶充满喜悦的时候。而在我眼中这是个很神圣的地方，浓荫枝繁，树下石板桌端坐，夜晚月光融融，蛐蛐弹奏，鸟儿偶尔飞过又落下，奶奶蒲扇扇着，星落满院。

晴日里我总是喜欢趴在窗户上望着一望无际的田野，因为我家的屋后是一条田野边的路，路的旁边一到夏天便是绿油油的黄菜花和金黄色的麦浪，像一个如梦如幻的童话世界。尤其阳光明媚时，蝶花起舞，珠光映衬，微风细浪，点点入醉。

如今，这些早已不复存在，究其原因，我从来没问过父亲，害怕刺痛他的神经，旧事重提。那棵古铜古色的皂角树，已停止静落于童年的记忆中，假如存在必定枝繁叶茂，果实累累。庭院的香椿漫过墙头，南湖的河坝知了奏起鸣曲，奶奶蹒跚的身影捡起一根根干柴，年复一年，小麦绿了又黄，岁月爬上了她的脸颊，时间的沉淀又如何炼化了她的心一如既往地前行，只有她自己清楚这个世界她如何的来过、走过。

朝思暮想的故土，我来了，却永远看不到儿时的那个大杂院了。我甚至没有沿着熟悉的儿时的路去寻找，它现在的样子已不重要，又属于哪里更微不足道。

奶奶和我们一起走了，想必已经被父亲说服。她不知道这一去，便永远告别了故乡的泥土和空气，也许她当初不想走，就想的是叶落归根，这里是她牵挂的地方，有她的爱、她的恨、她的快乐，甚至她的人生。

多年过去了，人随着年龄的增长，总想起故乡的一些事，不管它有着怎样的爱和恨，也许这也是父亲的情结所在，我也理解了奶奶自从接来以后，总唠叨着要回去的原因，不是吃得不好，喝得不如意，而是心底放不下的故土乡情。

奶奶离开了我们，没吃上我送的最后一顿饭，更不用谈我信誓旦旦的许诺，随着时间化作流水都成空。那些美好的记忆却永远刻在我的心上。

月光静静地爬上枝头，河岸上一切悄悄睡去，蛐蛐吹着轻柔的协奏曲成眠。

人 生

柔风细雨的季节，绚丽飞舞，如轻舟驶于平静的湖面，浪花自由多姿，柳青花盛心悦，林鸟翻入白空，池水偶尔荡漾绿影和繁花映衬，芳草迟暮，三千弱水倒映。夜晚的曲径古亭端庄秀丽，枧木花心翠滴，水镜纤手美眉，柳击湖面，戏鸳双拥。一草一木沉寂如深山般寂静自在，夜空青蓝如画，空气清凉稍爽，心灵上的尘污已被细风扫得一眼望穿。

脚步如轻云直上，轻轻地踏在缝绿点睛的干净石板上，如同身处江南的春天，孤寂对诗，把酒青绿，阁上一展众相，指点盛景。

人生总有一段独行侠的日子，十步看来路，千里云烟外，难得孤独与豪情。安静地走在江南古镇，垂柳柔烟，流水纵卧小桥，湍流处青石回旋，满目流光扑面。曲径缠绕，一步一阁作伴，一舟一境同行，黛墙青瓦，藤蔓蛇蜓，烟雨蒙蒙之下，水珠似玉敛滴。

谁不触景生情，帘外透影窗中，青竹妩媚多姿，一壶清茶百思，抚琴高山流水，伯牙破琴子期，空叹知音难觅，好景须得好赋。

虽无大江东去的豪情，却有一樽还酹江月的情怀，感叹陶公的误入桃林，不复来时路。"山重水复疑无路，柳暗花明又一村"，总让你看到希望。

过往的境地和一些人，有意无意间提醒你前行。回首不是后退，思忆更不会是伤痛，那是你心中的一盏明灯在为你把脉。

夜上听琴音，幽静在溪谷。

花落知春短，月明送客归。

世间事与人，在分分合合中远去，天下聚是为分，分是为合。消失了鼓角峥嵘，远去了流星岁月，湮没了心灵古道，荒废了人生边城，暗色了韵华芳颜。时间留下了熟悉的姓名，聚散也好，离合也罢！泼一缕水墨于青荷之上，调味人生！

风　景

深涧多秀险，从不缺瑰丽风姿
古巷深藏动人故事
结局并不完美
风雨听遍繁华京烟
云雾缭绕万种山溪
翻越红尘的一草一木
留下白云深处的一片淡然雅静
竹香传声，莺啼鹃红
幽笛花落丛林，蝶翩烟珠雾之上
瓢一缕烟水净心甘甜
品一幅春画游尽浓情
世界并不完美，但从不缺少绽放
我们走在追求完美的路上
却遗失了最美的路景
终点回首，天涯缥缈
才知醒悟红尘的风风雨雨
说什么完美无瑕
写什么人间得失
任凭风来雨去、百涛怒放
染红层霜来一次今生

郜世华* 作品

三捡江安石

早就知道我国有几种著名的观赏石：安徽灵璧的灵璧石、江苏太湖的太湖石、江苏南京的雨花石，还有就是四川江安的江安石了。前两种石头是园林假山等风景的主要观赏石，它们的体积都很大，不是普通老百姓能收藏拥有的。后两种石头的体积较小，比较适合家庭收藏欣赏。其中雨花石以五彩斑斓著称，江安石以形似各种常见物品和内有千姿百态而出名。

记得 2009 年 4 月，我刚到泸州的第一天，经理让我和同事老吴一起到附近的砂石场去考察，看看哪几家砂石场的砂石符合我们工程的需要。听到经理交代的任务我心中暗喜：有机会一睹江安石的真面目了，说不定我还能找到一块稀世奇石呢。

出泸州城逆水而上 20 多公里就到江安县地界了。沿江有许多小砂石场，我们路上看见一个比较大的砂石场就直奔而去。老吴认真地采集标本去了，我同司机小陈则来到堆成山一样的鹅卵石下开始寻宝。小陈不懂石头，他边看石头边不停地问我什么石头好？这个行不行？那个好不好？我像专家一样告诉他："石头一看形状，看它整体像什么东西。二看图案，看石头上面的花纹有什么字或画。总之要发挥自己的想象力把一个生硬的石头变成有生命力的艺术品。"看着成千上万的鹅卵石，我俯下身子认真地挑选，真的，我那时体会到什么叫眼花缭乱。我不停地选选这个，又看看那个。看看石头都不错都想要，我手中的石头不停地增加，可我的怀抱容量有限，只能像狗熊掰玉米一样尽量留下好的石头。我的皮鞋在石头堆中踩得不成样子了，手因为翻石头都磨出了血泡，找了一个多小时只能拿得动四块好石头，直到老吴叫我们走，我们才恋恋不舍地回到车上。看着手中的宝贝，我不停在向老吴炫耀，分享我的喜悦，同时，又在想刚才没有拿走的石头是不是更好，真后悔没多带几块好石头！老吴不屑地

---

* 作者简介：郜世华，男，1963 年出生，安徽铜陵人。

说："几块破石头有什么呀，下次再来捡。"我心想下次就下次吧，说不定下次会有更好的石头呢。

一个多月以后，繁忙的工作让我有点疲惫，我忙里偷闲让小陈把车直接开到砂石场，我想在石头堆里放松休闲一下，调整调整状态。小陈第一次找到一些有字有图案的石头，对此兴趣大增。我也自认为有经验了，找石头的过程其实是挑石头，石头不在多而在精，图案不在像而在神似，形状不在大小而在奇。我带着这个思维在鹅卵石堆里找呀挑呀，再淘汰呀，反反复复挑选，总认为还有更好的宝贝在前面，一上午很快又过去啦！我理想中的精、神、奇的石头一个都没有挑到。无奈之下我临走时随便捡了几块石头就上车了。回来路上我闷闷不乐，心想这么多石头怎么就没有一块是我满意的呢？看着车上的石头，想着两次找石头的经历，我心里豁然开朗。是呀，捡石头同我们生活中许多事是相通的。比如找对象，在茫茫人海中找那个属于自己的爱人，许多年轻人不停地找呀挑呀，不是对这个长相不满意，就是对那个家庭背景不满意，另一个又没有感觉，或者身边的人讲不般配。最后随着年龄的增长，社会压力增大，马马虎虎找了一个结婚，结婚后，经常还在想原来那个人是不是更适合自己，真后悔。又比如找工作，也是同样的道理，这个工作苦，那个工作累，这个工作钱不多，那个工作环境有问题，等等。到头来经历多、经验不多，想法多、思想没有，说得多、能力差，心比天高，命比纸薄，最后是一事无成。想到这儿，我虽然为没有找到好石头感到遗憾，但还是心满意足啦。

一转眼是 2010 年元月了，我们的工程在大家的努力下顺利完成。想到马上要离开这里，心里那个石头情结又一次左右了我。我一定要找一块让自己满意的石头。临出发我就给自己定下原则：一是只要一块石头；二是一个小时以内完成。这一次我没有爬鹅卵石山，而是随着鹅卵石山底边走边观察，寻找那些有可能的好石头。我不时俯下身子手脚并用，希望今天能有好的收获。半个小时很快就过去了，突然一块上面有许多泥土的石头引起了我的注意，它灰蒙蒙的颜色中透出不平常。我把它捡了起来，它是一块长十七八厘米，宽十厘米，厚只有四五厘米，外表平整光滑的小石头，但是它却满身泥土，我能隐隐约约感觉到它有两个层次。我不能确定它的真面目，就拿着石头绕过鹅卵石山，来到江边，找到一块突出的大石块，蹲下准备洗一洗。我太集中于手中的石头了，根本没有看见大石块上面有一层厚厚的青苔，当我踩上大石块时，一下子就滑入急流滚滚的江中，被冲出好远。当我惊魂未定连滚带爬上岸时，竟发现手里还紧紧地抓着那块小石头。我顾不上全身湿透，仔仔细细地看了看那石头，那石头经过江水的冲洗以本来面目呈现在我面前。瞧它多与众不同：经过水泡后完全是一幅古山水画，在它的五分之一处分上下两部分，石头上面五分之四画面上隐隐约约有山有水有树木，下面五分之一是全白。我不知道大自然是怎样的鬼斧神工，但我知道此时已忘记了全身湿透的凉意，满心都是发现这块石头的欢喜。

朋友，通过我三次捡石头的经历能不能给你一些启发呢？我想：一是真正美好的东西是自己喜欢的东西，跟别人无关；二是想要得到自己喜欢的东西，需要不断努力，需要不断调整自己的预期；三是美好的东西就在你的眼前，只要你善于发现。最重要的是不能贪心，懂得适可而止。这就是我此次泸州行"三捡江安石"的收获。

长安河

贯穿宁陕县城的长安河，河水似乎永远都在流淌，她好像在向人们不停地诉说着秦岭之心的水取之不尽、用之不竭。长安河水，一年四季都按照自己的性格向前流淌，时而争先恐后一泻千里好像在跟谁赛跑；时而不紧不慢悠悠然又好像闲庭信步；时而走走停停又好像不愿错过沿途风光。她有时毫无保留清澈见底，把整个河床展露给你；她有时又浑浑噩噩全是黄泥汤，让你摸不着头脑。

我习惯每天早上和晚饭后沿着长安河散步。从五郎关到健安桥全程二点六公里。这短短的距离却有宁陕最好看的银杏树、白玉兰树和垂柳，会路过沿河小路、滨江公园及永安三通桥，还有刚刚竣工不久的临河长廊。我最喜欢的有两个地方：一个是永安桥下游八十米处的人工瀑布。每当我路过滨河公园里的小竹园时，老远就会听到瀑布的轰鸣声。瀑布由两阶两米左右的落差组成。当你在丰水期初来宁陕，一定会被那气势磅礴的轰鸣声所震撼。那一刻你也许会想到黄河壶口瀑布，也许会想到黄果树瀑布，这里除了没有这两个瀑布的云雾缭绕和宏大名气外，瀑布发出雷鸣般的流水冲击声，也会直击人心让你难忘。你听，她有时仿佛在咆哮，在呐喊！好像在号召陕南人民去觉醒，去奋斗，去蓄势待发；她时而又和风细雨像在诉说，一汪清流默默无闻滋润下游干枯的大地；你看，她上下不断翻腾，仿佛要用最干净的清泉去洗涤人们内心深处的污垢，让人们干干净净、清清白白做人。有时候我真想跳下去接受她的洗礼，返回自己婴儿般的身躯……

另一个喜欢的地方就是拱形的健安桥了。站在桥顶你可以瞭望长安河两头远处的山峦，让你感受什么叫绿水青山，什么叫山清水秀！早晨，远处重重叠叠的山峦仙雾缥缈，让你分不清是炊烟还是晨雾，一座将醒的城把你也嵌在这幅水墨画中。站在健安桥上，抚栏看着河道里奔流不息的河水，你没有感叹过吗？瞧，向你流来的河水在奔腾着，在跳跃着，在欢唱着！那弯弯曲曲的河床犹如一页乐谱，那一朵朵白色的浪花分明是五线谱上的音符；那小河两边的柳树又好似忠实的听众，它们欣赏着大自然演奏的美妙乐曲；那步态优雅的朱鹮和翩翩起舞的白鹭时时刻刻都在向人们展现宁陕的良好生态环境……

每次我走到拱桥最高处，我都会停下脚步，静静地望着流淌的河水，倾听潺潺流水的声音。有时候感觉自己的灵魂会跟着清澈的流水一起奔腾而下；有时候又感觉那流水在向我倾诉她遥远的故事。从南方为杨贵妃送荔枝奔驰的快马一定曾在长安河中饮马小憩；红军过宁陕时一定也有十送红军的动人故事……

宁陕的长安河是美丽的，是充满生命活力的。我喜欢她，我喜欢白天的她，白天的她自然纯朴，散发着天生丽质的美丽。你瞧，连那个让大家伤心多年的"烂尾楼"在她的怀抱里也变得"高大上"起来。我不喜欢夜晚的长安河，是因为那五光十色的霓虹灯把她变得面目全非，像雾里看花，更像浓妆艳抹的风尘女子，让人迷茫。我喜欢自然纯朴美！

秋　意

秋意，随着一阵蒙蒙细雨，不经意间就来了。风，吹到身上也有一些凉意。一回头，草原的绿草也不知道什么时候有些黄头了，仿佛昨天还是郁郁葱葱，我的思想还停留在春的怀抱。灰蒙蒙的天笼罩着大地，往日的蓝天白云不知所处。我蹲下来仔细观察，是什么让绿色的草原开始枯萎变黄？原来是一部分青草已经结籽儿了。

"离离原上草，一岁一枯荣"的诗句不自觉地跳入我的脑海。回想这茫茫草原随着小雨而绿，先一点点、一片片，再到满眼春色。当时是那样的期待和盼望，盼望心中的内蒙古大草原在我眼前展现，期待着蓝天白云下的骏马奔驰，期待着风吹草低见牛羊，更期待着遇见骑着高头大马、手持套马杆的美丽姑娘……

这里的美丽才刚刚开始，就好像要结束了。我站在空旷的草原，看远处牛羊还在小雨中悠闲着享受美餐，它们知道秋天要来了吗？看着它们专注进食的样子，我想它们一定知道冬天会随着秋天来到。雨水顺着我的脸颊流淌下来，风吹着有点冷，我不禁打了个寒战。望着不久将会枯萎的草原，我内心有些惆怅，有些伤感。这里的小草生命周期太短了吧！春天迟到了，夏天还没有尽兴，秋天就来了。小雨在滋润大地，像在挽留绿色，想推迟秋的来临，又想让朴素的牧民家里的牛羊长得更肥壮。秋天快来了，人们许多时候都期待秋天，因为秋天就意味着收获。人们收获的多少是同春天里的努力多少分不开的，常言道，一分耕耘，一分收获。我们在这里又有哪些收获呢？

我喜欢在初春的日子里，在雨中感受春天的脚步，想象春天的样子。可此时此刻，我的心情是压抑伤感的。我知道，经过小雨的洗礼，明天的天会更蓝，草会更绿，花圃里的花儿也会更鲜艳，但它们的生命周期已经快结束了，一年中最美好的时光即将过去。草原的牧民很纠结，他们一方面希望草原的草绿的时间长一点，让马儿牛儿羊儿多吃点；另一方面又期待今年的草籽多一些，好让来年的草长得更旺些。

果树枝头已经果实累累，成熟的果实在等待主人来收摘。人们常说，花儿含苞待放，是花儿最美丽的时候。花好月圆是什么时候？我的青春年华呢？不也是不经意间已经向花甲之年大步奔跑。不管你愿意还是不愿意，不管你心里怎么不服老，青春一去不复返，正如草原的草，花圃里的花，在你应该绽放的时候一定要努力绽放。秋，虽然还没有到，但这凉意让我有点慌忙。

2018 年 8 月 6 日于内蒙古锡林浩特

远去的年味

有句老话说，"过了腊八就是年"。年，真的就这样静悄悄在不知不觉中来了。现在农村明显比城里过年前的气氛浓多了，城里的多数上班族感觉只是放了几天假而已，没有了从前过年时那种幸福期待的感觉。那种浓浓的年味哪里去了？当你慢慢地回想从前，你会情不自禁地问：现在过年缺少了什么呢？记得小时候，我们小家伙最盼望过年，无非就是因为过年了有许多好处。

过年能有新衣服穿。你现在冬天买件新衣服还会等到过年时才穿吗？记得小时候每年大年三十睡觉前，妈妈会把刚做好的新衣服套在棉衣上，放在床边，叮嘱一番。那时一件衣服新三年旧三年缝缝补补又三年，一件衣服老大穿了给老二，老二穿了再给老三，想有件新衣服穿多难啊！那种想穿新衣服、新鞋子的期待现在的孩子哪能体会？而这些已经一去不复返了。

过年能有压岁钱花。那个年代，口袋里要有几毛钱不容易啊！平时家里没有多余的钱给小孩子。小孩子一年到头，就计划着从长辈那儿领压岁钱呢（一般家庭给五毛到五块）！我们最害怕的是：大年三十晚上爸爸妈妈、爷爷奶奶给的压岁钱还没有捂热呢，刚刚过完年三天，妈妈就又以你们小孩子装钱不安全为由，把压岁钱保管了，那时的小孩子舍不得，好多人都是流着鼻涕眼泪上交压岁钱的。

过年就有好吃的了。平时家里连水果和糖都很难有，更别说大鱼大肉了。从腊月二十三开始，这时候家家户户磨米做团子、年糕、炒米糖、做鲜鱼、炸丸子，准备年货，家家户户都飘着诱人的香味。现在呢？基本上家家户户都是想吃什么随时就买，年糕、炒米糖、炸丸子等也不是只有过年才能有的东西了，都是家常便饭了。

过年就能同堂兄弟表姐妹一大群人，好好聚一聚、玩一玩了。好久不见的兄弟姐妹平时生活在不同的地方，借着过年大家才能相聚。白天大家一起玩耍，帮着大人准备年货，帮忙是假，想趁机打牙祭是真。看生产队抽鱼塘、捡莲藕和捉鱼，还有杀猪宰羊，反正哪里热闹就去哪里，当然如果能去赶集那是再欢喜不过的了，真的希望天天过年。晚上大家挤在一个床上有说不完的话，唠不完的嗑。平时调皮捣蛋犯错误大人是要打骂的，过年了，大人们都很宽容，从初一到十五不打不骂，生怕打骂了就要一年都打骂小孩了，由此看出长辈们还是非常爱我们的。现在呢？一大家子热热闹闹、人来人往的日子也一去不复返了。

过年就去拜年。那时的拜年真的是从这家到那家，爷爷奶奶叔叔阿姨叫个不停，祝福声欢笑声其乐融融，我们小家伙的口袋早就被各种点心、土特产装满了。小伙伴们不断交流着谁家的糕点好吃，谁家的五香蛋香。遇到没有吃过的东西一定要去分享的（其实走家串户的吃喝也是对各自母亲的厨艺大考验）。现在人人都低头玩手机刷屏，拜年不用说话，只要动动手就好了，拜年变成了一种形式，少了人与人之间的感情交流。

过年就能放鞭炮。过年的标志就是鞭炮声声，以及空气中烟花鞭炮燃烧后的浓浓烟火味。过去讲，鞭炮声声过大年，腊月二十三是过小年，从那天起，小孩子三五成群，你放炮仗我点烟花，小卖店最畅销的就是炮仗烟花了。有人把炮仗埋在雪里炸，有人向水塘里扔，看谁能把握好时间正好到水里爆炸，不然就变成哑炮了，有的人把炮仗放在倒扣的水桶里，调皮捣蛋的孩子就专门把炮仗扔在女孩子身边吓唬她们，逗她们玩。整个过年放鞭炮的高潮有三个时间节点，第一个节点是大年三十晚上一家人吃团圆饭前。家家户户都做好一大桌子好吃的菜，全家人围绕桌子坐好，烧黄纸祭祖，再贴好对联，然后点燃一大盘鞭炮，关上大门才正式吃年夜饭，全家人坐在一起聊天守岁。外面的炮仗声早已经是此起彼伏连绵不断。第二个节点是大年初一开门。初一开门，一定要起个大早，家家户户把鞭炮吊在毛竹竿子上点燃，象征新的一年里节节高，家门口鞭炮燃尽后地面上的红纸越多越好，寓意着开门红。一般从凌晨零点开始一直到早上十点，外面的鞭炮声是不会断的，特别是早上六点到八点，炮仗的爆炸声是一阵高过一阵，好像是在比赛，看谁家的炮仗响，谁家的炮仗燃放的时间长。第三个节点是正月十五。正月十五闹元宵、闹花灯，一个"闹"字就把十五晚上的烟花爆竹环境和人的心情描写得淋漓尽致啦！大人们过年，过的是一段农闲时光的重整旗鼓，是静静的岁月如歌的经历，是对明天越来越好的期待，更是对时光流逝的总结和尊重……

春节每年还会如约而至，每年往事的回忆也就像在眼前，儿时的年味年年回味，变的是人们对年的期待，变的是过年的环境气氛，变的是我们现在生活条件好了，变的是我们头发白了。年味渐行渐淡了，记忆却越来越清晰了，愿朋友们日子越来越甜，梦想成真！

套马杆

不知从什么时候开始，每到一个新的地方，总想着迟早要离开，一旦离开，又不知道什么时候才能再来。生活中多了些留念，多了些不舍，对新认识的朋友也多了些情感，每天也多了些新的认识。

这次来到内蒙古自治区锡林浩特市之前，我对内蒙古自治区的了解，仅限于历史课和地理课中的乌拉盖草原、呼伦贝尔大草原、科尔沁草原，对牧民的印象也只停留在电影《牧马人》的剧情中。我心目中的大草原是一望无际的，风吹草低见牛羊，牧民骑着马，手握长长的套马杆，在蓝天白云之间奔驰。蒙古男人高大魁梧彪悍，蒙古的姑娘能歌善舞勤劳漂亮。因此我对大草原有一种原始的向往……

我一有时间就喜欢跑到牧区的草原上，无论是凄凉的枯萎荒芜期，还是绿油油的草美羊肥期。凄凉时，我知道脚下这片看似荒凉贫瘠的土地正孕育着春天。站在四周无人的荒原上，享受着吹来的阵阵凉风，感受那一种孤寂，那一种莫名的期待，此时此刻大概只有天空那片云或者那一轮明月，才知道我在想什么吧！夏天来到牧区，看着眼前草原的绿草如茵，深呼吸一口，清香的草木味扑鼻而来，让人心旷神怡、如痴如醉。牛、马和羊漫游在草原上，风吹草动，蓝天白云形成了一幅如诗如画的景象，而且这种画面天天都有不同，不知不觉中你仿佛进入了世外桃源。

一个偶然的机会，我来到哈那乌拉嘎查大唐矿业公司北面的草原上。这里地势平坦而辽阔，在远方有微微起伏，整个大地都被绿油油的草覆盖着，像铺了一层厚厚的地毯，在蓝天的映衬下，显得格外清新。在这里我竟然遇到一个骑着马、手握长长的套马杆在放羊的牧民。一两千只羊在绿色草地上缓缓移动，蓝天上的白云也随着风飘动，天地之间牧羊人策马扬鞭，好一幅油画般的景象呀！我连忙举起相机拍下这心仪的画面。据了解，现代牧民很少有人骑马放牧了，家家户户都改用摩托车放牧。有马的牧民在逐渐减少，套马杆也快要成文物了。我好向往能跟牧民一样跨上骏马、手拿套马杆，感受那种驰骋草场、指挥千万牛羊的感觉。当我试探着问牧民时，牧民肯定地告诉我，这马太烈，有危险，不能给我骑。虽然有点失望，但这也是我第一次近距离地看到牧羊人挥杆策马的豪情，我也从好奇到敬佩，最后感慨牧民的不容易，我发现牧民身上的皮肤全被晒成古铜色了。长长的套马杆曾经是牧民不可缺少的必需品，而现在牧民骑摩托车放牧，一加油门就很方便地把马牛羊赶到圈定位置了。草原边上虽然也停放着他的一辆摩托车，但他选择传统的放牧方式，我想他一定是一个有故事的人。眼前这根套马杆，油黑的绳子还是那么长，但杆子看起来已经很旧很旧了，甚至还有修接过的痕迹。我想或许他的兄长、父辈也用过这根套马杆，他对它有太多的感情和不舍。这根长长的套马杆给我留下了深刻印象。

载我们的汽车离草原渐行渐远，回头看见骑马的牧羊人还在为我们送行，他手中那根稀罕的套马杆已经模糊不清，但我心中对草原、对套马杆的感情却越来越深。或许在不久的将来套马杆也将成为历史，但这根老旧的套马杆会永远牢牢地套住我美好的记忆。

2018 年 8 月 16 日于内蒙古锡林浩特

高汉华*作品

陀螺的往事

20 世纪 60 年代出生的男孩子，没一个不会抽陀螺的。至于做陀螺并且做得好，对农村孩子来说就不是那么简单了。

我七岁时，到了上学的年龄了。我父亲在武汉四米厂工作，他有城市户口，母亲没有。为了上学读书，我就跟随母亲回到父亲的老家——鄂州市的泥矶村安家落户。更年幼的弟弟则留在了武汉跟父亲一道生活。

我们的学校在泥矶公社大队部，和我同班同村的小伙伴有火刚、汉齐、汉新、槐花。我们那时一起上学、放学，关系比较要好。每天晚饭后，我们便会到村中心的空地上抽陀螺玩，看谁的陀螺抽得好、抽得欢。我的陀螺很简陋，是由粗木头慢慢用刀削成的。村里最好的陀螺是槐花的。她的木陀螺下安了一个铁芯，抽得又稳又快。据说这个铁芯是她父亲从铁匠铺专门打造的，小伙伴们当时很羡慕。

这天晚饭后，我们又开始抽陀螺玩。眼看天就要黑了，这时槐花尖声叫起来："我的陀螺掉田里去了。"原来村里空地旁是一片稻田，幸好当时水稻早已收割，稻田地已干到可以走人了。我们几个人忙放下手中的陀螺，下田帮槐花找陀螺。借助朦胧的暮色，我很快在一处田埂下找到了陀螺。我摸着这个有着铁芯的全村最好的陀螺，心怦怦直跳。给不给槐花呢？我揣着陀螺假装继续寻找。最终私心占了上风，我将槐花的陀螺据为己有了。天完全黑了下来，槐花和小伙伴们怀着失望的心情说："明天天亮后再继续找。"

回家后，我兴奋地拿着槐花的陀螺在堂屋继续抽着玩，感觉浑身上下充满力气。我想过年回武汉后给弟弟也玩一玩。正玩得起劲，同村的田老师上门了。

---

* 作者简介：高汉华，1964 年 9 月出生，年轻时酷爱文学，至今初心不改，曾为湖北省青年诗歌学会会员。有诗作获奖与他人合集出版，新世纪老骥伏枥，志在千里，在冬的荒原跋涉，在春的季节前行。

田老师当年二十岁左右，是我们的语文老师，人很和气，对我和母亲也好。他见到我就问："汉华，你妈呢？我找她有点事。"

我忙收起陀螺说："我妈到隔壁二婆家咵天①作品去了。"田老师哦了一声，突然盯紧了我手中的陀螺："汉华，把你手中的陀螺给我看一下。"

田老师看了一会儿说："这是槐花的陀螺，怎么到你手里来了？"我吞吞吐吐地说："路边捡到的。""那好，你明天就还给槐花吧。"

我一下涨红了脸。我当时帮槐花找着了没还，明天再还我怎么说嘛。田老师看出了我的窘相，问："汉华，到底是怎么一回事？我平常课上课下教你们要做一个诚实的小学生，你有什么心事不能跟老师说吗？"我这才将经过一五一十地道了出来。

田老师笑了："这样吧，这个陀螺我亲自交给槐花，就说是我一早从田边路过捡到的。"

田老师走了，我心里一阵轻松。第二天傍晚，槐花与我们又一起兴致高昂地抽她的陀螺玩。

想象那条通往英雄的路
——童年往事

今年初夏的一个清晨，我骑着电动车经过武昌友谊大道，准备前往武警医院看望一位生病的老友。走到尚隆地球村时，无意中朝沙湖公园望去，竟然有一条新修的公路直通公园，我忙拐向这条路进了公园。下车后径直走上了公园旁边荒弃的粤汉铁路。

这段铁路附近有一个沙湖车站和一条近 20 米长的小铁桥。我童年时常与小伙伴在此玩耍，2003 年老屋拆迁前也带老婆和年幼的儿子来玩过几次。人生一晃几十年，临近退休的我常常怀旧，感叹自己曾经的童年、少年和青年以及所有度过的时光。我站在锈迹斑斑的铁轨上，心情有些莫名的惆怅，童年的一幕一幕往事不经意间浮现在眼前。

我家住在离铁路不远的沙湖街，那时隔壁有三个与我很要好的小伙伴。很

---

① 武汉方言，聊天，闲谈的意思。

会叉鱼网虾的麻雀，学习成绩较好的猩头，还有对门活泼好动却有点"狡黠"的冬梅。有几次，我和冬梅到铁路边拾木柴，她会趁我不注意偷偷从我篮里拿几根木柴塞进自己的篮里。

那是1974年，暑假的一个清晨，我和几个十岁左右的小伙伴又相约到铁路边玩耍。正玩得兴起，走在前面的麻雀突然停住了脚步，两眼瞪着前方看着什么。我们顺眼望去，只见前方停着一列装满煤炭的火车，旁边有三个东张西望的中年妇女，她们每人手里拎着一个半瘪的大黑包，指着车上的煤炭说着什么。胆大的麻雀一本正经地对我们说："她们包里肯定藏有盗窃的煤块，我们要保护国家的财产，抓坏蛋。"

冬梅有些胆怯地说："她们是大人，我们打不过，而且……她们包包里肯定有刀子。"大伙儿沉默了。猩头抿着嘴扬了扬手中的树枝说："不怕，开学我们就读四年级了，老师讲了我们要敢于同坏人做斗争，我们要向少年英雄刘文学学习，为保护集体的财产与坏蛋斗争到底。"

"说得对。"麻雀赶忙到路边折了根粗壮的树枝。我攥了攥拳头，一股豪气直冲心田。"我们要对得起胸前的红领巾，她们胆敢扒火车偷煤块，我们就一起冲上前抓住她们，不让她们跑了。"

也许是发现了我们警惕的眼神和窃窃私语，她们害怕了，相互凑在了一起商量着什么，然后慢慢走下道坡一溜烟地离去了。我们站在原地望着她们离去的身影一动不动，失望的心情让我们好久都未开口讲话。那条通往英雄的路就这么断了，当不成英雄也得不到学校的表扬了……

现在回味起来，这件不寻常的童年往事对那三个拎黑包的中年妇女来说，何尝不是一种幸事？她们的盗窃行为被我们无形的威慑制止住了，她们的名声也被保全了，家庭一如既往平静地生活了下去。我想，不管生活如何艰难，盗窃终归是一种违法的行为，不管在哪个年代，都要付出相应的惩罚并接受道德的抨击。我时常想，一个追捧明星的时代会造就一大批狂热的粉丝，那么一个崇尚英雄的社会氛围，也必然会产生无数个可歌可泣的英雄人物。

这是一个清明富足的年代，我相信不久的将来，中国会是天下无贼的一方净土。我的儿子现在在大凉山支教，我们的后代也会崇尚英雄，崇尚为祖国和人民利益而牺牲个人的英雄。天若有情天亦老，人间正道是沧桑。

黄德金*作品

秀美里罗城

里罗城，伏山一隅，离县城不过三十余里，听名像城，其实非城，而是一个新农村的样板。独特的自然风光，经商人的开发，锦上添了花。于是，声名鹊起。

若到商城县游玩，可去的地方很多，首选黄柏山、金刚台或汤泉池，之后再去里罗城玩上一天或半天，会给你带来不一样的惊喜。这里看山可以不用爬山，金刚台主峰猫耳石就在眼前，似乎触手可及。玩水不惧水险，挽起裤腿便可嬉戏清溪，乐而忘忧。赏花不必跑路，随处可见的茶花、映山红、桂花、桃花、杏花、桐花、栀子花，让你眼花缭乱，目不暇接。这里四季有花卉，终年飘果香。

里罗城的清秀，不在高山，在溪流。方圆几十里的溪水，在里罗城汇聚，清澈见底，晶晶然如镜之新开，而冷光之乍出于匣也。鲫鱼、鳅鱼、黄鱼、鳜鱼、翘腰、沙锥、白条、肥鲵，时隐时现，悠然自乐；白鹭、黑嘴鹤、白冠雉、中华秋沙鸭、朱鹮、小天鹅在水中游来游去，觅食的、斗殴的、戏水的，心满意足，乐不思蜀。

里罗城的幽美，不在林木，在田园。这里的田地像涂了彩，红的如血，黄的似金，黑的像漆，蓝的同天。春种秋收，夏耘冬藏。油菜花开，一片金黄，蜂戏蝶舞；向日葵笑，灿若列星，遍地流金；芙蓉花放，气贯长虹，香飘万里；水稻花扬，银光闪烁，香气袭人。游人留恋于多彩田园之上，醉卧于百花丛中，飘飘欲仙，不觉夕阳西下，不舍归家！

里罗城的淳朴，不在民居，在风情。玩上一天，你就会感到这里老人和蔼

---

* 作者简介：黄德金，男，1963年10月出生，河南省信阳市商城县人。1985年信阳师范学院中文系本科毕业。当过商城高中教师、商城县教育局科员及纪委书记，商城县人力资源和社会保障局副局长、二级主任科员。平时喜爱诗歌散文，曾在省市级报刊上发表过若干篇诗歌散文。

可亲，小伙热情奔放，姑娘热心大方。文化广场歌声嘹亮，青墙瓦舍浓茶飘香。倘若住上一夜，你就会知道什么是返璞归真、自然馈飨。食一只散养鸡，尝一块野生鱼，喝一杯青梅酒，吃一碗黑米饭。虽无琼浆玉液之精髓，山珍海味之奢华，却让你喋喋称道，满口生津。

年年都去里罗城，多的时候，一年五六次。免费为亲朋好友当导游，乐此不疲。插秧节必去，里罗城一年的旺季，便是从这一天开始的。从四面八方来的游客，可以躬身田中插秧，当一把农民的感觉让城里人多了不曾有过的惬意。收割节更是把风情推向高潮。乡里忙八月，在这大放异彩。除了可以体验下田割稻的辛苦与快乐外，还可以买到刚刚打下的清香谷米，尝尝喷香的米饭。到了腊月，再来目睹杀猪宰羊的壮烈，抢购土鸡土鸭、土猪土羊。倘若中午再能吃上一顿农家饭，青梅酒醉之后，看看半懂不懂的皮影戏，你的心情就会特别舒畅。

东湖之美

东湖是中国最大的城市湖泊，湖区面积是杭州西湖的五倍。它风光秀丽，景色迷人，是武汉的名片。东湖的美是随处可见的，入景区便一目了然。那郁郁葱葱的树，那香飘四溢的荷，那波光粼粼的湖水，那依稀可见的历史，都让你过目不忘。

东湖的树很多，是武汉的植物园，各种枝繁叶茂、苍翠欲滴的乔木、灌木将湖紧紧地抱在怀里，让湖如仙女般娉婷婀娜，仪态万方。生机勃勃的树林下面藏着无数条蜿蜒曲折的柏油马路，犹如林中流淌的河水，那被河水切成块块的绿岛，像是仙女飘逸秀发上的蝴蝶结。在绿色掩映下的雕梁画栋，别墅洋楼随处可见，又像是湖仙脖颈上的明珠，璀璨夺目。围湖而生的每一棵树，都像绿宝石，在阳光的照射下熠熠生辉。

树因湖荣。丰沛湖水的滋润，让林木根深叶茂，干壮果蜜；让花草鲜嫩香艳，遍地绣锦。湖因树俏。树影倒映湖中，清晰可见，像是挂在水晶宫里的画，置于水晶宫的翡翠。岸林之美，湖水尽收。湖岸是水的骨，骨绕水弯，弯弯曲曲的沿湖大道就修在这水骨之上。垂杨守护着大道，大道牵挂着垂杨，一道道靓丽的风景线，如落地生根的七彩霓虹。穿越彩虹，让人仿佛置身于天庭瑶池，沐浴香风圣露，逍遥如神。

东湖的香荷很出名，来这里游玩，是必看的。六月的东湖，荷花盛开，香飘万里，沁人心脾。大片大片的荷叶肩并肩地挨着，犹如在水面上铺了一层厚厚的绿地毯，叶连天碧。微风吹来，波浪滚滚，像无数飞天少女正在排练舞蹈。大小不一，高矮不齐的荷花，红的如血，白的似玉，紫的像霞，黄的犹铜。有的穿叶凸起，亭亭玉立，狂热地怒放；有的躲藏叶下，低眉含目，羞于见人。她们各展媚姿，绽放美丽，倾吐香艳。

芙蓉如面柳如眉，菡萏香飘游人醉。徜徉湖岸，手触如眉的柳叶，柔情似水；鼻嗅如面的芙蓉，温香玉软。荷花焕发湖的魅力，游客增添湖的激情。来一次东湖，赏一朵荷花，掬一捧湖水，留一身清香。

在东湖游玩，最让人们心潮起伏、激情澎湃的就是湖心览胜了。大江大湖大武汉，东湖之大，是任何城市湖泊都没法比拟的。你若想徒步绕湖一圈，少说也得五六天。偌大的东湖，烟波浩渺，一望无边。晴日，水光潋滟；雨天，山色空蒙。冬季，清澈可人；夏季，波涛汹涌。

盛夏之日，是游湖的最佳时节，我们刚好赶上。宽阔的水面，轻风柔吻，波光粼粼，温婉的水汽扑面而来。漫步湖岸的游客，仿佛吃了一块雪糕，满身舒爽。湖的中心，川流不息的大小船只，一片忙碌。有送货的、有载客的、有巡逻的，但是，更多的是荡漾湖水，呼唤游人玩水的画舫游艇。我们租了一只小船，兴致勃勃地开向湖心，中流击水，浪遏飞舟，任轻风洗心，任湖水革面，心旷神怡。

东湖和西湖一样美不胜收。她不缺西湖的灵秀仙气，更有自己丰富的文化底蕴。在东湖上，随处可见荆楚风韵，江河徙迹，伟人懿范。屈原东湖吟咏，忧心楚土；刘备东湖设祭，争霸天下；李白东湖唱和，胸怀华夏；毛主席多次莅临东湖，品武昌鱼，游长江水，"不管风吹浪打，胜似闲庭信步。"东湖的人气，不只在文人骚客的浓墨重彩，更在领导人厚重的足迹。

东湖是开放的景区，一半是园林一半是水。园内处处鸟语花香，绿地疏影。百步一小亭，千步一大亭。累了，石墩歇脚；困了，亭椅小憩。到东湖游玩，不怕意犹未尽。你想什么时候来，什么时候走，都随你意。

畅游五星景区，欣赏旖旎风光，所到游客，人人心满意足，个个神怡气愉。

李宣 *作品

关于她

已经记不起，有多久没有看到她熟悉的面容，感受她的风姿了。

她，属于历史，属于祖祖辈辈用生命开启的一方天地。从第一棵树变成房屋，第一泓泉水变成井，第一座山有了路，一切，随之而来！

偶有几只调皮的鸟儿飞过屋顶，触动了门口那棵看似严肃的老树，使得它的发梢轻微地颤抖起来。仰起头，看到几缕白色云雾缥缈在鸟儿之上，似是残垣断壁下上了年纪的老头往烟筒里吐出了浓烟，风一吹，又随之散了去！

太阳也有些神神秘秘，睡眼惺忪的你探出脑袋，它却直接把你紧紧包围住，沐浴阳光是一种别样的感受。一到中午，它像个年轻力壮的汉子，脸蛋儿红的像是害羞的姑娘家，热情却不减半分，烤得门口的老猫慵懒地趴在桌下。直到傍晚，终于折腾累了，像个泄了气的皮球，慢慢地褪去了满身热情，沉入了海底。直到第二天天边露出鱼肚白，它才开始翻身！

关于她，很多都定格在了记忆里。比如那些鸟儿，那些云朵，那些太阳的升升落落！

我想，如果一片土地，让我寄之以感情，那定是那里的人、那里的事，让我无限延伸着对她的热爱。

离家已有月余，可是一切都藏在了我的眼底。我知道，家乡的背后，总还是因为有了家！我开始怀念，怀念那里的一草一木。尤其，在我步入这个不大不小，我却从未来过的，这个每日和无数人擦肩而过的城市！

这里没有黑暗，哪怕午夜，也有暖黄的灯光；这里没有寂静无声的山林，哪怕午夜，也车水马龙！可是，我依然想起来那条弯弯曲曲，带给我无数回忆的羊肠小路，爸爸曾在那里为我送行，只给我一个背影，便让我泪流满面！

---

* 作者简介：李宣，女，回族，1999 年 10 月出生，云南昭通人。在校大学生，热爱文学写作。座右铭：苦难与幸福一样，都是生命盛开的花朵。

我怀念着那里的一切，我的家乡的一切！

村子里标志性的土路没有变化，唯一改变的，是坑塘变得越来越大，车轮碾过的痕迹变得越来越深。池塘里的水，渐渐没了鱼虾，它们似乎和我一样，随着年龄的增长，逐步地退出了那个村落。然而，唯一不变的，是我远隔千里，依旧执意怀念着那里的一切。

我从未羡慕过别人的家乡出门就能坐公交、坐地铁，尽管我的家乡泥泞不堪，没有干净的水泥路，没有热闹的街市。有的，只是一片片环绕房屋，环绕整个村庄的松树林。

每当四季的轮回，完美地体现在门口的那几棵柳树上，我就知道，我和小树一样，又长了一岁，而爸妈，也像池塘边的老槐又弯了腰！

我曾经幻想过，假如我生活在一座大城市里，彻夜灯火通明，热闹非凡，我会多么自在快乐。直到有一天，我拖上行李箱，穿过车水马龙的闹市，我才明白，原来，我是那么珍视和热爱着家乡的一草一木！当我看见一幢幢的高楼大厦，拔地而起，遮住了蓝天白云，挡住了鸟儿的路，我才明白，原来，我依然热爱着家乡的矮小。

当秋风瑟瑟，刮走了树枝上的叶子，袒露出一个个新鲜可口的红富士。随着风，飘来阵阵香味儿的时候，农民伯伯们乐开了花，他们一年的辛劳将在短短几日得到收获！

是的，她朴实，平淡无奇，只是，昭通苹果名扬万里，而她只是偌大的昭通市的小小的一角，是她哺育我长大，又将我送往更远的地方，她是我深深刻在骨子里，为之骄傲的地方！

关于她，往后，会很少回去看望了吧。从前一周一次，一月一次，往后，半年一次，一年一次，甚至更久！

她会老吗？像爸爸妈妈一样，两鬓斑白？她会老吗？像那条支离破碎的老路？她会好吗？有朝一日，也变得灯火通明？我想，一定会的！

关于她，我一直在走，一直在怀念，尽管她并不富裕，尽管她只是万千世界的一个角落，我依旧，深深地，爱着她！

背　影

那条路依旧很窄
容不下我们并排走
那条路依旧很远
容不下你陪我走完
我的老父亲
你越发矮小了
是因为我长大了吗
树桩上的年轮
一圈一圈
总是划过了岁月的脸颊
却怎么
划伤了你的眼角
让它越发的皱了呢
噢，风刚刚吹过
我看见了
藏在你眼睛里的深沉
你的背影
时而庞大，时而矮小
请你走慢一些
扒一扒藤蔓
我们就可以并排走了
请你等一等
我正在长大
请你等一等
这次
换我在前面替你挡挡风
也让你看看我的背影吧

刘静*作品

冬至的饺子里，藏着一家人的脉脉温情

今天是 2021 年 12 月 21 日，星期二，又是中国的传统节日——冬至。冬天又称"冬节"，历来就有"冬至饺子，夏至面"的说法。

在北方，人们最重视过节，也只有过节，才能让一个家有"热气腾腾"的烟火气息，挑动游子那颗似箭的归家的心。

我们从"露从今夜白，月是故乡明""举头望明月，低头思故乡"这两句诗中便能深切体会，那是一种怎样的乡愁。

"小时候，乡愁是一枚小小的邮票，我在这头，母亲在那头……"诗人余光中，把我们带进这浓浓的乡愁里，剪不断，理还乱……

在这个特殊的节日里，饺子成了乡愁的代名词，乡愁的背后是对家人的深深眷恋。

我还记得去年的今天，天空灰蒙蒙的，雾霾很严重。我在外面给人家做事，母亲刚从济南动手术回来，在我家的小厨房里，父亲擀皮，母亲包馅，不一会儿，热气腾腾的饺子就上桌了，提着一袋橙子的我，被笼罩在缭绕的热气中。

我一开门，就闻到了一股浓浓的"年"味，像小时候那样熟悉的味道，我的心里顿时生出一股久违的幸福感。那一顿饺子，吃得我热泪盈眶。

冬至，年年如约而至。

转眼又到了 2021 年的这一天。

今天早上，我腰疼得直不起来，女儿的咳嗽持续了一周还没好。恰巧丈夫这几天也感冒了，精神恍惚，所以，没顾得上吃早饭，全家就奔赴医院的路上了。回来时，已近中午，大家就凑合着吃了一顿午餐，我的心里有点落寞。

由于心里没有了期盼，过节也就成了一种形式。原来家里没有等你吃饭的

---

* 作者简介：刘静，女，36 岁，现居于山东省邹平市，喜欢唱歌、写作。人生感悟：未来的你一定会感谢现在努力的自己！人生不设限！人生无极限！

人，吃不吃饺子，也就不那么重要了。

原来，家是一个人等一群人吃饭，等一伙人团聚……

生活需要——仪式感

近日，有个朋友请教我：该怎样保持对生活的激情。她说，她感觉生活非常枯燥乏味，没有一点新意，她就像陀螺一样，每天赶着时间，过着单调重复的生活。

我问她，最近是不是遇到了什么不开心的事，或是遭遇了什么重大的变故？她回答：没有。

这位朋友的家境还算富裕，她开了一家百货商店，店里每天人来人往的，生意还不错，但她就是觉得不怎么开心，非常无聊。

无独有偶。

一天晚饭过后，我领着孩子们去湖边散步。

那时正值圣诞节前夕，我们经过一家商店。商店的橱窗里摆着一个偌大的圣诞树，圣诞树翠绿的枝叶上挂满了各式各样的饰物和五颜六色的小彩灯，在彩灯的衬托下，圣诞树显得格外璀璨。孩子们看到这番美丽的景象，先是惊诧，后是喜悦，一种说不出的幸福感涌上他们心头，然后他们蹦着跳着、说着笑着，带着这份喜悦继续往前走。

忽然，大女儿转过头来，朝着我兴奋地说："对了！圣诞节，马上就要过圣诞节了！"我下意识地应了声："噢！"她的兴奋劲似乎无处释放，紧接着，女儿又自言自语道："过了圣诞节过春节，过了春节再过元宵节，还有植树节。再加上生日、纪念日，我掐指算了算，中国人要过这么多节日，累不累啊？"

我称赞她提的问题非常有讨论意义！"如果没有这些所谓的节日，世界将会变成什么样子？"我反问道。

她托着腮，若有所思地回答："节日，让我们有了回家的理由；为了过节，我们会精心准备礼物，给家人一份惊喜；过节，让我们的生活变得丰富多彩。不过节的话，这一天与那一天并没有什么区别，便会觉得人生好无聊哦！"

我们讨论来讨论去，最终得出一个重要结论：想要活得多姿多彩，必须得有仪式感，而节日就是仪式感的承载体。我明白了：这样的思维逻辑里，那位朋友百无聊赖的原因，便不言而喻了！

生活的本质就是日复一日地重复。结婚誓词上的天长地久，实际上与重复是一对难兄难弟，是否能像天地一样长久，就需要像在苦的咖啡里加点糖，在平淡无味的生活里加点盐一样。有一句话叫：好看的皮囊千篇一律，有趣的灵魂万里挑一。

我们每个人的生活就像一瓶香水，能不能散发出独有的味道，还需要融入个人的艺术细胞，让个人的情调为平淡的生活带来一份独有的色彩。

就像儿子在妇女节送来的礼物；女儿在学习之余折的折纸；不经常做饭的老公，难得地下一次厨；邻里间的一次畅所欲言；陌生人的一次搭救；家人的一次愉快的旅行；读者的一句鼓励的话语。

生活中有许多美好的瞬间值得我们铭记，

无关乎金钱，无关乎地位，而是心与心的交流，理解与尊重的友好！

再别，故土

别了，故土
注定是抹不开的哀伤
不要勉强用笑安慰我
放我寻一个自己的天堂
那里有我的伙伴和爹娘
没那么多忧伤
彷徨亦没那么牵强

这是我的故乡

生过我，养过我
今天，我要做个诀别
挥挥手，把曾经的记忆留下

捡一片落叶
撑一只小舟
放逐我于海的中央
不管流经哪个方向

那是我要去的地方

史东平作品

春 天

冬天过去了，春天姗姗来迟。

绿，春的使者，她染绿了城市、染绿了乡村。

清晨的我漫步在郊外的青青草地，远见农家屋顶上，升起了袅袅炊烟，宁静、纯洁、缥缈。

下雨了，循着幽静的小径，踩踏在松软的田野里，望着天，展开双臂，任凭斜风细雨吹打，麦苗苏醒了，生机盎然。

雨，丝丝缕缕，淅淅沥沥，小草在轻轻絮语。湿漉漉的雨雾伴着清新的泥土气息，滋润着大地，也滋润着我的心。

雨停了，一时间，微风吹散了云雾，阳光俯照大地，和煦而温暖。

金黄色的蒲公英，在路旁耀目；盛开的桃花像一团团云霞，映着充满生机的大地；小水珠在胭脂般娇嫩的花瓣上滚动着，晶莹剔透；樱花灿烂地绽放着，在阳光的烘托下是那么的浪漫。

生机勃勃的季节，大自然也神采飞扬。

每一个不曾起舞的日子都是对生命的辜负。

看那饱经风霜的树木，它将根扎于坚实的土地，向往着那高处的阳光生长。

不管这个世界阴晴圆缺，只愿和春天有一个约会。

＊ 作者简介：史东平，原籍山西，1963 年出生于孝义，自幼酷爱文学，现供职于孝义市农业银行。

让生命充满阳光

我和你沉醉在这如诗的春天里，你那窈窕纤细的躯体，像冰那样清澈透明，向云那样洁白无瑕。愿彼此执着，热忱满腔，芳香温暖你我茫茫生命的途程。

坚硬的笔，柔软的纸，袅袅的烟，记忆里那份凄凉和荒芜显得多么瘠薄和苍白。无法释怀的孤独与痛苦，仰望着夜幕下无尽的苍穹。是谁寂寞了繁华，让倦怠的心体会坚强，是谁神飞心醉的爱，让天无涯、海无岸。

你那近乎透明白背的肤色，娴雅温婉的仪态，那双好似要哭了的眼睛，略显困窘的表情，你将来或许……含辞未吐、气若幽兰、冰清玉洁般的念想就是和你在一起。

望着你那日渐消瘦的身形，憔悴的姣好面容，你仍旧昏迷不醒。我的泪水浸湿了眼眶，整日衣衫不整，我已学会了买醉，身心的疲惫，总是想留住曾经的那颗心，却为何要如此地放弃。

你是多么的惹人喜爱，在你倒地的一瞬间，我心碎了。

你醒过来了，可我又算什么呢？

望着我的是你冷酷和沉默的目光。

我怎么在医院，你是谁的谁，谁又是你的谁？

你一直在我的底层深处，你的眼泪都能从我的眼里流出，不想将你从我的记忆中抹去，我知道其实我该抹掉你的痕迹，可该过去的，怎么都过不去，该放下的总是在心上，我破碎不堪的这颗心。

我晕乎乎的，一阵阵冷汗让我好难受。意识在模糊，能量在消耗，我浑身酸痛，却不能好好呼吸，这落日般的忧伤，像惆怅的飞鸟。放弃吧，涂白了记忆，让你去寻觅美好的生活，自己不要成为别人的累赘。

我疑惑地望着你，或许我们已成为陌路人，难道这就是应该接受的现实？

一直以为自己在没能力的时候，逃避是最好的选择，但是这代价太过沉重，回头一看，自己想要的都没了，都没了。

在茫茫人海中遇见你，我爱你像爱自己的生命一样，假如减损我的寿命能让爱情继续保持美好，我愿你一生不经历疾病伤痛，所有苦我替你受过。

想不到的峰回路转，又见花园中不同的景色，又见爱情之歌婉转悠扬，又见幸福之神旋转乾坤。

你的美好如花儿绽放，我不忍采撷，唯恐惊了你的幽兰，只好以唇相碰，品味你的美妙。躺在我怀里的沉稳。"上邪，我欲与君相知，长命无绝衰。山无棱，江水为竭。冬雷震震，夏雨雪。天地合，乃敢与君绝。"

闭上眼，我以为我能忘记，但流下的眼泪，却没有骗到自己。我想给你幸福，可病魔的可怕，让我的心无法温暖你的世界，掩面哭泣还是听到了想你的声音。

累了吗？你的眼眸在我记忆窗口留下印迹。

一声啼哭，划破了长空，昭告天下亲亲宝贝来了，红嘟嘟、水灵灵的生命可爱极了。

每个生命都要依恋另一个生命，相依为命结伴而行。刻骨铭心的爱是一种幸福，难忘的是你我纯洁的爱情，可贵的是永远不变的真情。

王华伟*作品

读《薛谭学讴》有感

《薛谭学讴》读毕，掩卷而思，虽觉受益不浅，终也感慨万端。

秦青重于身教，薛谭知错即返，着实可钦可佩。然就薛谭终身不敢言归一事，颇有异议。

秦青固然是位佼佼者，其音"声震林木，响遏行云"，但终有不足之处，岂值得终老不归？须知道长江后浪推前浪，世间今人胜古人。秦青歌乐虽绝，终不能包打天下，也无须终身不敢言归。当然，薛谭未尽师技，自满而归，自然不对，理当尽师所学，求游天下，更上一层楼。

有道是："世间有状元弟子，无状元老师"，"师不必贤于弟子，弟子不必不如师"，此言甚是。倘若我们也学薛谭那样，一生一世跟师而学，不更替之，那么大学何设？高中何设？谁还能兼众师之长，去各家之短？更何谈博大精深，青出于蓝？由此观之，"不敢言归"，不足以取。

由是我想：在当今这个知识爆炸的时代，更应当遍寻名师，丰富我们的知识，不满足于一人一师，正所谓"圣人无常师"。只有这样，我们才能傲立于世，不至于被社会抛弃，众手淘汰，甚至要敢于向老师挑战，敢于班门弄斧，这样才能暴露我们的不足，就如薛谭一样，才能知不足而后学，奋起直追，缩短差距，做到后来者居上，这就是我的感慨。

乘风破浪，再弄新潮。
美哉伏牛黄酒，天长地久！
壮哉黄酒伏牛，日月同俦！

---

* 作者简介：王华伟，汉族，1966 年出生，大学本科，中文专业，中学高级教师，河南南阳人，南阳诗词协会会员，爱好文学，尤喜古诗词，曾在《人间》《龙腾南阳》《南湖》等刊物上发表诗词五十余首，文章十余篇。

游菊潭公园

　　郭沫若老先生亲笔题写牌匾的菊潭公园，内乡县人所共知。它隽秀多姿，风景如画。从早到晚，游览的人络绎不绝。若是你漫步在菊潭公园，就会感到心旷神怡，仿佛置身于莽莽林海中。领略菊潭美景，想象自然的绮丽，赞叹人工的杰作，缅怀风流人物，追思革命先烈，启迪我们的思想，陶冶我们的情操，更鼓励我们树立雄心壮志，正确对待人生。

　　菊潭公园林木参天，以苍松翠柏见长。远远望去，一派郁郁葱葱。树尖高直，宛如山峰叠起。柏树成行，又如碧海波澜，一高一低，一起一伏，相映成趣。适值微雨蒙蒙，晶莹的雨花无声无息，像牛毛般多，如花针般细，同丝线般长。林间浮起一层薄薄的雨雾。此时清风袅袅，细雨斜织，构成一幅美丽的微风细雨图。这时若在菊潭漫步，会使人流连忘返，正如古人云："斜风细雨不须归"。而松柏在雨中也显得更加精神抖擞，显露出无限生机。

　　走近"碧海"，仰起头来，注视着苍翠的松柏，枝叶婆娑，树干挺拔，笔直地矗立着，就像那挺胸抬头正在站岗的哨兵。步入松涛柏海中，细细观赏她那婀娜的身姿：葱茏与庄重，是她的仪态；坚牢与端直，是她的个性；斗霜战寒，是她的品格；根深叶茂，是她旺盛的生命力。走上甬道，两旁是齐腰的柏墙，雍容典雅，美观整齐。两边树柏夹持，像两道高墙。抬起头来，只能看到窄窄的一道雨天，细雨飘然落下，像柔长的垂柳，"碧玉妆成一树高，万条垂下绿丝绦"的诗句脱口而出。甬道直曲多折，半人高的玉墙也跟着拐弯，左一曲，右一折，把人转得迷迷糊糊，好不容易才步出林外。

　　猛一抬头，几道斑驳的光映入眼帘，仔细一看，原来是烈士亭顶在反射着阳光。烈士亭四角高翘，突兀高耸，亭上房坡镀着各种色彩，斑驳陆离，红蓝交辉，黑白分明。我加快步伐来到烈士亭旁，翘首观望，只见飞禽走兽，鸭嘴鹤啄，雕刻其上，形态各异。有的抬蹄，好像要狂奔；有的低头探腰，好像要饮尽百川似的；也有的昂头张嘴，似是引颈长鸣……它们无不各就地势，雕刻得惟妙惟肖。游览的人无不赞叹能工巧匠的匠心，真是巧夺天工。上面还雕塑着一些阿罗汉，形态逼真，合十作礼，神态肃穆，好像被烈士们可歌可泣的事迹打动了似的，也在为烈士们致哀、祈祷，表达了人们对烈士的敬仰和怀念之情。

烈士亭四周是一些奇花异草和盆景花卉，赤橙黄绿，应有尽有。怒放的娇艳欲滴，乍开的含羞欲语，吐蕾的晶莹如珠，喷蕊的花房突起……千姿百态。秋菊更是成簇开放，清香扑鼻，沁人心脾。金黄的小花犹如缩小的向日葵，正如黄巢所说的那样："堪与百花为总首，自然天赐赤者黄衣。"各种花在细雨的点缀下，有的轻轻颔首，有的频频招手，好像在欢迎我们的到来。亭边的花草可谓锦上添花，使整个烈士亭洋溢在馥郁的浓香之中，象征着烈士们的精神永远清香，激励后人，为国担当。同时，从这别出心裁的布局中，反映了人们对先烈的敬仰之情，揭示了只有热爱人民的人，才能在人民心中永存。

斜风细雨不须归。然而，蒙蒙细雨渐渐加大，淅淅沥沥下个不停，雨具未备，我们不得不中止赏游。漫步归去。这次雨游，使我真正领略到了园林的瑰丽，看到了自然与人工相契合的画卷。

游方山记

暮春，清明，薄云浮日，清风送爽，正是春游的大好时光，劝君切莫错过。唐人杜秋娘也曾说："花开堪折直须折，莫待无花空折枝。"七点半，匆匆向方山而行。

路旁，芳草萋萋，花木扶疏，杨柳吐绿；田野，黄花澄澄，麦苗青青，一派郁郁葱葱，招致蜂飞蝶舞，娇莺恰啼。南风和煦，麦苗翻伏，花香扑鼻，令人心旷神怡。无怪乎古人说："三月轻风麦浪生，一路青青到永城。"

及至山脚，举首仰望，方山巍峨，直插云霄，使人望而生畏。无暇多思，振作精神，一人沿山道而行。

山路崎岖多折，怪石立路。小道旁，乱石遍地，荆棘丛生，黄花红英，杂处其间，只觉暗香袭人。初上时细行慢步，不觉累人；比至山腰，山陡石巨，崖高路窄，使人大汗湿衣，气喘吁吁。山势嵯峨，峰回路转，行径多弯。嶙嶙怪石挡道，绕而避之；刀削山崖横路，攀而登之。几经曲折，历尽艰险，方山之巅，终现眼前！此时回头下望，巨崖烈谷，使人心惊肉跳，嗟叹不已。

及既上，天风浩浩，长空悠悠，鹰上扶摇。山顶上红旗飘飘，箫鼓阵阵，仙乐陶陶，让人逸兴遄飞，壮怀激烈，感极而歌者矣。

　　放眼东眺，云海漠漠，菊潭迷离，湍河若带，黄水历历。俯视山下，香村碧树，稀稀疏疏；肥田沃野，黄碧接天。回头西望，云山叠翠，峰巅林立，如仙境，似梦中。南北而视，青山绵亘，如人舒臂，像八达岭，一道天然屏风。

　　江山多娇，故园美好，引无数英雄竞相为之倾倒。然而千古江山依旧，秦皇汉武易逝，多少英烈伟人事，徒使今人遥思！

　　漫道山河无主，年少登山，欲把山河览。惜春不驻，韵华易暮，然而雄心壮志可消磨？错错错，从头越，遍历山河！

黄石宋*作品

川岛遗梦

上川岛，是我走出象牙塔，告别童真，正式踏入社会的第一个驿站，这里，留存着我许多美好和酸涩的回忆。同大家一起分享。

随着岁月的推移，不会磨灭记忆。时光的消逝，也不会对你淡忘。而随着青春离我远去，怀念也更加强烈。亲爱的战友们，让我们踏着当年的足迹一起去寻找当年的梦想，重拾往事吧。

曾记否？当年我辈风华正茂，热血沸腾，激情满怀，为了大地的锦绣，山河的壮丽，民族的安危，为保这平安宁静的乐土，我们从三山五岳应祖国召唤聚会于此，效命于斯，大有壮士断臂之志。

曾记否？火红的激情岁月，燃烧着美好的青春年华。沸腾的热血撰写着美妙的华章，纯洁的心灵奏响动人的乐曲。我们为中华民族做出无私的奉献，为祖国描绘出美丽的图画、谱写出壮丽的诗篇。

曾记否？那浩瀚的大海，是我辈的胸怀。奔腾的巨浪，是我辈跳动的脉搏。搏击风浪中的海鸥，是我辈的梦想。五彩缤纷的贝壳，是我们生活的写照。浪花的涟漪，曾点缀过我的生命。

曾记否？练兵场上，每天的第一抹晨光，最先映入我们的眼眸，落日的余晖总是披在脊梁。汗水，洗涤了灵魂、湿透了衣裳。辛苦，是我们对民族的担当。

曾记否？303 高地上的坑道里，你留下的体温尚在。在战壕里洒下的汗水与露珠一样晶莹。在掩体内、猫耳洞里有你带着汗味的体香。在保卫祖国的枪杆里的扳机上留下你深深的指纹。在火炮的瞄准镜里有你专注的眼神。五千米的飞沙滩，留下你深深的脚印。山顶上的石头、海边的礁岩上留下你瞄准镜里的标记。我们怒吼的喊杀声曾激起千层巨浪……

---

* 作者简介：黄石宋，生于 1959 年 4 月。1975 年 7 月初中毕业。1976 年 1 月到台山市上川岛当兵 4 年，1980 年退伍。1982 年学开车，之后一直都是司机，直到退休。

曾记否？嘹亮的军号声把你从美梦中唤醒。操场上的脚步声和口令声此起彼伏。营房里欢快的歌声笑语，靶场上清脆的枪声，阵地里隆隆的炮声。尚在耳边回响，仿如昨天。

曾记否？几易寒暑，数度春秋，大家不分彼此，互励共勉，结下兄弟般的情义。怎能忘？临别依依，相拥泣别，一声珍重，胜却万语千言。

如今，战友重聚，一声：你好！蕴含着分别三十多年的牵挂与思念。一双双饱经岁月沧桑的大手握在一起，诉说着时光的无情。岁月的印记深深地刻在我们的脸上。但时光怎样无情也带不走我们用青春和热血凝聚的战友情。

试问，世间上什么情最纯、最真？唯有战友情。

美丽的上川岛，如今繁花似锦，歌舞升平。是旅游胜地，游人如潮。花朵为何这般娇艳，因为有我们的汗水浇灌；上川岛为何变得如此美丽，正是我们当年的梦想；海浪为何这般怒吼，这是我们的呐喊声：

你好！祖国的南海明珠。

上川抒怀

四年。

在历史的长河中，只是一刹那。在漫长的时光里，只是一瞬间。

在我数十年的人生旅途中，也显得非常短暂。

但它既像流星划过天际，亦如烟花绽放、焕发出瞬间的灿烂。

虽然短暂，美丽却洒向人间。

这四年，在我人生的记忆中，她犹如深山里的溪流奔向浩瀚的大海，所经过的一道港湾。

如在缤纷花海里的惊鸿一瞥，还未细细品味花的烂漫。

也如遨游在遥远的天际，置身于彩云之间。

这四年里，既是我人生乐曲中的一个重要音符，也是我初涉世事的摇篮。

年华在这里逝去，却育出枝茂叶繁。

激情从踏上这片土地开始，然后终归于平淡。

徐彬＊作品

难忘的往事

　　我在读书时有一件难忘的事，故事的主人公是我小学的校长——金校长。她很漂亮，也很受学生喜欢。如今，她已 90 多岁高龄。

　　在我读三年级时，有一次，数学老师出了一道应用题给我们做，我马上就解答出来了。老师表扬了我，同学们听到后都很嫉妒。

　　从此，他们一到我放学回家的时候，就在路上阻挡我。有一次，有三个人把我围住，两个人把从地上捡的甘蔗插在我后领里。

　　那时大家都穷，我家更穷。父亲是上门女婿，家里有七口人，在众多孩子中，我是老大。家里还有一个得了精神病的外婆。邻居们取笑我爸"沙蟹爬到盐里死"（台州老话，形容人误入歧途不知返而死去），而不会巴结旁人的爸妈，经常吃苦又受气。

　　那时，集体生产队一起吃苦劳作，平时不会说漂亮话的爸妈，受到了不同的讽刺。上学的时候没有自行车，更谈不上电动车、汽车。因此，我们去上学都要自己走一公里左右的路。由于我家穷，寒冷时，也没有雨伞、雨鞋，家中小孩子都光着脚去上学，有时脚冻得发紫，夜里蜷缩被窝里的脚又痛又痒。

　　我每次哭着回家，爸妈还要骂我，说我不应该和同学们一起回来，可以早点回，也可以迟些回，为什么偏要和他们一起回呢？

　　爸妈批评我后的第二天下午，放假了，刚好轮到我值日打扫卫生。等我打扫完卫生，以为同学们都走了，走到校门口却发现他们在地上玩石子。看见我，他们飞似的跑过来，我逃他们追。

　　这时，一个读五年级长得又高又大的男同学看到后，帮我解了围，他们便走了。恰好金校长刚开完会回家，看到了我狼狈的模样，第二天早读，金校长

　　＊　作者简介：徐彬，写作爱好者，在"简书"发表了 140 多篇文章，也在"今日头条"坚持发表文章。

来到教室，当着我们班班主任的面把昨天的事说了一下。从此欺负我的那拨同学便与我各走各的，直到小学毕业，大家都没有发生过冲突。

有一个星期天，刚好是端午节，雨下得很大，我和妈妈在街上卖自己家吃不完的韭菜。金校长看到后，立即过来买了许多。我妈说不要钱，反正是自己家的，她坚决不肯，反而多放了些钱就走了。

我还记得有一次寒假，金校长和王老师到我家送成绩报告单，金校长看到妈妈用手巾包着冻疮，用满是疤痕的手在做针线活，她同情地说："彬妈你要注意身体，你的孩子很懂事，你是孩子的支柱。"妈妈的眼里装满泪水，点了点头。

金校长每一次看到我，都很关心我、勉励我，我很感动。从此，我一心想把书读好，不辜负她对我的鼓励。

不只我说金校长人好，同学们也都说她平易近人。

让好心态驾驭自己生命的活力

学会放下，让每天有好心态，心态决定人生。心态主导每个人不同的生活质量。学会放下，让好心态驾驭自己生命的活力。

人生苦短，每个人都有属于自己的理想目标并为此而付出艰辛。我们可以为了生活奔波忙碌，但一定要有好的心态做支撑。

只有学会放下，才会有好心态。好心态让生活张弛有度，劳逸结合，不盲目追求不切实际的东西，不追求多少卓越，也不追求过分完美，悠闲自在地生活，惬意舒心就好。

若想生活舒心，就需要内心怡静，以乐天旷达的心态，尽赏大自然的美好，面对曲折人生。学会放下，让心在简单恬淡中，快乐轻松。

学会享受简单的生活是大彻大悟的人的人生态度，是人生至境。若是能学会做个简单之人，生活自然而然会赋予你阳光和温暖，我们自然而然就能知足常乐。

人生短暂，以善良质朴、随缘惜缘的态度珍惜身边的人，凡事都能做到不气馁、不懈怠，让内心安静无尘，那么生活自然就会精彩不断。

人无完人，但要真诚，懂得知足；事无巨细，但要全心全意不遗余力。不争名夺利耗费心机，看淡一切成败荣辱和是是非非，让自己的一颗心时时处在悠闲的状态中，才能找到人生的真谛。

牛阿芳*作品

匆匆秋已过

一不小心，夏在我的晨练中匆匆穿过。没有下雨，只是来了几片积雨云，刮过几阵卷地风，秋就悄悄来了。焦躁的心在慢慢降温，在渐渐平静。

这日，一老友相约出去转转。去哪儿呢？忽然想起在深山沟里的老同学，多日不见，想她了。

汽车行驶在去往郊区的路上。窗外，一闪而过的树隙间看到的是一片丰收的庄稼地，那是玉米，狭长的叶子被硕大的玉米棒子压弯了，在风中慢慢变黄，在完结自己的使命；那是谷子，金黄的一片，谷穗羞涩地低下头，等待老农欣悦地迎娶；那是豆子，好大的一片，还是那样绿意盎然，全然不知秋已到来。转过一个弯，汽车驶进一道山沟，沿着一车宽的水泥路慢慢前行。这里秋意更浓，那是几层小梯田，小梯田边上的柿子树，迎面而来，转瞬即过，硕大的绿叶间红红的柿子若隐若现。田埂上金黄一片的是簇簇野菊，散发着的清香飘进车窗。顺着视线延伸的是那若隐若现的含黛的远山，不经意间转头看到的是心不在焉的开车人。

路边出现了一片小巧的石头房子，目的地快到了。一幢两层的楼房出现了，汽车驶进一个宽阔的平地，又有几座楼出现在视野里，这里停着几辆大巴。到了，我们下车等待慧霞的出现，焦急而又耐心地等待，短短的几分钟竟似过了几个小时，终于她骑着自行车出现在我的视线里。原来厂子还在山沟里面呢！里面会是桃花源吗？我很好奇。

秋风掠过她额前的碎发，露出几道皱纹，发黄的皮肤显得她有些沧桑。我心想，或许是正在上班的缘故吧！她轻微地喘着气，笑着嗔怪我："也不提前打

---

* 作者简介：牛阿芳，女，50岁，笔名远山含黛。大专学历，是一名有30年教龄的小学语文老师，爱好文学，热爱生活，性格开朗，感情丰富，偶尔会把自己对生活的感慨和体验付之笔尖倾诉。

个电话！快让我好好看看！"我张开双臂抱住她，喃喃说："想死你啦！好久都没见了！"

几年的思念都融进这紧紧的拥抱中。

相见的激动在秋风中平静，没有到她的宿舍坐坐，更没有小酌，只是站在这郊外的秋色中感受秋的气息，欣然接受不惑之年带来的一切。

秋，来得好匆忙，我还没来得及感受夏的激情，秋却让我惊觉自己已不惑。人到四十，如这秋吗？是丰硕中的沧桑，还是成熟羞涩中的等待？短暂的平静换来无尽的思索，何时再有这样的秋……

父　亲

那在遥远天国的父亲，是我深深的思念。看到眼前的题目《我尊敬的人》，父亲又出现在我的眼前。慈爱的老父亲去年离开了我，没有留给我只言片语，没有留给我遗产，留给我的只有对他的无尽思念和深深的敬意。

父亲是一个普普通通的农民，忠厚老实，每天勤勤恳恳地劳动。在我很小的时候，父亲为了让我们生活得好一些，到村里的煤矿上班。不幸降临到他的头上，矿上发生了事故，父亲被砸成了重伤。当我见到他时，他只能躺在床上了。脊柱被砸伤了，医生宣布，父亲能站起来的机会不多了。我们家的天塌了，但父亲没有放弃，他的坚强让我敬佩。虽然躺在床上，但只要他自己能做的，从不让人帮忙。就这样，他用他的坚强与责任创造着奇迹。他能坐起来了，他能扶着墙走路了，他能自己走路了。为了我们姐弟仨，他又蹒跚着去煤矿上班了，虽然只是看场。去煤矿的路不远，平常人只需15分钟，但对他来说那是件多么不易的事啊，特别是还要上一个很陡的坡。我不知道父亲是怎样艰难地上去，又怎样艰难地下来的。我只知道和他一同在煤矿上班的人，经常会说："今天呀！你爸又从坡上滚下来了！"每次听到，我都会心痛，眼里满是泪花。但我从来没听见他提起过。

父亲用他残疾的身体，支撑着我们这个家，倾洒着无言的父爱。从他的身上，我学会了坚忍，理解了责任。父亲——我最敬佩的人，我永远以你为榜样，关爱身边的亲人，勇敢地迎接生活的坎坷。

小浪底之行

今天和朋友一起去小浪底游玩。从出发到抵达小浪底用了两个小时的车程。边走、边聊、边观光，真是别有一番情趣。河南晋城已是初夏，这里的人们已穿上了裙子、衬衫，我们仍穿着长袖，不过老天作美，天气甚是凉爽，心中无比惬意。前一天穿着高跟鞋登山了，可能兴趣盎然，今天却不觉得累。进了东门我们一路前行，到了水库面前，水真美呀！碧绿的河水微波荡漾，空气都感觉如此的清新。远远望见了雄伟的拦河大坝，它稳稳地坐在那里，拦住了奔腾的黄河，让黄河乖巧地在这里驻足，没有了彪悍，没有了喧嚣。我心中的黄河完全变了样子，竟如此清新秀丽。天空微阴，水面轻烟缭绕，我忽然想起了描写西湖的诗句："水光潋滟晴方好，山色空蒙雨亦奇。"是呀！谁又会想到在这太行山山麓里，人们竟创造了如此奇迹。美哉，小浪底！壮哉，太行人！

走在穿越黄河的吊桥上，左摆右晃，惊恐而兴奋。我们扶栏而行，对面而来的小伙子姑娘们，大胆地蹦跳着、尖叫着，我被他们的兴致感染了，决然放手快步而行。啊，我好像也只有18岁！下了吊桥，来到了小浪底水利枢纽工程标志性的建筑面前，这是由三根白色柱子架在一起的，中间是一块灰黑色的块状物，好像有拦截泥沙的意思。许多人在这里拍照留念。顺着两边长满绿树的水泥路我走进了公园。公园里假山林立，树木成荫，在一座假山旁边，我发现了我们晋城田埂上常见的迎春花，金灿灿的。它们吹起迎宾曲，好像在迎接我们的到来，把花瓣都吹大了，多可爱呀！我信手摘了一朵，这才发现，这里的迎春花竟是双层花瓣。刚转了一道弯，就听见了哗哗的水声，像叠叠的浪涌上岸滩，又像阵阵的风吹过松林，走近再走近，一挂小巧的瀑布出现在我们眼前，好精致呀！我转身右望，啊，看那喷泉，从水底冒出冲向天空，一阵风吹来，腾起的水花随风而散，像烟、似雾、如尘。离开瀑布我们沿着石阶而上，迎面看到的是褐色的、宽广的山壁，走至近前才发现是褐色的石头堆起的，转弯看见的那已不是山壁，而是宽阔的大坝，就在坝壁上写着"小浪底"三个大字。

虽然边走边聊不是太费力，但毕竟是上坡，汗水顺着面颊流下，人也气喘吁吁了。走了大约半个小时，终于登上了坝顶，坝顶平坦宽阔，站在栏杆边俯视水库别有一番滋味，看那河水绿茵茵的，犹如一块绿色的翡翠，被这群山环绕着、呵护着、拥抱着，生怕击破它的恬静，如此的不愿让它离去。坐上轮渡，畅游小浪底水库，走到甲板上，向远处环望，远山含黛，默默无语，深情地望着、守护着这来之不易的爱人，将它紧紧地拥在怀中，享受着久违的，即将离别的浓情蜜意。起风了，天空飘起了小雨，任它滴进我的心里，激起我心中思念的微澜。

轮船在风浪中回港了。我们很幸运，因为我们下了船后由于风浪大，船就不再出港了。这一趟旅程开心又充实，我感到又累又饿，吃过饭，踏上归程。

紫桐春语

昨夜的雷声把我从梦中惊醒，几道闪电骤然闪过窗前，此后我便不能再入睡。春天里这般大的动作我是没见过的。沉闷了整个冬天，压抑的心情，在此时喷薄而出，让人豁然开朗。我想了很多很多，这厚积薄发的春雷过后，又会出现怎样的情形呢？暗自思忖，我有些忧虑。那新长的嫩叶，那初开的蓓蕾……在雨中还好吗？数着渐慢的雨滴我睁着眼睛到天亮。

天刚蒙蒙亮，我便起床了，院子传来滴答滴答的声音。雨还在下着，只是没有了夜里的猛烈。走出房门站在廊阶上，清新的空气扑面而来，还夹着细细的雨丝，拂过脸颊有些冰凉，但更多的是轻柔，像孩子的小手，让人心疼得舍不得放下。我的担心是多余的，那些花草经过春雨的洗涤，显得更加精神了。我倍感欣喜。

天还有些微阴，但我心里的天空已是艳阳高照。我背上包出了门往市场走。走至桥头时，忽闻一股清香飘来。我循香望去，眼前猛然一亮，下坡拐角处那棵高大的梧桐开花了，似一团紫云浮在空中。我疾步近前，在树下驻足。以往只是匆匆经过她跟前，不曾留意，此时的她却诱我前来。我深吸了一口气，闭目细品：淡淡的清香中浸着丝丝的甘甜。啊，久违的梧桐花香！我陶醉在花香中。

抬头仰望那团紫云，不，那已不是一团，那是一片又一片，一串又一串紫色的长长的小喇叭在奏鸣。她在一夜之间被春雷唤醒了，来不及叫上还在熟睡的叶弟弟；看她走得多急，那喇叭口上还带着晶莹的汗滴。被春雨洗涤后，那淡紫的纱裙如此的清新亮丽，她盛装出行来参加这百花的聚会。不为别的，只为在这个春天，尽情开放。凝神间，仿佛我的萨克斯变小了、变多了、变色了，一个紫色的乐队在等待我的号令。她们开始演奏了，多么美妙的春之歌。

　　汽车的喇叭声催我前行，我频频回头顾盼，离开了那朵紫色的云。我希望，那朵紫色的云永远飘在我心灵的天空，伴我前行。

田兆仪*作品

山城的夏天

盛夏是空气中弥漫着橘子味棒棒糖的甜腻，是晦暗夜空中繁星不再闪躲的勇气，是有风吹过携带而来的少年气息，"这大概就是夏天的魅力，可以让人安静，也可以让人热烈，大概，故事属于夏天"。关于盛夏，关于山城，关于那一群少年，你有没有听过这样一句话，没有人永远是少年，但山城的夏天永远有少年。

最肆意洒脱的少年是什么样的？大概是你做了一件你自以为很有成就感的事情，然后在外面淋着雨跑，你心里面有一种莫名的冲动，然后明天你就感冒，去医院，做检查，打吊瓶，但是没事儿，你还是很开心。春风得意，志得意满，于是少年丢掉了手中的雨伞，冲进了纷飞的细雨中，少年嘛，不就应该是这样，少年郎的肩头，本就应该都是些美好的事物。

每个夏天热浪席卷，遗憾较量浪漫，重庆也是个让人一见钟情的城市。

嘉陵江旁时光纷飞更迭，承载了多少少年的梦想和青春。

他说路封了，我跑了一公里。那晚山城的月亮与晚风遇见了一位在夜间肆意奔跑的少年。

他说人总是要长大，所以拼命压缩自己的童年。

他说在热气球上，遥望远方，看得到太阳吗？

他说这儿离月亮有多远？

他说他在成年人的世界里做了一次世界上最小的小朋友。

世界总是无情地推着一些少年去成长，他们身上的少年气，让人一眼就能看出他们的意气风发，可是那种少年气又被岁月打磨得如此缥缈，虚虚地环绕在他们身上。

时光它不听话，总是催着人长大。所以到底是怀念 2017 年的夏天，还是

---

* 作者简介：田兆仪，19 岁，吉林省在读大学生。

2017 年夏天的少年。夏日嘉年华的那场雨，浸透了他们的衣衫但却使他们的心更加坚定。"如果我们不曾相遇，我们会是在哪里，如果我们不曾相识，又何来这首歌曲。"当他们第一次遇见，夏天吹起微凉的风，当他们再一次重逢，漫天洒下飞扬的雪，没想到雪也像手中的细沙，在手心中化成一摊水。用一场盛大的告别来纪念这次重逢。他们含着泪，回忆着过去，对彼此许下最真挚的期盼，然后他们分开，更加坚定地往前走。他们不会去责怪为什么没有陪伴着一直走下去，因为他们知道，他们已经陪伴着走到了力所能及的地方。如果说离别是命中注定，倒不如说相遇也是。

如果你听到他们的哽咽或者快要看到他们落下的眼泪，麻烦你转过身去，让他们一直骄傲漂亮，一直勇敢无畏。

"世界那么大，人生那么长，总会有那么一个人，想让你温柔地对待。"

年年盛夏光景，可回忆起的，都是江边的几个少年。自那年惊鸿一瞥，从此万千风景，都只能从我的心上掠过。

我会和他们一起奔跑，即使我受了伤，出现了一些意外状况，但是没关系，我依然会追上你们的脚步，我们都是最厉害的自己。

那些荒诞的梦，不切实际的幻想，狼狈疲劳的夜晚，还有灰头土脸却想要逗笑对方的鲜活，都变成另外一种的不可说，安静又张扬，珍藏在平淡匆忙的岁月里，再借由调侃作掩饰，装作不经意间说起，撩拨起回忆涟漪。

回忆不是散沙，感情不会匿迹，梦想不是枷锁，他们不只是过客。

幼稚又喜欢装成熟的小朋友们，一起去吧，去更远的地方。

他们会带着遗憾分开，然后重聚。

彼时的少年站在成长的尽头，回首过去，一路崎岖早已繁花盛开。

难寻少年时，总有少年来。

青 春

青春应该是什么样子，是盛夏刺眼张扬的阳光，是点亮无边黑夜的细碎繁星，是天空为了留住夕阳而变成的一抹淡粉，还是被透过树叶中的细碎阳光粘连住的飞扬的衣角。那年，那天，那一个人，也是青春。

我依然记得那个夏日的午后，被阳光驱逐到树下的我，抬头一望，是怎样的光景。夏天的窗户总是开着的，轻柔的窗帘一下子被风吹拂，露出了窗边人的模样，温暖的阳光照在了看书人的脸上，脸边的轮廓泛着柔和的光。窗帘扯动，猎猎随风，导致我连少年的模样都看不清楚，但好像什么又都看得清楚，看得清少年干净的眉眼，看得清少年被风吹起的发梢，看得清青春在少年身上留下的点点痕迹。

那样的场景，就好像一望无际的麦田和万里无云的天空，原本整个构图应该空旷平静，可是画中间出现了一个少年，麦田依旧一望无际，漫长到没有尽头，天空依旧万里无云，碧绿如洗，晴朗湛蓝，但整个画面却因为这个少年变得恰逢其会，变得清澈明朗。

"喂，回神了，想什么呢？"旁边的同伴拍了拍我，看我出神的样子，顺着我的目光向上看，"哦，你看徐淼呢。"

"徐淼？"我的眼神里带上了询问。"对啊，高三（12）班的徐淼。"他向我偏了偏头，我笑了笑，没有答话，我不必知道他叫什么名字，我们是素未谋面的人，而刚才的那个场景，是他带给我的第一份礼物，干净的少年最动人心。

所以时间的参照物究竟是什么呢？少年永远是少年，永远意气风发，向往自由，我抓不住现在的美好，所以我只能祝你早安、午安、晚安，一岁又一岁、一年又一年。

让时间变得没有缝隙。

小 巷

一条下着小雨的深巷应该是什么样子，空中四处氤氲着水汽，淅淅沥沥的雨线倾斜，我独自走在爬满青苔的石板上，指尖划过被岁月斑驳了的石墙，我撑着一把伞，独自走在这蜿蜒的雨巷。

什么是青春期的恋爱？是吃包子的第一口就咬到了馅，是喝粥的温度刚刚好，是少女飞扬的裙摆和少年明媚的眉眼，是那一瞬间的心动和惊喜。但是我看到了什么，我只看到了在孤独的路灯下，独自坐着的少年，他是在等待什么吗？他是在等待什么呢？是在等待那被颓废篱墙分割下来的灰色四角天空，是沾满灰尘挂满蛛网的屋檐，是路边陆离的水迹，还是在空气中与雨水交缠然后逐渐消散的炊烟。

突然有一种被遗忘的感觉，仿佛全世界都湿了，没有人留给他温暖一隅。

我没有再看下去，我继续往前走，然后我看到了一个人，我略微地感到疑惑，叫了一下她："崔芸爽？"

她抬起头，看了我一眼，她没有打伞，发梢被小雨微微打湿，好像有什么顾虑，犹豫了一下，问："你看见……"声音越来越小。

我没有听清她说的是谁，但是我本能地想起刚才的那个雨里的少年，我试探地指了指刚才的方向，我看见她眼里的光亮了一下，然后又被一些不知名的感情覆盖，多了些我看不清的情绪。

"给。"我把手里的伞递给了她。她没有接。我笑了笑，把她的手拉起来，把伞放到她手里，"我想你需要的"。

她没有再想，握紧了伞，道了谢，转身走了，加快了步伐。

但我没有走，我就在远处，看着他们，看着崔芸爽走过去，看着她把伞挪到了那个少年的头上，看着那个少年抬起头来看她，看着他们眼里的光一点一点亮起来，看着他接过她手里的伞，看着他们，回家。

雨慢慢地停了，傍晚的天透亮了起来，仿佛看完了一场悲情电影后，只剩下观众席上滴水的屋檐。

那一天，我遇见了一个下了雨的小巷。

再次看见他们俩，是在一个阳光明媚的天气，那一天的具体场景我都记不清了，我只记得他们在笑，阳光又美好。

我们都在努力地和过去释怀，并告诉自己不遗憾。

虽然月亮反射的光只有7%能到达地球，但是足以照亮地球上的黑夜。

我又走到了那条小巷，那条小巷依旧长到没有尽头，枝丫依旧疯长，风穿过大街小巷，彼时，他们正青春年少。

记得向前看，别沉浸在过去和梦里。

如果爱是抵御悲伤的唯一方式，那就拼尽全力地去爱你。

我能为了你，像毛头小孩一样固执地在雨中等你，我能为了你，跋山涉水走到你的身旁，我还能为了你，洗尽心底的尘和霜。

我的眼中仿佛又出现那天的雨巷，看见了那两个人，看见星星在他们眼底，也看见光落在了我的身上。

徐立杰*作品

雨中即景

　　早晨醒来，发现不知道什么时间开始下雨了，透过玻璃望出去，雨淅淅沥沥的，不是很大。出得门来，一股带着潮气和清甜的空气扑面而来，我深深吸了一口，那种沁人心脾的凉爽滋润了全身。独自一人踏雨而行，没有任何的干扰，就一个人静静地走，静静地欣赏雨中的景色。

　　路上行人少了很多，大多数人打着各色雨伞匆匆行走，无暇欣赏雨景。其实不需要怎么专注，只要走的时候环顾四周，你就会有那种愉悦的体验。

　　从可口可乐公司门口过去北行，这条路上栽满了苦楝树，正是开花的日子，虽然被雨水淋得落英缤纷，但依然香气袭人，只是没有那么浓郁了。一连几场细雨，树下的冬青树、麦冬草伸展着肥厚油亮的叶子，在雨水中闪着光，欢呼着，共同吟唱着一首生命的赞歌。右拐之后，来到东西路上，地上的雨水已经汇集成流，将地上的污浊清洗得干干净净，两边停放的车辆焕然一新。路的两旁是高大的松树，被雨水一冲散发的松香气，让我想起苏东坡《定风波·莫听穿林打叶声》场景。

　　莫听穿林打叶声，何妨吟啸且徐行。

　　竹杖芒鞋轻胜马，谁怕？一蓑烟雨任平生。

　　好雨知时节，在最好的季节里恩赐给万物，滋润着所有生命。难得像今年这么好的节气，小麦今年可以确保丰收了，我自嘲地笑了笑，还是不忘农民本色啊。

　　天光大亮，车辆穿梭而行，带起水花四溅，像海里的行舟。路上的地砖被洗得干干净净，只有大颗的沙子和砾石尴尬地暴露在路上，墙角和地砖的缝隙里，有苔痕新绿。路边的法国梧桐伸展着宽大的叶子尽情吮吸着雨水，初夏季

---

　　* 作者简介：徐立杰，男，52岁，籍贯山东青岛，大专学历，普通文学爱好者，喜欢文学，爱好读书、写作。格言：沉舟侧畔千帆过，病树前头万木春。

节的叶子还带着稚嫩的黄色，但是愈见肥厚了，连树干都泛着勃勃生机。眼前的一簇蔷薇花在雨中绽放，鲜艳的花瓣上带着晶莹的水珠，娇艳欲滴，凑前去，香气依然。

惠风和畅，草木送香，我在雨中撑着伞独品如烟细雨，自娱自乐，心情大爽。王羲之《兰亭序》中描述道："仰观宇宙之大，俯察品类之盛，所以游目骋怀，足以极视听之娱，信可乐也。"正是我心情的真实再现吧。

我信口胡诌打油诗一首：

林中苔痕上阶绿，夏日细雨不胜衣。

翠竹窗前独品茶，人间最好是小满。

其实，这种美景是不需要诗词来赞美的，因为此情此景本身就是一首绝妙好词。

在乡下

曾几何时，乡下这个词变得模糊遥远了。试想自己以前也是乡下人，也曾在秋收时忙碌，还有满手的老茧和流不完的汗水，想到此不由自嘲地一笑。但是，以前的生活就像读过的书一样，虽然不见得还记得内容，但已经和自己的血肉骨骼融为一体了。过惯了钢筋水泥、车辆喧嚣的都市生活，每天就像时钟一样精确的生活，枯燥无味的职场却是硝烟弥漫。不是世界很喧嚣，只是内心太吵闹。于是，很想逃离，很想重新回到乡下，再去找找那种曾经的感觉。

适逢国庆、中秋双节，终于得偿所愿，我和妻一起来到了她的家乡临沭县——一个偏僻幽静的农村。

一路上到处都是阑珊秋意，美不胜收，我们说着话，听着音乐，四个小时的路程过去，下了高速，穿过熙熙攘攘的集市，来到那条熟悉的乡间公路，不过几个月未见居然重新铺了沥青，但周边糟糕的环境没有什么变动。就像一个衣衫褴褛的乞丐，理了一个时髦的发型，有一种说不出来的讽刺意味。

远远望去，路的左侧，阳光照耀下，在两排挺拔的白杨树尽头有一片静静的村落，那就是我的目的地。来到了村口，前几天的雨水加上缺乏修缮的村口，一片狼藉。还有一个不大不小的水坑，存了少量水，车压过去，溅起浑浊的泥水。进村的路还是那条路，狭窄得只能通过一辆车，若两辆车相对而来，必须一辆车咬牙尽量往路边靠，另外一辆车才能勉强窄拢着通过去。路边的白杨树高大挺拔，早早开始落叶，就像谢顶的头皮一样寒酸。路的两边疏于打扫，满是落叶，沿路前行，越过马路沟子，是一片片肥沃的农田，玉米、花生、大豆连缀成片，望不到边际。有的人家已经开始秋收了，割倒的花生蔓和玉米秸秆整齐地排在地里，另一边就是丰收的花生和玉米，空气里弥漫着牛粪、青草和庄稼混合的味道，深吸一口进入肠胃里，搅动了人类原始回忆，肠胃兴奋地痉挛起来。瞬间，我的心情愉悦了，轻踩油门，车辆飞快地朝村庄驶去。五分钟后，车子进村了，顾盼四周，篱笆还是那篱笆，狗还是那狗，只是修了水泥路，每个胡同都有了，干净了许多，正好被用作晒场，晾晒着玉米、花生和农作物的秸秆，本来就狭窄的街道更加拥挤了。靠近街道的房子旁边种满了各种果树，今年雨水勤，果实挂满了枝丫，从茂密的叶丛中探出来。眼前一棵秀气的银杏树下趴着一只土狗，眯着眼睛晒太阳，黄色的皮毛在阳光下泛着油光，听见汽车的声音，它懒懒抬起头，用黑亮的眼睛看了看，那眼光都是温和的，然后无聊地低下头，进入沉思中。

到家了，我停下车，打开车门，一群五彩斑斓的鸡被我吓了一跳，慌忙散开，然后看看没有危险，又悠闲地聚到一起，一只鸡甚至肆无忌惮地边走边排便，慢慢消失在一堆花生蔓的后面，留下一堆冒着热气的鸡粪。胡同里认识的大哥和我们热情地打招呼，家里人都出来了，满是欢喜的表情，帮着我们把各种礼物拿进家里，寂静的家里一下子热闹起来。

一番休息之后，我在村子里转悠起来。这是山东典型的乡间村庄，村子里到处都是树木和农作物，杂乱无章地长在路边、庭院门口，因为疏于管理，长得很粗野、很杂乱。矮旧的黄土墙上爬满了紫色的扁豆，墙基上苔痕斑斑，门口东侧一块残破的石磨盘被磨得很光滑。门口西侧堆满了柳条，在阳光的照耀下散发着苦涩的味道，再往前看是高耸的白杨树，冲天而立，像巨人般巍峨。扁豆、苔痕、石磨盘、大树，形成了一个美妙的场景。我穿过胡同，沿着晒满玉米、花生的水泥路北行，水泥路的尽头是一条土路，路的右边是一片野苹果树，树上结满了红色、黄色的小苹果，无人看护也没有人偷摘；往前望去，全是各色庄稼和蔬菜，还有苗圃，满眼的生机盎然，令人精神一爽。

秋风飒飒，吹动万物摇摆，秋收的农人开着手扶拖拉机从我面前过去，苍首老妪和毛头小子用欢迎的目光看着我，我信步到农田里，一条窄窄的长满杂草的小径蜿蜒向前，然后消失在草丛中。红色的尖椒挂在枝头，翡翠的白菜生机勃勃，粗壮的芋头撑开伞一般的叶子随风摇曳，青萝卜和红萝卜撑裂了垄畦，顶着刚劲的叶子摇摆，万类霜天竞自由！如此美景，让自己浑浊的心灵也受到了荡涤，从而变得清澈起来。

是夜，凉风习习，烘云托月。饭后，我沿着村子散步，没有路灯的夜晚是宁静和黑暗的，也是温馨和亲切的，月光掩映，一切都披上了银色的外衣，朦朦胧胧起来，就像儿时甜涩而无名的梦幻。偶尔，一辆开着灯的车辆疾驶而过，仿佛将银色的外衣撕开了一道闪亮的口子，口子随着车的灯光渐渐远去，消失在黑暗里，剩下的还是银色的梦幻。我小心翼翼地避让开晾晒的粮食，往村外走去，村口挺拔的白杨树在月光下沉默着，就像两排值岗士兵。而田地里各色庄稼都溶解在黑暗中，只能通过气味分辨出是玉米、大豆、花生，走到一座小桥上，靠在栏杆上，突然想起一句词来，"独自莫凭栏，凭栏易伤怀"。无端地增加了忧伤的气氛，淡淡的月光下，秋水无痕，向南流去，两岸木叶满地，芳草萋萋，在夜色中更显得孤寂荒凉。伫立片刻，暗笑自己太多情，自嘲地笑了一笑，返回村去。眼睛已经适应了夜的黑，朦胧的村庄灯火点点，还有狗吠之声不绝于耳，显示着村子的生机。甚至从敞开的窗户里飘出沂蒙炒鸡的味道，一切都是这么的温馨和美好。陶渊明诗云：此中有真意，欲辩已忘言。我真有这种诗人的感觉了。

夜已深，露水打湿了我的裤脚，也润湿了我的梦。

执一片叶，给秋天，秋熟了。

倾一片露，给秋天，秋艳了。

送一缕风，给秋天，秋笑了。

做一个乡间的梦，给自己，我遇见了最美的秋！

谭忠平*作品

我爱映山红

自从有记忆以来，我就知道有一种生长在山里，结着粉红色花朵的植物名叫映山红。我与它时不时地接触，相约了五十余载，经历了相知、相熟的全过程。

在我老家后山有映山红树。暮春时节，在放牛的后山上，有一簇簇、一团团似火一样的花朵盛开，它吸引着看牛的孩子。小时候，我们常把牛牵到山坡后，迅速分头寻找起来。我们把有些花带回家插在花瓶里，有些在现场分掉吃了。它酸酸的、甜甜的味道，诱得我们哄抢得天翻地覆。这花就是映山红。

映山红盛开了，后山才显现出一片片红的色调来，才会从睡意中苏醒，被孩童们闹得生机盎然起来。所以，映山红树是种能焕发生机的树。

我小区也有这种树。新小区景色别致：大树林立，名树可见，绿草坪里偶见几棵约一米高的灌木，上面散开着向上的枝丫，结着艳红花瓣的，那就是映山红。这些灌木是野生的，是从山里弄过来的。绿化带里，也常可见培植的小苗，开着似白或粉红花的，这些花也是映山红。

它们不顾移栽痛苦，忠于职守，点缀着小区。所以，映山红树是一种能带来美丽的树。

大围山有这种树。大围山位于与萍乡毗邻的浏阳市。昨日，我去了大围山，见到了令人久仰、生长在高海拔的映山红。它与众有异：身置高山极顶，方圆数十里都是映山红树，无半棵杂树；它整齐的身影，像被修剪过般，紧紧依偎在一起，咧开嘴笑。这一览无垠的花海，令人惊呼！

陶醉之余，我琢磨着，刚才那场风暴，我们躲于亭内都难免受袭击之苦。可是被掠过的映山红，为何还那样艳丽，那样挺立？它告诉了我，这全是紧挨

---

* 作者简介：谭忠平，国家公务员，曾在县机关、乡镇工作，担任主要领导。爱好文学，喜欢写作，先后在省市级报刊发表文章数十篇。

着，相互挽着手的结果。所以，映山红树是一种团结向上的树。

井冈山有这种树。还记得几年前的今天，我慕名去井冈山赏映山红，它与我见过的所有映山红都不一样。首先，它长在茨坪周围的山冈上，一片片的，像列队的战士；其次，它的花色与其他映山红绝对不一样，它格外艳、格外红，在阳光下似跳动的火；最后，它不像大围山映山红一样是粉红色，而是呈暗红色。

今天我才明白，为何有那么多人将其取名为杜鹃（映山红别名），为何有那么多城市将其誉为市花，为何有那么多来井冈山赏映山红的游客？因为它鲜美，充满向上的生机，大有惊天动地之灵气；因为它象征着团结向上、为国捐躯的英勇战士。我深深敬爱着映山红！

那片枫林

那片枫林，周边县市无人不知，无人不晓。它的面积不够大，对人的影响力或诱惑力却不算小，特别对上了年纪的我而言，除它之外，很少有风景能进入我的心田。我惦记那片枫林——莲花的那片枫林。

"万花都落尽，一树红叶烧。"那有着独特性格的树种，怎不叫人朝思暮想、流连忘返？今日，恰逢我回莲花，可以绕上一阵路，再去亲近一番那片枫林，让期望之心再一次得到慰藉。虽然，此去不是欣赏的季节。

今日的枫林静悄悄的，不见游者，也未曾有往日热闹，闯入眼帘的是凄凉空旷的一派场景：绿草枯败了，没精打采，有的零乱地伏倒在被垦复过的泥土上，泥土的形态各异，于霜冻之下非常坚硬。我信步，踩在坚硬的泥土上，脚打滑、身失衡，差一点摔倒了，我深深地吸了一口冷气。

在严冬，枫树有不一样的态势：不像草那样垂头丧气，不像泥土那样颠三倒四。它虽然抖落了一身艳装，直条条的，但是它颇有傲骨风范，它微笑、挥动着手，顶着寒风……与深秋里的它，有着极不一样的风格。

记得去年秋天，也是我第一次光顾它的时候，我似弄潮儿一样，投入赏枫林的大浪潮中。当时，人山人海、车水马龙，一波波游者被枫林美景折服得恋恋不舍。百花凋零，枫叶争艳。园中，有两片不同风格的枫林：一种呈红色——红得可爱、红得娇艳，似跳动的火，胜过二月花。枫树不高，枝头散开着，相互拥挤，很婆娑，如一把把举过头顶的大红伞，让太阳光都无能全透，仅洒下一个个斑斓的光晕；另一种呈金色，不对，是金黄色——这片枫树酷似白杨树，特别高，枝丫向上，金黄色的叶子一旦遇上风，就会像蝴蝶般飞舞起来。树下厚厚的叶子，金黄一片，加上纷飞的叶儿，景色迷人，吸引了许多游者伏下身子留影。"秋山映霞一川红，落叶逐流两岸枫。""一年一度秋风劲，不似春光。胜似春光，寥廓江天万里霜。"欣赏枫林，我陶醉了，陶醉得诵起诗句来。

两度光顾枫林，在我脑海留下的是不一样的印象：柔美、雅致、质朴、坚忍。"秋复秋兮红叶在，片片红叶惹秋思。"今日，并非秋季，也未见红叶。但是，同样令人思绪绵绵，其傲寒风骨岂不是一种唯美、一种壮美、一种崇高美！红军战士甘祖昌、全国道德模范龚全珍，此时仿佛涌现在我面前。

当我离开，回眸那片枫林时，一种敬畏之心油然而生，我挥手道："再见，可爱的枫林！"

宋开才 * 作品

不朽的音符

你含笑长眠在南疆的红土地，

我终生不忘你矫健的身影。

——为在战斗中牺牲的电话兵而作

敌军的炮弹冰雹般倾落老山，战场上硝烟弥漫。

通往前沿的道路上，弹坑连成了片；路边，电话线被炸得七零八落。

你全然不顾正在进行着的战斗，枪声、炮声似乎对你毫无影响。硝烟中，你那双冒火的眼睛紧紧盯着自己熟悉而又陌生的电话线。终于，你找到了一个线的断头，便快捷地接上了单机，随着急促的铃声，电话里传来了指挥员已喊哑的嗓音……

鳄鱼夹刚夹住一个新的线头，听筒里就传来了前沿阵地要求炮火支援的呼叫。

你用力将线头往一处扯拉。

突然，随着一声震耳欲聋的炸响，气浪已把你抛出老远老远。罪恶的弹片划伤了你的右手，击进了你热血沸腾的胸膛。

你用已被炸伤的手，捂住血流如注的胸膛，艰难地向电话线断头处爬去……

线头终于被拉到了一起，你却已无力接上。于是，你用牙齿将线头咬住。

强烈的电流使你的身体抖了又抖，你的牙齿却咬得紧了又紧……

---

* 作者简介：宋开才，男，70 岁，山东郯城县人，大专学历。作为军人，曾随部队赴老山前线参战，后转业做政法工作。今虽已退休，仍难忘军旅生涯及工作的点点滴滴。喜欢文学，偶有小文散见报刊。

朦胧中，你听到了我军炮弹从上空向南飞时留下的啸音，那是一章凯歌的前奏。

胜利的凯歌在银线中传送，你听到了——不！你感觉到了那雄壮的凯歌声中，分明也有自己这个音符。

你躺在祖国母亲的怀抱，留下了一生中最甜的一个微笑。

阵地上的哨兵

夜，漆黑一团。

山间，几只小虫在鸣叫，像是报警，又像是催眠。

国境线上，有一双双机警的耳朵，一对对明亮的眼。

阵地上，正站着中国的精灵——哨兵。

哨兵侧耳聆听身后，多么熟悉的声音——有机器的轰鸣，有责任田的欢笑，有关于改革的讨论，有红领巾琅琅的书声，有年轻妈妈的摇篮曲，还有那花前月下对对情侣的悄悄话……

突然，敌人的炮弹像冰雹一样落到了阵地，顿时爆炸声不断，周围火海一片，一个夹杂着弹片的气浪把哨兵扑倒在战壕，碎石、沙土、弹片把身体埋了一半。

哨兵顾不上在身上已发作的弹片，艰难地抖落掉身上的泥土，拖着不灵便的双腿，咬着牙又爬上了哨位。

哨位，国境线上的一个哨位，你是祖国母亲身上一个神圣的穴位；哨兵，前线阵地上的一个哨兵，你是祖国母亲一只明亮的眼睛。

你与全体军人一起，共同构筑了坚不可摧、无往而不胜的钢铁长城。

牟婉琳 * 作品

故 乡
——我 回 来 了

我回来了，在漂泊的思念故土气息的漩涡中，顺流而下。沿着火车两旁的寂静与萧索，沿着一路蜿蜒的弧线，沿着千里的历程，我如那渴望母亲怀抱的婴儿。轻盈的心路里，为你积攒了些许的依赖……故乡，我如此亲切的家园，想念你的一切语言，在你面前，我都感觉如此的苍白……

离别的日子里，风花吹不走你的轮廓。再忙碌的空间里，也有你的一片旷野。烟雨霏霏相隔的千万里，那一次呼唤，那一次遥握，那一次祈望，都是我因你而注明的标贴……故乡，我如此心心念念的地方，女儿薄弱的身躯，如今就伫立在你身旁。请你，请你用你博大的力量拥紧你离别太久的孩子。

揉在你美丽的、褶皱的裙摆之间，我是如此的陶醉。曼舞的节奏里，轻轻地滋生成惬意的氛围。久别了故乡！重重叠叠的诗行里，写满了期待的语句，相信您一眼就能读懂，读懂我深邃眼眸里一汪思念的清泉。那些因你而生出的感叹号，如今已找到了净土。故乡，我再一次在你柔柔的怀抱里徜徉。

把寒冷拥在我的胸怀，你依然如此的亲切。冷风吻着我纷乱的头发，太多的梦幻里贴近你的身影，这一次，故乡，我真实地回来了！走过一路的美景，只有你是最深刻的烙印，只有你是我不懈的情怀……

好久没有亲近的白雪，在我回来的日子里，老天也是这样善解人意，把雪的神圣再一次撒满深街巷里。嗅着雪的清洁，我多想再满街来回地奔跑，去雪里找回那逝去的童真；去雪里找回那每天伴着朗朗清音的日子；去雪里找回那捧着琼瑶书籍看得泪流满面的女孩；去雪里找回那因落榜，而被装订成雪里融化的风景的，自己的心扉……

---

* 作者简介：牟婉琳，笔名雨竹，女，1975 年 3 月出生，黑龙江龙江人，中专学历。现在广州经商。龙江县诗联协会理事。

故乡，在你亲情的哺育下，女儿已渐渐长大。

我会在相聚的日子里，守候你的亲情。白雪皑皑的世界里，你是我思念的港湾，你是我停泊的渡口，你是我飞在风里的渴望，你是我踏遍千山的巅峰。故乡，我回来了，把我的疲惫带走，让我欢畅的歌声，与你一起在雪的冰清里涤荡。让我在轻轻的语调里，与你一同展翅飞翔。让我在载满牵念的情思里，勾结住你结实的肩膀……

故乡，念着你的名字，女儿眼底的泪，已载满千行……

故乡，我回来了。

树

是谁缔造了你的灵魂，在大自然的沃土上留下了你的根基，从此世界因为你有了颜色……

辽阔的边疆，江山起伏的曲线里，目睹了热血的缨枪，见证了无情的战场，铭记了无数英魂的悲壮。

浩瀚的苍穹、蓝天的蹉跎、历史的车辙、老去的国度、远去的牧歌，是你记忆里洗不掉的深刻。抹不去时间的风光，沧桑的历练里，只愿在那静静守望千百次轮回的孤独……

你牢靠的臂膀是鸟儿栖息的港湾，不曾感知离去的寂寥，以为坚韧不拔永远是你的本色，在人们任意的撅折中，有谁听到你脆弱的呼唤？

你温柔的怀抱里，支撑着鸟儿的家。温馨的城堡里，总是这样不经意地传来叽叽喳喳幸福的细语……

你的手温柔地接壤不同的国度，像一个老者用爱心抚摸着自己的每一个孩子。看惯了血染的风采，感知了万物生灵的期待，与世无争、和平相处，是你贯穿世界亘古不变的虔诚！

挥不去岁月的洗礼，默默的祈祷里，只愿在那轻轻驻足眺望世界的温馨……

春的萌动里，蕴含你多情的种子。

夏的炎热中，你绿色的长发令人心旷神怡，引人无限遐想。

秋的淅雨里，你剥落自己老去的衣衫，一片一片揉进雨里，短暂的橄榄绿像生命里的交响曲，在万物的重蹈覆辙中交替。

冬的寒冷里，是你在逆流中坚守风骨，留下干枯的身躯，等待下一次重生……

有了摇曳的手臂，却少了飞翔的翅膀。鲜花的芬芳里，终究还是把朴素遗忘。有了成长的渴望，却少了稚嫩的思想。有了蓝天的诠释，你说：风过去了的样子不再是寥寥无迹，因为还有你……

午夜里，你也好奇地在看流星雨，闭上眼，许下最美好的心愿。宇宙都感觉到了你玫瑰色的梦想：期待有一天，所有的沙漠里，都能飘逸你绿色的裙摆，埋下你湿润的希冀……

陈强*作品

黄　昏

天边的彩霞出来了
各种颜色，各种形状
太阳落山了
又在半山腰上
一群鸟儿从天空中划过
朝鸟巢奔去
夜色的帷幕
缓缓地拉了下来
这说明黄昏来临了
在人们的意象中总认为
黄昏是短暂而令人忧伤的
正所谓夕阳无限好只是近黄昏
然而，我认为
黄昏之后虽是黑夜
但黑夜之后又将是新的黎明

---

* 作者简介：陈强，现年30岁，第一学历大专，第二学历本科在读，现在在事业单位上班，从年幼的时候语文成绩就好，爱好文学，坚持写作好多年。

为国货点个赞

前几天，我在网上购买了一双耐克的运动鞋，并拍照发了朋友圈。有同学评论说："你为什么不买国产的运动鞋？"当时，我很疑惑，心想：为什么要国货？难道是觉得，耐克是外国货，我是中国人，所以我必须支持国货？

这几天，看到新闻才知道，国货品牌受到了许多消费者的热捧，不仅在其实体店门口大排长队，而且线上的电商销售也非常红火。良心的国货品牌不仅赢得了众多网友的好感与支持，也受到了不少主播的关注。这才明白了同学说这话的缘由。大灾当前，不少国货企业，在企业处于困境的情况下依然选择捐款救灾，我们对此深为敬重！我们也希望为他们做些事情，他们的大爱，同时也给本企业带来了很大的回馈。不少老百姓都主动去购买国货。

从这个事件中，我们其实也能获得一些有益的启示。

俗话说：赠人玫瑰，手留余香。国货企业家的格局与胸怀是值得我们学习的。

中国的民众越来越理智，富有爱心。

一方有难，八方支援。这种伟大的民族精神在民众的团结中体现得淋漓尽致。

后 记

　　本书由感人至深的亲情故事、难以忘怀的人生经历、念兹在兹的山河游历、独一无二的风土人情、诚恳真挚的祖国礼赞等内容组成，简单的遣词造句文字将作者真挚的情感跃然于纸上。本书的内容未经浓墨重彩的渲染，源于生活，融于生活，于细微处见真情。

　　本书是由一篇篇文章形成的书稿，文章的作者在平凡中用笔记录人生的点点滴滴，他们并不是作家或专业的写手，他们热爱书写，在平凡中用真心、真情、真意的文字记录人生的点点滴滴，表达他们对生活的热爱和礼赞。书中的作者们是一群可敬的文字书写者、文学爱好者，勇于追梦者，故在文稿的编辑中我们保留了作者淳朴的文风，没有刻意追求语言的精练和华丽。本次文章的征集的初心是"平凡中的我们用文字来礼赞我们的生活和我们所生活的美好时代"，在编辑本书的过程中我们删去了很多虽文字优美但表达另类的文章，在此也想向这些作者致歉。本书的出版得到了很多投稿作者的热情支持，特别是文章收录"好文章书系"的作者们，没有你们的鼎力相助，以及那份对文学的孜孜以求与无限热爱，便没有本书的出版，在此，向你们鞠躬致谢！在此还要感谢那些为本书的出版付出辛勤劳动的编辑和工作人员。

　　"文化兴国运兴，文化强民族强。"在提倡文化强国的今天，新时代需要平凡人用自己的语言和手中的笔去感染我们身边的人和事书写不平凡的人生，用正义的声音去传播正能量。编委会总想把"好文章书系"出好，不辜负作者和读者们的殷切期望，但考虑的事情众多诸事繁杂，且书中作者大多出于自身对文字的热爱，非专业作家，书中不足之处在所难免，我们怀着虔诚的心请求读者朋友在欣赏本书时，宽容待见，批评指正。

"中国好文章"大赛编委会